FVA

FEE KATRIN KANZLER

DIE SCHÜCHTERNHEIT DER PFLAUME

ROMAN

FRANKFURTER VERLAGSANSTALT

1. Auflage 2012
Im fünfundzwanzigsten Jahr der FVA

Herstellung und Umschlaggestaltung: Laura J Gerlach
Umschlagmotiv: © iStockphoto.com/Anna Bryukhanova
Satz: psb, Berlin
Druck und Bindung: GGP Media GmbH, Pößneck
Printed in Germany
ISBN: 978-3-627-00184-1

Die Schüchternheit der Pflaume

Du kennst die mehlige Schicht, die eine frische Pflaume hat. Was sie matt macht und blassblau statt dunkel, diese dünne Schicht, dieses Anstandspuder überm tiefen Violett, die Schüchternheit der Pflaume. Wenn du die Pflaume anfasst, reibt sich diese Schicht ab, und die Pflaumenhaut beginnt zu glänzen.

Eine Tomate essen, auf offener Straße. Wie dich die Passanten ansehen. Weil du beißt, saugst, mit den Lippen, der Zunge das Überfließen des kernigen Safts verhinderst. Tomatenkuss.

Das saugende Geräusch beim Öffnen einer Kaffeepackung. Die plötzliche Entspannung des Goldpakets, das Weichwerden des Kaffeepulvers, das beim Zusammendrücken das Geräusch von feuchtem Sand macht. Du wirst merken, wie interessant solche Quisquilien sein können.

Mich begeistern Kleinigkeiten. Das Schöne ist überall, und wichtig. Wer es nicht sieht, geht unter. Zugegeben, wer es sieht, auch. Aber zusammen mit der Schönheit unterzugehen, das ist es, worauf es ankommt.

Dass ich plötzlich Lust auf Mozarts Requiem habe, lässt mich ein paar Handgriffe tun, da ist es, Musik aus der Dose. Das Stück spült langsam an, quillt herauf, die Stimmen, der Chor, tauchen aus der Tiefe auf, ein Geisterschiff mit zerrissenen Segeln. Dann, sanfte Brise, eine Möwe schreit, singt. Exaudi, exaudi. Der Wind frischt auf, die Segel blähen sich, Sehnsucht, das Totenschiff kommt in Fahrt, mit zehn, zwölf, dreizehn Knoten. Et lux perpetua.

Wellen schlagen gegen den in der Sonne gleißenden Rumpf. Die Musik flimmert vor meinem inneren Auge. Dann Filmriss, als das Telefon klingelt. Tastendruck, der Chor hält die Luft an.
»Hallo?«
Mir atmet Stille entgegen. Hallo. Drei weitere Sekunden nichts. Der schon wieder, denke ich, mein persönlicher Telefonterrorist.
Den kenne ich seit einigen Wochen, sofern man bei einem zurückhaltenden Telefonatmer von Kennenlernen sprechen kann. Es ist immer dasselbe, er hört sich meine zwei Hallos an und wartet. Ich habe mir angewöhnt, nicht aufzulegen, ihn eine Weile im Hörer zu behalten, seinem Schweigen aufmerksam zuzuhören, bis er selbst auflegt. Jeden vierten oder fünften Tag zweieinhalb Minuten, so viel Zeit habe ich für den unbekannten Schweiger. Er passt zu meinen gesammelten Sonderlingen, im Tierheim für einsame Wölfe ist noch Platz.
Aus einer Laune heraus drücke ich erneut die Pausentaste. Der Chor lässt seinem Flehen wieder freien Lauf. Mein Telefonterrorist legt auf, als schließlich Sturm aufkommt. Dies irae. Ich frage mich, ob er mich jetzt für verrückter hält als sich selbst. Ich stelle das Telefon ab und werfe mich aufs Bett. Als Mozart verstummt, rauche ich einen kubanischen Zigarillo, nehme eine meiner Gitarren und spiele fünf Stunden am Stück.
Indessen dreht die Welt sich weiter. Dinge passieren. In einer anderen Großstadt fliegt eine Bank in die Luft. Es ist unklar, wer dahintersteckt, die Nachrichtenticker erzählen unterschiedliche Geschichten, Terror, Überfall, drei Tote, achtzehn Verletzte, zwei Tote, elf Verletzte. Ich blättere um. Ich klicke weiter. Ich höre nicht zu.

Borg hat seine Renovierungsarbeiten im Keller abgeschlossen. Es stehen keine schmutzigen Eimer mehr im Flur, der Geruch nach Silikon und Wandfarbe verliert sich langsam. Matti ist es gelungen, die lederne Lora rumzukriegen, die beiden sitzen nun oft aufeinander statt nebeneinander auf der Couch. Blaum veranstaltet eine Cocktailparty in seiner Eichenparkettwohnung, und es ist die erste Party, auf die ich gehe, obwohl ich nur den Gastgeber kenne.

Ungefähr dreißig Gäste erscheinen. Ich bin die große Unbekannte. Die, um die Blaum seinen Arm legt, wenn er sich für ein paar Minuten ausruhen will. Ein paar Frauen mustern mich, das junge dünne Ding, interessiert, zwei mit giftigem Rivalinnenblick. Ich muss mich beherrschen, nicht hinüberzugehen und den Perlenpaulas zu sagen, dass es von meiner Seite nichts zu befürchten gibt, ich heirate nicht und will auch keine Kinder. Die meiste Zeit aber lustwandle ich allein zwischen den Cocktailgläsern hin und her, lausche Businessgeschichten oder erzähle, auf Wunsch, von meiner Musik. Ich trage das tizianrote Kleid, das ich bei meinem Konzert in Luxemburg anhatte. Viermal sagt man mir, man wolle sich meine Musik unbedingt anhören, werde mein Album kaufen. Aber diese Leute haben keine Zeit für Musik. Sie werden mich vergessen haben, sobald ihr Telefon das nächste Mal klingelt. Auch die zwei Frauen, die mich mustern, als hätte ich ihren Abend ruiniert, werden morgen nicht mehr an mich denken. Sie leben in einer Welt, in der ich keine Spuren hinterlasse.

Um elf sind Blaums Kollegen und Bekannte wieder aus dem Haus, die einen tingeln weiter in die Bars und Diskotheken der Stadt, die anderen gehen heim zu ihren Kindern. Blaum räumt die Gläser weg und stellt sich in die Küche. Wie immer, wenn ein Mann kocht, werde ich sehr anschmiegsam.

»Du hast dich gut geschlagen«, bemerkt er.
Mitten in der Nacht begleitet mich Blaum nach Hause, will mein Zimmer in der Wohngemeinschaft sehen. Der Anzugträger macht die Runde zwischen bunt behängten Kleiderbügeln, Postkartencollagen und Gitarren, er bewegt sich zwischen meinen Dingen wie ein interessierter Museumsbesucher. Dass er selbst der größte Dinosaurier in dieser Ausstellung ist, weiß er nicht. Im Club der Sonderlinge weiß niemand von der eigenen Mitgliedschaft. Willkommen, denke ich.
Morgens um fünf wache ich auf. Ein blasser Mond häkelt mir Dunstspitzen vors Fenster. Ich kann nicht mehr einschlafen, in meiner Wirbelsäule läuft ein Kribbeln auf und ab. Der Mann neben mir atmet schwer, und immer wenn er ausatmet, verstärkt sich das Kribbeln. Ich achte darauf, wenigstens nicht angeatmet zu werden. Wenn ich mich bewege, vermeide ich peinlichst, seine warmgeschlafene Haut zu berühren. Nicht mit den Knien, nicht mit den Schultern, nicht mit den Zehenspitzen. Mein Herz beginnt wie wild zu klopfen. Ich wecke Blaum. Er wirkt vernebelt und verstimmt. Ich gebe trotzdem keine Ruhe, bis er seine nackten Füße auf den Boden hievt, seinen Anzug anzieht und nach Hause geht. Sobald die Tür hinter ihm zufällt, beruhigt sich mein Puls. Der Mond macht ein paar Luftmaschen. Ich gleite zurück ins Bett.
Ich schlafe nicht sofort ein. Springe sogar noch mal auf, schließe meine Tür ab, stecke das Telefon aus. Die Mondgöttin nickt gefällig. Und während ich in die Kissen abtauche, während meine Gedanken wie von hohen Klippen ins Traummeer stürzen, durchschaue ich den Plan der Götter. Sie lassen zu, dass ich mich verliebe. Sie wissen nämlich, dass ich keinem Mann gehören kann. Sie kennen mich. Es

ist kein Problem, ein paar Tage, ein paar Nächte mit mir zu verbringen, kein Problem, mir Weinkarten vorzulesen und Cocktailpartypaar mit mir zu spielen. Aber danach muss ich andere Wege gehen. Danach muss ich allein sein, um nicht verrückt zu werden. Sie müssen mich nicht festhalten. Ich falle von allein zurück in die Hände des Götterpacks. Wahrscheinlich ist das ständige Verliebtsein sogar eins ihrer Geschenke an mich, eine dieser Gaben, dieser giftgrünen Phiolen. Deren Inhalt sie mir einflößen, um mich zu necken, in Bewegung zu halten. Um ihr Püppchen tanzen zu sehen.

Auch dieser Gedanke fällt von den Klippen. Der Mond häkelt jetzt Muschelmuster, nimmt zu, nimmt ab, ich atme tief, verteile meine Gliedmaßen übers Bett. Ich werde schlafen wie ein Seestern, wie eine Wanderdüne.

Schwarze Butter

Sie vergöttern mich. Halblaute Rufe hallen auf die Bühne. Heirate mich, schreit einer. Er muss betrunken sein. Meine Hand liegt neben mir, streicht über den Samt, der meinen Hocker überzieht. Wenn die Scheinwerfer angehen, wird es leise, und ich vergesse den Samt. Die Stille wartet auf ein Wort, auf einen kleinen Triller der Stimme, auf den nächsten Ton, das ist mein Leben.

Ich habe längst begriffen, dass ihre Begeisterung nichts mit meiner Person zu tun hat. Ich könnte irgendwer sein. Es spielt keine Rolle, ob mein Haar schwarz ist, meine Stiefel rot sind oder umgekehrt. Es spielt keine Rolle, dass ich gern Automatenkaffee trinke, in der Goldlaube wohne oder dass ich mondsüchtig bin. Was einzig zählt, ist, dass ich hier bin. Die Musik ist Musik, die Zeit ist Zeit, während ich spiele.

Alles schweigt. Ich nehme das Lampenfieber in den Mund. Es schmeckt nach Litschi und Salz, ein Lutscher von süßer Penetranz. Meine Zunge wird schüchtern und übermütig zugleich. Auf ihr sind plötzlich Worte. Die sage ich. Mikroverstärkt fallen sie in den Raum. Die Stille fliegt auf, ein erschreckter Vogel. Ich lächle. Einer im Publikum antwortet, aber ich bemerke ihn kaum, verstehe ihn nicht. Die Stille bleibt im Deckengebälk sitzen.

Ich beginne zu spielen. Meine Gitarre hat den schwarzen Glanz von Särgen und Klavieren. Nur die Wirbel sind weiß wie Zähne. Manchmal lackiere ich meine Fingernägel genauso schwarz. Oder stahlblau oder blutorangenrot. Feiner Nitrolack, der langsam, beim Spielen, wieder abblättert. Meine Gitarre ist kleiner als gewöhnliche Gitarren, weil ich kleiner als gewöhnliche Spieler bin. Ein Dreiviertelinstrument in den Händen einer Siebenachtelfrau, eine Kindergitarre in Mädchenfingern mit Kindersarglack auf den sauber geschnittenen Nägeln.

Meine Stimme, sagen sie, sei launisch, mal sanft, mal schroff. Und ja, die elektronischen Zuspielungen stelle ich selbst zusammen, versichere ich Journalisten immer wieder. Sie jonglieren mit Etiketten wie Trip, Noise und Pop, bis mir schwindelt und die Ideenflucht anfängt, Vanilleblüten im Kopf, Marshmallows, Mindfuck. Ich kann Musik machen, aber nicht über sie sprechen.

Ich schließe die Augen und sehe buntfleckige Nachbilder. Überall da, wo die Scheinwerfer waren, Tintenkleckse auf der Netzhaut. Borg sagt, ich schlösse zu oft die Augen beim Singen. Meine Stimme tändelt von unten nach oben. Raunt sich wieder ein Stück in die Tiefe. Meine Finger liegen in den Saiten wie in Butter, Stahlsaitenbutter, denke ich, schwarze Butter. Ich mache die Augen auf.

Als der Mann hinter mir Bass ins Spiel bringt, als seine Töne sich als gnadenlose Thermik unter meine Töne legen, vergesse ich mich. Ich könnte irgendwer sein, will ich denken, aber ich denke nichts mehr, spiele nur. Das Konzert hat begonnen. Manchmal schwebt die Stille herunter und setzt sich auf meinen Kopf. Es ist ein Gerücht, dass zu meinen Konzerten die Uhren abgenommen und die Schuhe ausgezogen werden müssen. Manche tun es trotzdem.

Wenn der Abend zu Ende geht, bleiben immer ein paar Gäste, halten ihre Bierflaschen fest, ihre Weingläser, Kirschsäfte, stehen verträumt in den Türen oder sitzen beinebaumelnd auf Geländern. Sie reden und rauchen. Wenn ich auf Bühnen spiele, die keine Hinterausgänge haben, stehle ich mich an ihnen vorbei. Sie schauen mir nach und fragen sich, wohin ich gehe, wen ich treffe, ob ich heute Nacht mit jemandem schlafen werde. Und vielleicht tue ich es, oder nicht. Ich fliehe aufs Trottoir. Wenn die Kälte des Abends mir einen jadeäugigen Mann in die Arme spielt, werde ich Sex haben, der sich wie teure Bettwäsche anfühlt. So ist das.

Das letzte Lied verklingt. Die Stille zögert, sich niederzulassen, da rauscht schon der Applaus auf mich herunter. Ein wiederholter Zuruf aus den hinteren Reihen mischt sich in den Beifall und verstummt wieder. Heute ist ein guter Abend, vielleicht der beste bisher. Für ein paar Sekunden bleibt meine Stirn gesenkt. Ich könnte irgendwer sein, denke ich. Dass am Ende der Applaus an mir hängenbleibt, dass am Ende meine Person, meine Stiefel, meine Mondsucht Neugier wecken, ist nicht wichtig. Ich hebe meine Augen ins Scheinwerferlicht.

Das übliche Spiel vom Anschwellen und Verebben dauert zwei Minuten. Ich lächle. Der Bassmann lächelt auch. Schließlich verschwinde ich hinter einem schwarzen Vorhang auf der Bühne. Es wird still. Ich setze mich dicht hinter den Vorhang. Ich stütze meinen Kopf in die Hände und warte. Alle gehen. Ich kann sie hören. Sie nehmen meine Stimmung mit. Ich bin leer wie eine Auster nach dem Bankett.

Warum ich ausgerechnet heute Abend in Ohnmacht falle, weiß ich nicht. Als ich ungefähr fünf Schritte mache, taumle ich gegen eine Wand.

Eine Ohnmacht ist, vom Standpunkt des Genießers aus betrachtet, etwas sehr Exquisites. Nichts sonst lässt auf dieselbe Weise die Sinne verblassen wie eine Ohnmacht. Man muss ihren Eintritt voll auskosten. Erst kommt das Schwindelgefühl. Anschließend wird mir schwarz vor Augen, als flute aus allen Richtungen dunkles Wasser ins Sichtfeld. Die Haut ist für zwei halbe Sekunden von überscharfer Empfindsamkeit. Wird aber rasch gefühllos. Alles, was ich höre, erzeugt plötzlich einen Hall. Meine Beine verweigern jeden weiteren Schritt, und ich muss mich festhalten. Die Wand bietet aber keinen Halt. Ich gleite auf den Boden. Mein Denken versagt ganz langsam. Stattdessen erfüllt mich ein tiefes Pulsen, ein gewaltiges Rauschen, ein Pochen, das stärker und stärker wird. Kein anderes Geräusch ist vergleichbar, und noch während ich diesen Puls höre, wehrlos und völlig ahnungslos, dass es mein eigener Puls ist, weiß ich, dass ich dieses Geräusch nicht vergessen werde. Mit einem Willensakt, der mich die letzten Gedanken kostet, befehle ich meinem Bewusstsein, wach zu bleiben. Ich knipse es an wie ein kleines Lämpchen, während der Rest der Welt in Schwärze versinkt, und fühle noch den leisen Triumph, dass es mir gelungen ist.

Für Sekunden, die keine Zeit mehr sind, stehe ich in der Dunkelheit meiner Ohnmacht und lausche.

Dann kommt die Welt zurück. Meine Beine kribbeln, durch meine Hände spukt ein ziehender Schmerz. Mein Denken stürzt sich sofort auf die Erinnerung an den Moment der Ohnmacht, den mein Bewusstsein wie ein Diktiergerät aufgezeichnet hat. Aber mehr als Stille gibt es dort nicht zu erinnern.

Ich erschrecke, weil ich ein paar Augenblicke lang nicht sprechen kann. Als meine Stimme zurückkehrt, weine ich.

Ich bin nur ein Hauch. Eine Frau, die ich nicht kenne und die mich vor dem Konzert mit Puder betupft hat, nimmt mich in den Arm. In meinen Ohren rauscht es. Es tut gut, das eigene Blut zu hören. Selbst wenn es nicht mir gehört. Auch meine Stimme gehört mir nicht. Ich bin nur ein Notizblock für die Götter, sie benutzen mich, kritzeln mich voll mit ihren Ideen. Irgendwann werfen sie mich weg.

Tinte

Meine Fingerkuppe taucht tiefer in den blauen Saft. Ich fühle mich betrunken. Der vergangene Abend hat eine blecherne Stimmung hinterlassen. Als ich meinen Finger aus dem Tintenfass ziehe, fallen ein paar Tropfen auf ein Blatt Papier. Blut tropft genauso, aber heiß und rot und heftig. Tinte wird beim Trocknen heller, Blut dunkler. Ich sollte mir nächstens Tinte ins Badewasser kippen, wie Milch oder Champagner, denke ich weiter. Gewitterblaue Wolken im heißen Wasser, denke ich.

Moritz hing sehr an mir. Mit einem Glassplitter ritzte er den Anfangsbuchstaben meines Namens in seinen Handrücken und schüttete Tinte darüber. Wir waren vor wenigen Wochen sieben geworden, mein Zwillingsbruder und ich. Mit verzerrtem Gesicht rieb er das Blau in seine Haut. Schließlich behauptete er, das werde jetzt für immer sichtbar sein, wie eine Tätowierung. Apfelblüten regneten auf uns herab. Er streckte mir stolz seine Hand hin, damit ich den Buchstaben ansehen könnte. Ein dunkler Tropfen fiel von seiner Hand auf meine. Als ich an der Reihe war, seinen Buchstaben in meine Hand zu ritzen, lief ich weg.

Mein Bruder blieb mit blutender Hand und fleckiger Hose unter dem Apfelbaum sitzen und spuckte auf die Erde. Über ihm setzte sich eine Elster in den Baum und verdrehte den Kopf. Ich lief nach Hause. Die Elster flog mir hinterher.

Meine Mutter packte einen Beutel Brombeeren aus dem Tiefkühlfach und bat mich, ihr zu helfen, die Beeren-

brocken zu zerbrechen und auf einen Tortenboden zu verteilen. Ich war froh, dass sie nicht sofort nach Moritz fragte. Als die tauenden Beeren meine Finger blau, violett und rot färbten, musste ich wieder an Blut und Tinte denken. Das war unheimlich und schön. Ich machte weiter und weiter, bis keine Beeren mehr da waren.
Mein Bruder und ich spielten damals jeden Tag miteinander. Meistens erzählten wir uns Geschichten, und wie selbstverständlich spielten wir selbst eine Rolle darin. Die Geschichten begannen immer im Konjunktiv.
Ich wäre ein Ballonfahrer. Ich würde eines Tages bemerken, dass auf den Wolken jemand wohnt. Ich wäre eine Fee. Aber ich wäre sehr launisch. Ich wäre ein Fischer. Ich hätte eine Flaschenpost gefunden. Ich wäre die Tochter des Königs. Und du ein Pferdedieb.
So, täglich und endlos, spannen wir unsere Geschichten. Aus jedem Anfang entwickelte sich ein Spiel. Wir waren leidenschaftliche Spieler. Kaum eines unserer Spiele mündete nicht in eine heimliche Liebe zwischen den beiden Protagonisten. Kaum eines unserer Spiele endete nicht mit unser beider Tod. Das Spiel nahm uns gefangen, und bis unsere beiden Helden nicht zugrunde gerichtet waren, hatten wir keine Ruhe. Es gab nichts Schöneres als den gespielten Tod in einer taufeuchten Wiese neben dem Bach. Nur daliegen, dem Flüstern des Wassers zuhören, den müden Bienen bei ihrem Abendflug, auf den Atem des anderen lauschen und wünschen, dass seine Hand ewig da liegen bliebe, wo sie war.
Die Begeisterung dieser Spiele hat mich nie verlassen. Jetzt, Jahre später, fühle ich dieselbe hochfliegende Unruhe, wenn ich verliebt bin, wenn ich Musik höre, wenn ich auf der Bühne stehe. Ich blühe in dieser Stimmung, es ist meine Stimmung. Ich habe nie zu spielen aufgehört.

Ich male die zwei Buchstaben mit dem blaugetunkten Finger, starre vor mich hin. Ein Sonnenstrahl fällt auf das Papier und lässt die Tinte seltsam metallisch aussehen. Auf meinem Arm sind noch Narben von dem Tag, als Moritz' Hand tatsächlich liegen blieb. Im schwarzen Staub, zwischen verkohlten Trümmern, sein lang erträumter Tod. Als ich zum ersten Mal nicht mitsterben durfte. Als die Götter zum ersten Mal lachten. Mir wird schwindlig. Ich verwische die Tintenbuchstaben, verreibe das Blau zwischen den Fingern. Durchs Fenster kann ich beobachten, wie es Abend wird. Der Horizont ist aus purpurnem Fruchtfleisch. Eine saftige Juninacht tropft in die Straßen. Das Licht ist mild und langsam wie Honig.

Im unteren Stockwerk dröhnt die Stereoanlage los. Sie wird rasch ein paar Stufen zurückgedreht. Die Musik bleibt trotzdem laut, ein untergründiges Basswummern dringt zu mir herauf, und immer wieder perlige Tonfolgen, unterbrochen von einem fetten, elektrischen Brummen. Ein Stück, das ich noch nicht kenne. Die Tinte in ein altes Hemd wischend, gehe ich die Treppen hinunter. Die Musik wird klarer, eine ausgehöhlte Frauenstimme zitiert kryptische Satzfetzen. Erst nach drei, vier Satzfragmenten bemerke ich, dass es meine Stimme ist. Ich erkenne den Text. Borg ließ mich die Zeilen vor Wochen ins Mikro lesen. Er muss das Stück letzte Nacht fertig abgemischt haben. Ich gehe ein paar Stufen tiefer und lausche weiter. Auf dem Treppenabsatz bleibe ich stehen und kauere mich ans Geländer.

In der Küche steht ein großer Junge am Herd, sein breiter Rücken wippt ein wenig, wenn er etwas in die Pfanne schnipselt. Der Duft von Reis steigt in meine Nase. Wenn ich könnte, würde ich hingehen und dem Kerl über die

Schulter sehen. Aber Borg ist anderthalb Köpfe größer als ich, nicht einmal auf Zehenspitzen würde ich mein Kinn auf seine Schulter bekommen. Deshalb bleibe ich sitzen und warte, bis er mich bemerkt.

Borg arbeitet im Musikgeschäft, betreibt ein Tonstudio, und versorgt mich regelmäßig mit allem, was eine Musiksüchtige sich wünschen kann. Er ist älter als ich, Mitte dreißig, aber er wirkt, vor allem wenn er lächelt, wie ein Schuljunge. Außerdem kann er gut kochen. Ich, aus eigenem Entschluss und Faulheit eine Niete in der Küche, bediene mich nur allzu gern von seinem Essen.

»Magst du es?«, fragt Borg mit einer Geste zur Stereoanlage.

»Lieber das da«, sage ich mit einem Blick in die Pfanne.

»Parasit«, murmelt er lachend.

Wir gehen hoch auf die Dachterrasse. Die Luft ist kühl. Borg schiebt ein Kissen unter meinen Hintern. Der Dampf von Reis, Gemüse und verschiedenen Pilzen kringelt sich in den Himmel. Ich esse sehr langsam. Eigentlich esse ich gar nicht, ich nasche. Alles, was ich esse, nasche ich.

Borg schläft nicht mehr mit Frauen. Aber weil ich keine Frau, sagt Borg, sondern ein Mädchen sei, könne er bei mir eine Ausnahme machen. Wenn ich wolle. Du könntest alles sein, sagt Borg immer. Also könnte ich auch für Borg mein Haar wegstecken, Löcher in meine Jeans schneiden und missmutig den Mund verziehen. Den jungen Rotzlöffel spielen. Und es würde ihm gefallen. Ich bilde mir nichts darauf ein. In diesem Haus wird niemand erwachsen. Als ich fertig bin, lecke ich die Stäbchen sorgfältig ab und stecke sie ins Haar.

Hinter mir schimmert ein dunkelgrüner Abend, die Dächer der Stadt, ein paar Türme wie im Scherenschnitt. Kleine

Wolkenfetzen, von unten orangefarben beschienen, fleddern unwirklich über den Himmel. Es ist ein chinesisches Märchen, und ich kenne meine Rolle darin nicht. Vielleicht stehle ich die Qin des Kaisers. Werde verfolgt und gefangen. Aber weil ich zaubern kann, verwandle ich alles und am Schluss mich selbst. Dann ist Ende.

»Schmeckt's, Prinzessin?«

Noch als ich überlege, ob ich Borgs Kochkunst lieber mag als die Tatsache, dass er mich Prinzessin nennt, oder vielleicht seinen vertrauten Duschgelgeruch, deutet Borg zum Himmel. Eine weiße Maschine fliegt zum Flughafen hin absinkend in eine Wolke hinein, verschwindet und taucht unten wieder ins Freie. Ich mag es, in einer Stadt zu wohnen, die so groß ist, dass der Himmel ständig voller Flugzeuge hängt. Borg peilt die Richtung an, aus der die Maschine kommt, sieht auf die Uhr.

»Wahrscheinlich Amsterdam«, sagt er.

Ich frage ihn, ob er schon in Amsterdam war. Er verneint. London aber.

Ich strecke mich aus und lehne mich ans Geländer der Terrasse. In einiger Entfernung glitzern ein paar Hochhäuser mit bestechender Unschuld. Sie tun so, als hätten sie nichts verbrochen. Ich tue dasselbe. Dass ich mir immer wieder vorstelle, wie sie einstürzen, ist eine alte Fantasie. Bis ich zwölf war, hatte ich die Berge nicht gesehen, und so waren Wolkenkratzer das Höchste und Freistehendste, was ich mir vorstellen konnte. Ihren Einsturz, zu allen Seiten berstende Spiegelscheiben, stellte ich mir atemberaubend vor. Als würde ein Teil der Welt einfach zerspringen. Als hätte ich mir das immer gewünscht. Später, als ich Videos von einstürzenden Wolkenkratzern sah, waren mir die Bilder auf eine unheimliche Weise vertraut. Ich konnte sie mir

sehnsüchtig immer und immer wieder ansehen. Natürlich habe ich das nie jemandem gesagt. Außer Moritz, dem hätte ich es erzählt. Wenn er noch da gewesen wäre.
Borg summt eine einfache Melodie. Ich nestle an den Stäbchen in meinem Haar und höre ihm zu. Als ich eine zweite Stimme dazusummen möchte, hört er plötzlich auf. Ich frage ihn, ob er schon einmal eine Qin gespielt habe. Wieder verneint er.
Die Dämmerung nimmt ein tiefes Violett an. Meine Geschichte, denke ich, spielt in einem Land, wo Dämmerungen genauso lang wie Tag und Nacht dauern. Der Himmel dieser Geschichte ist rosa und ihr Horizont schwarz. Nach Zwielicht riecht sie, nach dem Moos auf Stadtdächern, nach Mandelseife und ein wenig nach Benzin. Nach den Stahlsaiten meiner Gitarren und nach Männerhemd. Was sie zusammenhält, ist letztlich nur ein Fädchen, das durch die Hände einer numinosen Spinnerin läuft. Wahrscheinlich hat sie blaue Finger wie ich, Sudelpfoten, und schmiert meinen Faden schon beim Spinnen voll. Die Götter sitzen in der Tinte.

Wachs

Einer jener Tage, an denen der Boden unter den Füßen nichts Festes ist. Einer der Tage, an denen jede Stunde ein ungeheuer langsames Erdbeben ist, so dass die Welt in Scherben geht, ohne den geringsten Lärm zu machen. Einer der Tage, an denen ich fürchte, meine Körperteile einfach irgendwo zu verlieren. Tage, die wie trockene Sandburgen im Wind stehen. An solchen Tagen hat nichts Bestand, nichts Geschmack, nichts Bedeutung.

Alles verwirrt mich, diese Auflösung, diese endlose Egalheit. Dreimal ziehe ich mich um, aber kein Kleidungsstück gehört zu mir. Schließlich entscheide ich mich für das Unauffälligste. Ich treffe die Leute im Haus, bin aber schweigsam. Ich gehe an verschiedene Orte, erledige Unaufschiebbares, einen neuen Personalausweis beantragen, eine Singleauskoppelung mit dem Label besprechen, aber nichts erscheint wichtig. Ich muss mich konzentrieren, passende Antworten zur richtigen Zeit zu geben.

Am besten wird es sein, wenn ich mich mit einer Sonnenbrille in den Park setze und zuschaue, wie die Welt zusammenbricht. Verhindern kann ich es ja doch nicht. Wie das Licht und die Menschen überall herumwandern und verschwinden. Es ist, als würde ich krank, bekäme hohes Fieber. Die Stadt ist nur noch ein Meer aus Zeug, das sich bewegt. Sie schiebt Wellen vor sich her, Wanderdünen aus Bordsteinen, Mänteln, Frisuren, Hausecken und im Wind fliegendem Müll. Ich wäre nicht verwundert, wenn plötzlich Kugelhagel losbräche, ganz lautlos, Stummfilmkugel-

hagel, der alles zerschlägt. Ich würde keinen Schmerz und keinen Schreck empfinden, nur mit großen Augen zusehen, wie alles in pervers langsamer Zeitlupe zu Boden ginge.
Ob die sanfte Zerstörung solcher Tage ein Trick meines Kopfes ist, ob die Saumseligkeit meiner Gedanken eine Stilllegung ist, die mich am Ende vorm Zusammenbruch bewahrt, weiß ich nicht. Ich ziehe es jedenfalls vor, an solchen Tagen mit niemandem zu sprechen und mich gegen fremde Blicke so weit wie möglich abzuschotten. Die dunkle Sonnenbrille, ein Tuch übers Haar, eine langärmelige Bluse.
Der Gedanke, etwas über Tage wie diesen aufzuschreiben, damit ihre Formlosigkeit greifbar würde, ließ mich Worte suchen. Das Aufschreiben gelang mir nicht, wie immer, also habe ich mir eine Flasche Wein ins Zimmer geholt. Man sollte sich nichts aus den Fingern saugen. Ich lege mich ins Bett, schließe die Augen.
Hätte ich nur eine eigene Geschichte, denke ich, wie ich meine eigene Musik habe. Selten schreibe ich eine Seite auf. Früher hatte ich Tagebücher. Die habe ich nie mehr durchgelesen seitdem. Weil diese Geschichten tote Häute sind, in denen ich nicht mehr leben kann. Schon damals nicht leben konnte. Jetzt abgestreift. Ich erzähle mir meine Geschichte nur noch im Kopf. So dass sie verfliegen kann wie Musik.
Unten klirrt ein Teller auf den Boden. Hier oben kriecht ein kleiner Rausch in mein Blut. Ich drücke meine Schultern tief ins Kissen. Neben mir brennt eine rote Funzel, und der Wein glitzert unwirklich in seinem Glas. So wiege ich mich in die Nacht.
Meine Geschichte ist ein Faden, denke ich, der mir tanzend durch die Hände läuft. Ich kann sie nicht festhalten, das

Garn haspelt und haspelt von allein, singt mit meiner Stimme, singt schneller, als ich schreiben könnte. Ich habe Angst vor meiner Geschichte, Angst, dass es meine Sandburgen, Zeitlupen und den Kugelhagel gar nicht gibt. Dass ich alles nur erfunden habe. Oder schlimmer, dass es sie gibt und ich in ihnen zerfetzt werde.

Unten saugt einer Staub. Jemand schlägt die Haustür zu. Kommt oder geht.

Mein Finger sucht eine Fernbedienung, einen Knopf, ein Jazzstück flutet ins Zimmer. Plötzlich sind Sandburg und Kugelhagel und Zeitlupe das Wirklichste der Welt. Von Zerfetztwerden kann keine Rede mehr sein, die Musik hält mich zusammen.

Als ich wieder aufwache, ist es sehr leise. Der Jazz ist verstummt. Alle haben das Haus verlassen. Alle sind unterwegs. Alle außer Borg. Ich höre versonnenes Summen und Schritte, das Auswaschen eines Eimers, Borgs Verschwinden im Keller. Vielleicht ist auch Lutz zu Hause, aber aus Lutz' Zimmer hört man ohnehin nie was.

Ich kann das Silikon riechen, das Borg unten in die Fugen schmiert. Er renoviert die Kellerwohnung. Er sagt, der erste Stock befriedige ihn nicht mehr. Er müsse wieder in die Grundfesten seines Hauses ziehen, sagt er. Ich verstehe das nicht, weil ich selbst am liebsten auf windigen Terrassen, in Türmen und in Dächern wohne, aber ich höre Borg gern über sein Haus reden.

Ich lebe seit knapp drei Jahren hier. Ich wollte mitten in der Stadt sein, wie das viele wollen, und mit zwei Koffern, vier Kartons und wenig Geld zog ich ein. Als ich Borg bereits nach der zweiten Monatsmiete gestehen musste, pleite zu sein, verfinsterte sich seine Miene, aber er sagte nichts. Ich schlief die ganze Nacht nicht, zerbrach mir den Kopf, wie

ich bezahlen oder wohin ich gehen könnte. Die Eltern kamen nicht in Frage, und zurück zur Großmutter wollte ich nicht. Am nächsten Tag drückte Borg mir ein grünes Stofftier in die Hand. Damit solle ich heute Nacht in die Lotusbar gehen und es dem blonden Türsteher geben, der dort von null bis sechs Uhr arbeite. Vom Türsteher erhielt ich einen kunstvoll gefalteten Vogel aus Seidenpapier. Er war ungewöhnlich schwer für eine Seidenpapierfigur, aber ich lieferte ihn kommentarlos bei Borg ab. Wenige Tage später wiederholte sich das Spiel, ich brachte ein grünes Plüschbündel in eine andere Bar. Diesmal wurde mir im Tausch eine Packung Damenstrümpfe ausgehändigt. Ich widerstand der Versuchung, sie auf der Toilette zu öffnen, ihren Inhalt genauer in Augenschein zu nehmen. Gelbe und blaue Stofftiere folgten. Das Thema Miete kam nie wieder auf.
Borg wohnte unten. Ich ganz oben. Der Rest des Hauses stand leer. Es war ein stilles Haus, still wie heute Nacht. Erst nach drei Monaten füllten sich langsam die Zimmer. Borg strich jeden Raum neu, jeden in einer anderen Farbe, und immer wenn ein Zimmer fertig war, zog jemand ein. Jetzt sind wir fünf.
Irgendwann höre ich Borgs Schritte auf den Treppen zu meinem Stockwerk. Als es klopft, erschrecke ich trotzdem. Ein neues Stofftier, vielleicht. Durch die angelehnte Tür hindurch will er wissen, ob ich schon schlafe. Ob ich runterkommen wolle. Weil die Prinzessin in mir gelangweilt mit den Fingerknöcheln knackt, sage ich ja. Moment. Borgs Schritte sind schon wieder auf dem Weg nach unten. Bis gleich. Ich stehe langsam auf.
Ich verkorke die Weinflasche und nehme sie mit. Im Wohnzimmer brennen lange Kerzen. Ich angle eine gebrauchte

Tasse vom Tisch. Ich rauche eigentlich nicht, trotzdem hält mir Borg eine seiner Selbstgedrehten hin. Er kennt mich gut genug. Borg macht die Tür zum Garten auf. Wir sitzen auf einer Wolldecke.
»Töte einen Seemann«, sagt Borg und hält mir eine Kerze hin.
Ich mag das leise Knistern beim Anziehen des Rauchs und die Formen, die er beim Ausatmen annimmt, je nach Umgebung. Den Geschmack mag ich nicht, die Wirkung aber ist angenehm. Wir schweigen.
Mein Blick hängt zwischen der Veranda, die noch etwas Licht von den Kerzen auffängt, und dem Hinterhofgarten, der völlig dunkel ist. An Borgs Händen klebt noch Silikon. Borg bearbeitet die häuslichen Baustellen mit einer Ausdauer, die an Besessenheit grenzt. Er widmet sich diesem Haus, als ginge es um die Rettung seiner Seele. Er hat dem Haus sogar einen Namen gegeben: Goldlaube. Es gibt tatsächlich Leute in der Stadt, die wissen, was die Goldlaube ist. Borg atmet einen großen Rauchschleier aus und lächelt mich an. Die Musik und sein Haus halten den großen Jungen am Leben. Er sieht müde aus.
Wir rauchen. Wir trinken.
Plötzlich fängt Borg an, sein bekleckertes Arbeitshemd auszuziehen. Ich sehe ihn fragend an. Er sagt nichts. Er legt das Hemd in meinen Schoß.
Als Kind klaute ich immer die Hemden meines Vaters. Wenn er nach Hause kam, warf er seine Bürokleidung über einen Stuhl in der Waschküche. Dort fischte ich sein Hemd weg und verbrachte den Rest des Abends darin. Ich erinnere mich gut an den kräftigen, beruhigenden Geruch seiner Hemden. Als kleines Gespenst schleifte ich die Säume über den Boden.

Ich schlüpfe in Borgs Hemd. Es riecht anders. Aber auch gut.
»Schau mal«, er nimmt eine Kerze und führt die Flamme nur wenige Millimeter über seine Haut. Er beträufelt sich mit dem roten Kerzenwachs. Seine Arme bekommen eine Gänsehaut. Aus den Tropfen formen sich Muster, die sich verdichten, bis sie wie Wunden aussehen. Er verteilt das Wachs bis nah an sein Schlüsselbein. Als die Arme von einer festen Kruste überzogen sind, fallen Tropfen auf seine Brust. Als die Kerze ganz kurz geworden ist, nimmt er eine neue. Ich sehe still zu, bin nur Auge, nur Spiegel. Bin der Blick, den Borg gesucht hat. Ich habe ihn noch nie so konzentriert gesehen und finde ihn seltsam und schön in seiner Besessenheit. Er schließt die Augen und macht immer weiter.
Ich lege meine Hand unter die Kerze. Auf dem Handrücken kann ich die Hitze ertragen. Borg legt sich auf den Rücken und führt die Kerze wie bei einem Ritual über den Bauch. Seine Bewegungen sind ruhig, er presst die Lippen zusammen, um kein Geräusch zu machen.
Ich darf ihm das Wachs abziehen, später, als die dritte Kerze verbraucht ist. An vielen Stellen ist es noch warm, ich mag das weiche Gefühl. Er verzieht die Mundwinkel, weil ich ihm Körperhaar mit abreiße. Dazwischen lacht er. Das Kerzenlicht spielt auf seiner breiten Stirn. Sogar dort klebt Wachs. Als ich es löse, hält Borg meinen Kopf fest.
»Danke«, sagt er.
Er sieht glücklich aus. Seine Augen glitzern, seine Haut schimmert rosa.
»Mit den anderen hätte ich das nicht machen können«, sagt er.
Ich lächle zurück und reiße absichtlich hart an einer Wachsplatte auf seiner Brust.

Schmetterlinge

Es regnet. Ich stehe im Ausgang zur Dachterrasse und starre die kleinen Explosionen an, mit denen die Tropfen zerplatzen. Übers Nachbarhaus huscht eine nasse Katze. Sie bemerkt mich nicht. Um meine Schultern baumelt ein bunter Vorhang aus glitzernden Plastikperlen. Als es fast zu spät ist, schlüpfe ich ins Bad und tupfe holunderfarbene Schatten auf meine Lider. Unten hupt ein Wagen. Ich komme schon. Die Perlen klimpern gegen das Glas der Terrassentür.

Ich bin etwas benommen, während die Mikrofone eingestellt, die Instrumente gestimmt, meine Wassergläser platziert werden. Beim Spielen nimmt die Benommenheit zu. Der Mann mit dem Bass macht trotzdem kleine Feuerwerke aus allem, was ich tue. Heirate mich, schreit jemand. Wieder ein Betrunkener. Oder ich habe mich verhört. Nach dem Konzert bin ich müde und seltsam aufgebracht. Eine virtuelle Grille zirpt in meinem Ohr.

Nachdem der Bassmann und ich uns in einem Hinterzimmer auf einer Insel aus zerschlissenen Orientteppichen niedergelassen, eine Flasche Madeira bis zur Mitte ihres Etiketts geleert haben, lachen wir, und die Grille gibt endlich Ruhe. Anschließend fahren wir zu Borgs Tonstudio, das sich in einem Backsteingebäude am Stadtrand befindet. Der Bassmann lässt mich aussteigen. Ich sage danke. Ob er nicht mitkommen wolle. Er sagt nein, Schlaf sei jetzt wichtiger. Ich beobachte, wie die Rücklichter seiner Kleinbuskarosse im Regen verschwinden.

Im Erdgeschoss der Backsteinhalle brennt Licht. Ich schlüpfe hinein. Borg sitzt mit einem Kollegen vor einem Bildschirm, sie beugen sich über Mischpulte, handschriftliche Zettel. Hinter der großen Glasscheibe, im Aufnahmeraum, packt eine dreiköpfige Band ihre Instrumente zusammen. Borg nimmt die Kopfhörer ab, als er mich kommen sieht. Sein Kollege nickt mir einen Gruß zu.

»Ich will tanzen«, sage ich.

Wir haben zwei Tempel, wie Borg sie nennt, das Mokusei und den Fairy Club. Das Mokusei ist weiß und sehr modern, hat Jasmintee, Litschilimonade und das beste Sushi der Stadt. Außerdem kann man aus zwanzig Sorten japanischer Alkopops aussuchen, bunte Chuhai in noch bunteren Dosen, die aufgereiht in einem Kühlregal stehen, auf dem ein goldener Buddha sitzt. Getanzt wird dort allerdings nur mittwochs und donnerstags.

Der Fairy Club wirkt muffig und barock dagegen. Von außen sähe man der alten Villa, wäre da nicht das Neonschild, ihr turbulentes Innenleben nicht an. Meine durchtanzten Nächte verbringe ich meistens dort. Die Musik im Fairy Club ist mal aufpeitschender Treibstoff, mal kühle Melancholie, die Stile wechseln, Elektronisches überwiegt. Manchmal spielen sie komplexe Kopfmusik, das gefällt mir.

Als wir ankommen, hat der Regen fast aufgehört. Der Neonschriftzug glimmt durch die verwaschene Luft. Wir fliehen unter das geschwungene Vordach und treten ein. Die Villa hat zwei Flügel, dazwischen liegt der langgestreckte Barraum. Von links erahne ich den Puls der Big Beats, rechts kann ich langsam anschwellende und wieder abflauende Lichter sehen. Borg geht geradeaus an die Bar. Ich schwenke ab nach unten.

Bei den Toiletten steht, vor einer Spiegelwand, eine lebensgroße Alabasterfigur von Peter Pan. Er sieht mir ähnlich, denke ich im Vorbeigehen und wünschte, er hätte weiches Haar, ein biegsames Rückgrat und nicht den starren Alabasterhals. Auf dem Weg zurück berühre ich seine Wange. Bilde mir ein, dass sie wärmer ist als gewöhnlicher Stein. Dass unterm Weiß ganz sachte Sommersprossen durchschimmern. Ich nehme in großen Schritten die Treppe nach oben. Während im Keller ein übersüßer Duft zu haften scheint, riecht es im Barraum nach Zitronen und Kerzen.
Die Hälfte der Wände im Fairy Club ist in dunklem Violett gestrichen. Tuntenschwarz, nennen das manche, oder Mädchenschwarz. Die andere Hälfte ist blass wie Muschelinneres. Überall hängen flache Glaskästen mit aufgespießten Schmetterlingen an der Wand, viele und große Arten. Einige Kunden finden das geschmacklos. Mir gefallen sie. Wenn ich zu müde zum Tanzen bin, liege ich in einem der Sessel und versuche, mich an die Namen der Schmetterlinge zu erinnern. Spanner, Spinner, Schwärmer. Mir fällt nichts ein.
Borg lächelt von weitem zu mir herüber. Wäre er ein Schmetterling, müsste er schneeweiß sein, denke ich, mit dünnen grauen Äderchen, vielleicht eine Art Seidenspinner. Er lungert mit Nestor, dem Residenten des linken Clubflügels, an der Bar herum. Borg kennt die meisten Gesichter hinter den Mischpulten, er kennt ihre Adressen und Geschichten. Er öffnet ein Cocktailschirmchen und kaut auf dem Stiel herum. Sein Bananensaftmixgetränk ist schon halb leer. Zu den beiden stößt ein schmächtiger Mann in Dunkelblau. Ich erinnere mich an ihn, ein schwuler Schriftsteller aus dem Hinterland. Nach kurzem Palaver verschwindet Nestor mit wippenden Schritten nach links.

Der dunkelblaue Anzug bleibt bei Borg und lächelt ihm tiefer in die Augen. Ich sehe eine Weile zu. Während des Flirtens faltet der schwule Provinzdichter Segelschiffe aus Servietten. Meine Laune flattert irgendwo an der Decke herum, zwischen den Flügeln zweier schwarzer Ventilatoren, ich bekomme sie nicht zu fassen. Könnte nicht sagen, ob es mir gutgeht oder nicht.

Lora, die gern Leder trägt und Zigarren raucht, ist auch da. Sie schiebt ihren spanischen Hintern in einen Clubsessel und kaut auf ihrer Unterlippe. Wenn Lora ein Schmetterling wäre, sie wäre bitterschokoladenbraun. Ihr streng zurückgebundenes Haar wirkt im wechselnden Licht wie ein dunkles Erz. Sie unterhält sich mit einer anderen Frau und beugt sich vor, um über die Musik hinweg in deren Ohr zu sprechen.

Lora wohnt mit uns in Borgs Haus, seit ich sie eines Morgens halb erfroren am Straßenrand auflas. Anfangs glaubte ich, ihr finsterer Blick habe etwas mit der Erfrorenheit zu tun. Aber sie taute nie ganz auf, jedenfalls nicht mit mir. Sie hat sich nie bei mir bedankt. Was okay ist. Ein Danke aus ihrem Mund wäre wie ein Kaugummi aus einem Kondomautomaten. Unwahrscheinlich und nutzlos. Sie hatte mir gefallen, mit den blassgefrorenen Händen und den bitteren Mundwinkeln, auf eine Art gefallen, die fast unangenehm war. Jedenfalls fragte ich sie, ob sie Tee oder Kaffee will. Sie kam mit und lächelte sogar, als ich ihre Tasse auffüllte.

Der Wechsel vom sanft beschallten Barraum in den Saal mit den harten lauten Tönen ist ein Weltenwechsel. So brachial ist die Musik, dass sie meinem Hirn einen Stoß versetzt, mich augenblicklich in eine andere Sphäre kickt. Ich mag sie. Was sie auslöst, ist schlicht und spannend. Am Rand

der Tanzfläche stehen, wie um einen Swimmingpool, ein paar Gestalten mit Gläsern in der Hand. Die Tanzfläche selbst ist noch leer, ein doppelter Reiz.
Das Klopfen meines Herzens ignorierend, lasse ich mich in die Mitte des Raumes fallen und tanze. Die Wellen breiten sich augenblicklich aus. Ich bewege mich durch die Blicke der Beobachtenden wie durch kühle Schleier. Ohne die Musik, denke ich, wäre ich ein einsamer, besessener Körper, ein sich windendes Etwas zwischen Schönheit und Groteske. Wäre ungeschützt vor den Blicken der kleinen Menge und nackt. Aber die Musik ist so dicht, ein Mantel, ein Kleid, eine Entschuldigung, sich so zu bewegen. Zwei oder drei Gäste beginnen ihre Gläser abzustellen und mir zu folgen. Der Bann ist gebrochen.
Irgendwo unter den Gästen bist auch du. Ich kann dich auf zwanzig Meter riechen, auch wenn ich dich nicht sehe. Ich habe ein Gespür für dich. Ich weiß nicht warum. Du bist ein trauriger Prinz, der ungeheuer langsam an seinen Red Russians nippt. Meist stehst du mit dem Rücken zur Wand und lehnst dort bewegungslos. Ich sah dich nie tanzen.
Zum letzten Mal geküsst habe ich dich im letzten Winter. Mit Gedanken an dich vertrieb ich einen anderen Mann aus meinem Kopf. Ich benutzte dich als Skalpell, um mich der längst verstummten Liebe zu entledigen. Atemlos über die Präzision des Schnitts verlor ich mich in deinen Augen. Du warst ein Beobachter, rau und schweigsam, der nichts forderte und trotzdem alles nahm, was ich gab. Wir trafen uns ein paar Wochen, wir beide. Der Schnee flog in Spiralen um unsere Köpfe. Aus mundgeblasenen Gläsern tranken wir Tee. Dann schliefen unsere Verabredungen ein.
Im Grunde hatte ich dich seit Jahren gekannt. Du warst an derselben Schule, warst in schwarzen Hemden zur Schule

gekommen und trugst manchmal einen Schlips. Dieser Schlips war grau, selten rot, und prinzipiell zu locker gebunden, so dass dein Hals immer frei lag. So saßt du dann, mit Rabenhaar und Rabenblick, unter deinesgleichen oder allein. Ich hatte gehört, dass du dir Programmieren beibringen würdest und dieselbe Musik mochtest wie ich. Aber ich hätte mich niemals an dich herangetraut. Ich hatte mir dich vage als einen vorgestellt, der eines Tages einen Stockholmer oder Londoner oder Bostoner Bürostuhl besetzen würde, stilbewusst, erfolgreich und vor allem weit weg.

Stattdessen traf ich dich ein paar Jahre später in der nächsten Großstadt wieder. Wir waren keine Schulkinder mehr, und das Gespräch, der Kaffee und die Geneigtheit ergaben sich plötzlich von allein. Das war vor knapp zwei Jahren. Ich fragte mich, was wohl passiert wäre, hätte ich zu Schulzeiten, als halbgarer Backfisch, als grüne Siebtklassennymphe, dich, den vier Jahre älteren Schlipsträger, den Rabenprinzen, einfach angesprochen. Vielleicht wäre nichts passiert. Vielleicht eine ganze Menge.

Plötzlich ist Lora neben mir. Ich sehe Bruchstücke ihres Körpers, das Licht fällt auf den ledernen Hintern, nackte Schultern. Ich wirble ein Stück weit weg von ihr. Ihre Arme sind zwei pralle Tiere, sie hebt die Stirn ins Licht. Sie hat selten dieses breite Lachen wie heute. Ihre Zähne schimmern, sie glänzt. Ich fühle mich kleiner werden neben ihr. Ich fühle mich wie ein flachbrüstiges Kind neben einer echten Frau. Ich werfe mich rücksichtsloser in die Musik, lege die Hände auf meine Hüften und sehe Lora nicht an.

Während die Nacht vergeht, steigt das Tempo der Musik, flimmert der Raum um mich wie eine Kinoleinwand mit vierundzwanzig Bildern pro Sekunde. Dann sinkt die Taktrate, zwölf Bilder, vier Bilder. Die Szenerie vor mir zuckt träge, ein metallischer Puls, das Daumenkino großer Maschinen. Ich trinke zwei Gläser Wasser und tanze weiter. Körper bewegen sich um mich, aber ich nehme sie nicht mehr wahr. Die Luft irisiert.

Als ich genug habe, durchquere ich die Bar, gehe in den dritten Raum. Heute werden hier Filme an die Wand projiziert. Allerdings mit verschwommenen Bildern, so dass nur ein Viereck aus fließendem Licht zu sehen ist. Ich kann nichts erkennen. Die Musik ist ein surrealer, metallischer Walgesang. Etwa ein Dutzend Leute wiegen sich im langsamen Rhythmus.

Meine Augen bleiben an der Wand mit den Projektionen hängen. Mal wimmelt es rosa, mal violett und rot. Ich kann mich des Eindrucks nicht erwehren, dass hier Pornos abgespielt werden, verschwommen und tonlos. Ich sehe mich um.

Du sitzt an einem Tisch nicht weit von mir. Deine Augen liegen tief und schattig und haben mich längst entdeckt. Dein schwarzes Haar wirft schimmernde Reflexionen, an anderen Stellen verschluckt der Glanz sich selbst, ein seltsames Geben und Nehmen von Licht. Die Projektionen im Raum schwingen gerade um, von Elfenbein auf Pfirsichrot. Dich kann ich fragen. Ich gehe hinüber. Ich sage nicht hallo.

»Sind das Pornos an der Wand?«

Du blinzelst, trinkst einen Schluck aus deinem Getränk und sagst dann zögerlich nein. Dass ich zu oft Fight Club gesehen habe, sagst du. Ich habe Fight Club gelesen, sage ich.

Dir gegenüber sitzt ein junger Mann. Ich mustere ihn. Sein Haar sieht farblos aus, fast transparent, eine verwaschene

Plastiktüte, und fluoresziert ein bisschen rosa. Er mustert zurück, jetzt sage ich hallo. Er versucht, begrüßend mit dem Kopf zu nicken, und schneidet ungewollt Grimassen. In seiner Stimme höre ich mindestens vier starke Cocktails. Die Flecken in seinem Gesicht bewegen sich. Er fordert mich auf, Platz zu nehmen.
Ich erfahre seinen Namen, Peer. Zu deinem Namen, denke ich, passt das gut. Fender und Peer. Klingt wie Feder, Rebenlese, Beerengelee oder Meer. Eine schlichte Wortspielerei macht mich manchmal glücklich.
»Darf ich?«, frage ich Peer und deute auf die Zitrone an seinem Glas.
Er zuckt mit den Schultern. Ich löse die Frucht und beginne sie zu lutschen.
»Und wer bist du?«, will Peer wissen.
»Das Mädchen, das Zitronenschalen im Aschenbecher hinterlässt statt Kippen«, sage ich.
Du lächelst verhalten. Peer hingegen scheint mein Zitronenschalensatz schlagartig überzeugt zu haben, dass ich die Rettung seines Abends bin. Er rückt ein Stück näher und drängt mir seine Lebensgeschichte auf. Es geht um Taxenstände, Wintergärten, Fahrstühle und gescheiterte Beziehungen. Peer arbeitet in einem der großen Hotels. Er sei Einzelgänger, sagt er.
Wieder einer der Sonderlinge. Entweder ziehe ich diese Menschen magisch an, denke ich, oder meine Generation ist durchsetzt von ihnen. Von liebenswerten Mottenfängern, die keine Freunde haben, sich die Sinnfrage mindestens einmal wöchentlich wie eine Pistole auf die Brust setzen und betonen, schon ihre Schulzeit als Außenseiter gefristet zu haben. Einsame Wölfe, und sie alle erzählen mir ihre Geschichte. Dass es im Grunde immer dieselbe Geschichte

ist, blende ich aus. Ich höre mir jede Geschichte mit demselben Hunger an, wie kleine Kinder ihre Lieblingsgeschichte tausendmal anhören und ihrer doch nie müde werden.
Irgendwann habe ich beschlossen, diese Menschen zu sammeln. Ich höre ihnen zu. Ich schreibe ihnen Briefe. Manchmal schreibe ich Lieder über sie. Manchmal verliebe ich mich in einen der Wölfe. Manchmal gehen sie mir auf die Nerven. Ich sage Peer nichts von dem Gnadenhof für Sonderlinge in meinem Kopf. Ich sage keinem etwas.
Ich tausche Blicke mit dir. Nur kleine Fragen lassen Peer immer neue Kapitel seines Lebens aufschlagen. Die Leute erzählen mir viel zu viel. Ich kann mir vorstellen, wie sich ihre Körper von innen anfühlen, so viel erzählen sie mir. Sie kriechen in meinem Blut herum, bis ihre Wünsche meine Wünsche werden, und das ekelt mich an. Dann denke ich, dass ich lieber nicht unter Leute gehen sollte. Es reicht, nur ein Gesicht zu sehen und ich kenne das Gefühl dahinter.
Als Peer fertig ist, schweben seine fleckigen Wangen nur noch wenige Zentimeter vor meiner Nase.
»Dein Haar«, sagt er, »ist rot wie eine Koralle in dem Licht«, und greift nach einer Strähne.
Ich nehme sie ihm weg.
»Tschuldige«, murmelt er.
Er schweigt, und wir sehen den Tanzenden zu. Manche halten sich an ihren Gläsern fest. Ein neues Stück beginnt, und ich mag es. Bis nachher, sage ich beim Aufstehen. Peer wirft mir eine schwache Kusshand hinterher. Ich falle in die Musik.
Als ich zum Tisch zurückkomme, schlagen Windmühlen in meinem Kopf, weht ein süßer Wind darin. Du bist allein. Dein Blick ist fragend und herrisch zugleich.

Es ist nicht die feine englische Art, einfach zu verschwinden. Trotzdem sagst du: Los. Offensichtlich hat Peer ein Rendezvous mit Peter Pan. Ich sage: Okay. Als wir die Bar durchqueren, sage ich: Moment. Ich suche Borg. Er hat sich nicht vom Fleck bewegt. Er hält eins der Serviettenschiffchen des Schriftstellers in der Hand.
»Bring die Gitarren heil nach Hause«, rufe ich ihm zu, »ich gehe heute zu Fuß.«
Borg nickt. Wahrscheinlich sieht er dich auf mich warten. Ich stelle mich auf die Zehenspitzen, küsse ihn auf die Backe.
Durch die aufgestoßene Tür folge ich dir. Feuchte Nachtluft strömt in meine Lungen. Wir gehen blind in eine Richtung. Keiner fragt wohin. Grüne Kiesel und Glasgranulat knirschen unter meinen Schuhen. Ich mag die Kristallstreusel, die beim Zerbrechen von Sicherheitsglas entstehen. Sie bedecken glitzernd den Asphalt, ein Feld falscher Edelsteine.
Wir gelangen auf die sechsspurige Brücke über dem Bahnhof. Ein Schnellzug rollt herein. Wir sehen ihn langsam in die Dunkelheit zwischen Gleis zehn und elf fräsen. Er passt perfekt. Wir hören Metall. Wir hören Lautsprecher. Wir überqueren die sechs Spuren und gehen weiter, die Hände auf nassen Geländern schleifend.
»Woher kennst du diesen Peer?«, frage ich.
»Ich kenne ihn nicht«, sagst du.
Ein Tropfen fällt von irgendwo aus großer Höhe auf meine Schulter. Ich muss lachen. Ich beiße mir in den Handrücken. Plötzlich lachst du auch. Deine Stimme klingt wie ein unterirdischer Fluss. Ich möchte darin baden. Auf meiner Hand bleibt minutenlang der kleine Biss zu sehen.
Links taucht ein Rohbau auf, Fensterlöcher, groß und dunkel. Vom Regen sind große Lachen auf allen Böden des

Bauskeletts, das Dach ist noch offen, überall tropft es. Das Geräusch des rieselnden Wassers hallt mehrfach und überdeutlich an den kahlen Wänden wider. Ich gehe hin und höre zu. Du folgst mir, ohne zu fragen. Ich betrete die Baustelle, gehe durch zukünftige Türen. Mit jedem Schritt wird das Plätschern lauter und hallender. Es klingt wie eine minimalistische Triosonate, ein Spiel zwischen Souterrain, Hochparterre und Obergeschoss. Das Platschen im Keller hallt am längsten und tiefsten. Ich mache ein Geräusch zwischen Murmeln und Singen. Meine Stimme verdoppelt sich. Du schweigst und beobachtest.

Ich raune den Anfang eines Liedes. The creeps are out and dancing. Der Text fließt vor mir auf den Boden. Ich singe nicht wie auf der Bühne, sondern hauchiger, tonloser, wie in einer Muschel, die auf keinen Fall zerbrechen soll. Inmitten der Tropfensonate echot mein Lied, anders, ganz anders, als ich es kenne. Du bist das stillste Publikum, das ich je hatte. Deine Rabenaugen halten mich fest.

Wir durchqueren den Rohbau in Richtung Stadtpark und gehen zum See. Das Wasser liegt bewegungslos da. Ich kauere mich ans Ufer. Du sprichst über den letzten Winter, über aktuelle Filme und deine neue Wohnung. Ich werfe manchmal Fragen dazwischen und Steine ins Wasser. Du sagst, du seist mir in den letzten Wochen oft begegnet, irgendwo auf der Straße. Ich erinnere mich an nichts.

Einer meiner Steine schlägt etwas abseits ins Wasser und weckt ein Entenpaar. Eine zierliche Ente schwimmt verträumt in die Mitte des Sees. Es ist eine japanische Ente mit großen Knopfaugen. Das zweite Tier, ein schwarzer Erpel, schifft direkt auf uns zu. Er bellt uns mit seiner Entenstimme an.

Ich erzähle dir die Geschichte von dem Glassplitter und

dem Tintenfass. Ich spreche nicht von Moritz, nicht von meinem Zwillingsbruder, sondern von einem Jungen, einem Glassplitter, einem Tintenfass. Du fragst, ob ich eitel sei. Ich sage ja. Du ziehst ein Klappmesser aus deiner Tasche und fragst, ob ich heute immer noch weglaufen würde. Ich stehe auf und sage ja, natürlich. Du lachst wie ein Mafioso, der sein Opfer in die Enge getrieben hat. Du hast ein schönes Lachen. Es klingt, als hättest du es geübt.

Auf dem Heimweg hältst du mein Gesicht unter eine Straßenlaterne. Ich solle die Augen schließen. Du berührst mit dem Finger mein Augenlid, den verwischten Kajalstrich einer durchtanzten Nacht. Ich kann die Wärme deiner Haut im Gesicht spüren.

»Wie der Hof um den Mond bei nebligem Himmel«, sagst du.

»Ich wische ihn selten ab«, sage ich.

Ich schließe die Tür auf. Führe dich über die dunklen Treppen nach oben. Auf meinem Bett liegen die Gitarren wie zwei Schlafende. Ich stelle sie ans andere Ende des Raums und knipse eine Lichterkette an. Ich setze mich aufs Bett. Du bleibst stehen und siehst dich minutenlang um. Dein Blick schweift, deine dunklen Haarspitzen kriechen mit der Bewegung des Kopfes über deinen Nacken.

Ich bin nicht müde. Im Gegenteil. Ich bin so wach, dass es wehtut. Am liebsten will ich schreien oder mit all meiner Kraft in deinen Nacken beißen. Ich will weinen, will etwas schaffen oder zerstören, will Welten kollidieren lassen, dich und mich. Aber ich bleibe einfach sitzen. Ich zerbreche nicht die Stifte auf meinem Tisch, ich reiße keine Tapeten von den Wänden, ich zerfleische nicht deinen Nacken. Ich sprenge nicht die Saiten von meinen Gitarren, zerschlage keine Scheiben, blute nicht. Ich küsse dich nicht.

Wir verbringen die Nacht auf der Dachterrasse und hören dem Viertel beim Schlafen zu. Bis auf einen murmelnden Fernseher ist es sehr leise. Das Rieseln und Gurgeln der Stadt ist nur in stillen Augenblicken wie jetzt hörbar. Ich frage mich, ob die heimliche Wasserorgel der Straßen eine Besonderheit dieser Stadt ist oder ob sie in allen Städten spielt.

Mandelseife

Die Stühle unserer Dachterrasse sind mit krillfarbenen Plastikbändern bespannt. Als ich aufwache, liegt mein Kopf zurückgesunken auf der Lehne meines Stuhls. Im Nacken kann ich die Rippen der Plastikbänder fühlen. Mein Blick hängt am Bauch einer Wolke.

Du bist verschwunden. Dein Stuhl steht, wo er stand, als ich glücklich war. Meine Finger sind klamm und kalt. Aber lange kann ich nicht geschlafen haben. Das Licht ist noch dämmrig. Die Stadt gurgelt noch. Der Morgen schiebt zwei Nebelbänke aus dem Fluss.

Ich mache kleinere Schritte als sonst. Die Plastikperlen klimpern. Mein Zimmer ist dunkel. Ich gehe ins Bad. Zwei Handtücher liegen auf dem Boden und bilden eine gestreifte Insel. Ich schiebe die Insel mit dem Fuß zur Seite. Sie bekommt eine zusätzliche Bucht und zwei tiefe Täler. Ich werfe meine Kleider daneben, ein textiler Archipel. Wasser rauscht dampfend in die Wanne.

Mein Badewasser ist immer einen Tick zu heiß für mich. Die kleinen Strömungen und Turbulenzen fühlen sich noch heißer an. Sie wirbeln um meinen Körper und beruhigen sich kaum. Meine Haut wird rosig und mir schwindlig.

Ich zähle die Schachbrettfliesen auf dem Boden. Die Spiegelwand gegenüber verdoppelt den Raum. Ich zähle nahtlos in die Spiegelwelt hinein, zweiundvierzig, vierundvierzig. Ich komme beim Spiegelbild der gestreiften Handtuchinsel an, verliere den Faden und gebe das Zählen auf. Deine Stimme hängt noch in meinem Ohr. Gewisse Worte sagen sich besonders gut mit deiner Stimme, zum Beispiel Kaffeeautomat oder Gottmodus. Nur feige Arschgeigen spielen im Gottmodus, sagst du. Die Übermüdung hüllt meine Sinne in Watte. Wenn ich still liege, kann ich an der Oberfläche des Wassers meinen Herzschlag zittern sehen. Die kleinen Wellen verbreiten sich und berühren meine Zehen. Je länger ich das Zittern beobachte, desto weniger kann ich still liegen. Ich plätschere. Ich spritze hinüber zur Spiegelwand. Ein paar Tropfen rinnen auf den Boden. Schließlich steige ich aus der Badewanne. Der Bademantel ist ein großer Baumwollflaum, der mich einhüllt wie etwas Zerbrechliches. Ich putze meine Zähne. Gehe in mein Zimmer. Will den Bademantel aufs Bett werfen. Plötzlich bewegt sich etwas. Bei den Gitarren, wo sich nichts bewegen sollte, bewegt sich etwas. Der Flaum zerfällt mir zu nutzlosen Flusen. Ein großer Umriss kommt auf mich zu. Ich starre ihm entgegen.

»Entschuldige«, sagst du.

Ich sage nichts.

Mein Schreck verwandelt sich in Wut, sekundenschnell, eine chemische Reaktion. Ich starre deine Brusttasche an, aus der ein roter Bleistift ragt. Den will ich in deine Brust rammen. Weil du noch hier bist, in meinem Zimmer, leise wie ein Dieb. Der Bleistift ist gut gespitzt. Er weist als schräger Pfeil nach oben. Mein Blick folgt ihm, wandert deinen Hals hinauf.

»Darf ich dein Badewasser benutzen?«, fragst du.

Ich frage mich, ob ich noch wütender werden soll.

»Du hast es nicht abgelassen«, sagst du.

Es klingt wie eine Entschuldigung. Ich pflücke den Bleistift aus deinem Hemd und werfe ihn gegen die Wand. Er klappert nur harmlos. Also greife ich nach deiner Brusttasche, und bevor ich denken kann, reißt sie mit einem lauten

Ratsch von deinem Hemd. Ich halte den Fetzen in der Hand. Das ist besser.
»Ist noch warm«, sage ich.
»Spinner«, sagst du gereizt.
Ich werfe, was einmal deine Brusttasche war, aufs Bett, es verschwindet im Dunkeln, irgendwo zwischen Bettwäsche und Wand. Du funkelst mich an. Dein Hemd hat einen großen Riss quer über der Brust. Dass ich dir ein neues schulde, sagst du. Deine Stimme ist rau. Statt einer Antwort streife ich den Bademantel ab. Du versuchst, höflich zur Seite zu sehen, aber es gelingt dir nicht.
»Spanner«, sage ich.
Über deine Lippen kommt ein leises Lachen oder ein leises Fluchen, ich weiß nicht, was es ist. Ich raffe den Bademantel wieder an mich, umarme den Baumwollflaum, als wüsste ich nicht, wie man ihn anzieht. Er riecht nach Mandelseife. Du funkelst mich weiter an, sonst geschieht nichts.
»Ich geh ins Bad«, murmelst du irgendwann.
Im Vorbeigehen streifen deine Lippen meine Schulter. Was für ein feiger Flüchtigkeitskuss. Ich bleibe reglos stehen. Die Badewannenhitze verlässt langsam meinen Körper. Ich höre, wie du ins Wasser steigst.
Könnte ich mich verdoppeln und mir selbst gegenüberstehen. Könnte ich mich auffalten wie Schmetterlingsflügel. Ich würde mich ansehen, wie du mich ansehen kannst. Ich würde mich berühren, wie du mich berühren kannst. Ich würde meine Schultern fassen, meine Hüften, die Festigkeit der Knochen fühlen, die Weichheit der Haut, würde mit meiner Zunge nach meiner Zunge suchen, Schmollmund auf Schmollmund. Aber ich kann es nicht. Ich gehe zur Badtür. Ich höre dich plätschern. Ich lege meine Hände auf die Tür.

»Was ist deine Hemdgröße?«, frage ich.
Ich höre dein unterirdisches Lachen. Ich muss an Peter Pan denken, an deine Red Russians und das Klappmesser. Ich öffne die Tür.

Kirschkerne

Als stummer Schrei, der mein Herz reinwäscht, es poliert, mit glühenden Fingern, strömt aus meinen Lungen die Sehnsucht vieler Wochen, steigt durchs Dach und teilt den Himmel mit den Schwalben.
Meine Hände wandern benommen über deine nasse Brust. Erst jetzt spüre ich, dass das Wasser kalt geworden ist. Meine Fingerspitzen haben sich vor Nässe in Falten gelegt. Ich steige aus der Wanne und wische zwei Badewasserpfützen vom Schachbrett des Bodens. Dein Sperma wirbelt als kleiner Cirrus durch den Abfluss. Ich lasse dich damit allein.
Auf der Dachterrasse weht ein leichter Wind. Er streicht durch meinen Bademantel, ein Anflug von Fernweh. Wolken schiffen in raschem Tempo über den Himmel. Auf einem Nachbarbalkon gießt eine junge Frau ihre Blumen. Das gelbe Tuch, das sie im Haar trägt, ist das einzig Auffällige an ihr. Als sie bemerkt, dass ich sie beobachte, verschwindet sie in ihrer Wohnung. Ich beschließe, nicht ins Bett zu gehen, um meinen Schlafrhythmus nicht komplett auf den Kopf zu stellen. Ich werde Kaffee kochen und bis zum Abend durchhalten.
In der Küche finde ich einen Zettel von Borg. Bitte Tomaten, Milch, Reis, Streichhölzer einkaufen. Der Zettel stammt von einem Kleeblattblock und hat gewellte Ränder. Borg muss beim Schreiben nasse Finger gehabt haben. Die Kaffeedose ist leer. Ich schlüpfe in ein Paar Turnschuhe und schiebe meine Sonnenbrille auf die Nase.
Die Stadtbahn gleist, willig beschleunigend, an einer Häu-

serreihe mit frischer dunkelroter Tünche vorbei. Durch die getönten Scheiben und die Brillengläser ist alles doppelt dunkel. Gut so, denke ich. Meine Sinne sind für jede Dämpfung dankbar. Die Müdigkeit näht mich in Schichten schweren Seidenbrokats ein, und jeder Reiz dringt wie ein verirrter Stich von außen durch. Das Geschepper einer Schlüsselkette am Sitz, der Ellbogenstoß von rechts, der Schnapsgeruch aus einem grünen Parka.

Zwei tratschende Frauen steigen zu. Ihr Gerede hängt wie ein Radioprogramm in der Luft. Alle hören unwillkürlich zu. Nur einer empfängt nicht. Hält die Augen geschlossen, hat sein eigenes Programm, einen großen Kopfhörer auf, eine Schwedenflagge auf der Brust und tiefe Augenringe. Von seiner Musik ist ein rhythmisches Wispern zu hören, das dann und wann aussetzt. Ihm gegenüber sitzen zwei kleine Mädchen und beobachten ihn. Als er einnickt und seitlich in den Sitz sinkt, verrutscht sein Kopfhörer. Als schließlich der Mund des Schweden sich öffnet, große Schneidezähne, Speichelfaden, können die Mädchen gar nicht mehr wegschauen. Er hat sie, schlafend, völlig in seinem Bann. Erst als der Kopfhörer ganz von seinen Ohren rutscht, schreckt der Mann hoch. Er stopft ein wenig an seinem Shirt herum. Die Kinder schauen mich an, als erwarteten sie eine Auskunft über den Mann. Ich lächle nur. In meinem Kopf beginnt eine Musik zu spielen, vermessen, sorglos und brillant.

Supermärkte wecken in mir immer den Wunsch, Unfug zu treiben. Ich esse ein paar Kirschen aus einer Obstkiste. Zwei Kameras nehmen alles auf. Aber niemand kommt, niemand weist mich zurecht. Ich lasse die Tiefkühlregale links liegen, lese im letzten Korridor in Billigbüchern und Lifestylemagazinen. Ich gehe zurück zum Obst und esse noch eine Kirsche. Mit Tomaten, Milch und Reis, Streichhölzern und Kaffee, Tiefkühlkuchen und einer weiteren Handvoll Kirschen im Gepäck verlasse ich schließlich den Laden.

Ich sehe mich um, ob die kleinen Mädchen noch irgendwo zu sehen sind. Sie waren mit mir aus der Stadtbahn gestiegen, hatten sich an dem erschöpften Schweden vorbeigedrückt, peinlich bedacht, ihn nicht zu berühren. Eins der Mädchen hatte sich, den kecken Schulterblick von Fotomodellen imitierend, auf der Straße noch mal nach mir umgedreht. Ich sehe fünf alte Frauen und einen kahlköpfigen Hundebesitzer, der von seinem Mischling in Richtung Park gezogen wird. Ich frage mich, ob einer von denen weiß, dass hinter das Haltbarkeitsdatum auf einer Fischstäbchenpackung ein Buchstabe gedruckt wird und dass dieser Buchstabe für eine Fischart steht. Es gibt Alaska-Seelachs, Seelachs, Seehecht und blauen Seehecht. Ich jongliere die Kirschkerne auf der Zunge. Den Weg zurück nehme ich im Laufschritt, die Einkäufe wippen gegen meinen Rücken. Ich spucke einen Kirschkern gegen jedes Stoppschild, an dem ich vorbeikomme. Mit Kirschen im Mund sollst du nicht rennen, sagte meine Großmutter immer. Ihr Garten ist voller Obstbäume und Stachelbeerbüsche. Wie viel Zeit ich dort verbrachte.

Zurück in der Goldlaube, koche ich zuerst Kaffee. Dann werfe ich mich zu dir aufs Bett. Deine Haarspitzen berühren meine Finger wie feuchte schwarze Federn. Der Kaffeedampf steigt von einem Tablett über die Bettkante in unsere Nasen.

Ich liege auf dem Bauch. Mein Herz schlägt in die Kissen hinein. So lag ich manchmal als Kind, um das Hämmern besser zu spüren, im Gras, nach einem Wettrennen durch den Garten oder auf einem Handtuch im Freibad. Ich hatte schon damals den Verdacht, dass mein Herz ausbrechen würde, wenn es könnte, und in der Wildnis leben, wenn es eine fände. Moritz fragte ich einmal, ob mein eigenes Herz mir die Rippen brechen könne. Von innen, wenn es zu arg schlägt, fragte ich ihn. Er überlegte und meinte dann, dass dafür schon ein sehr großes Herz nötig wäre. Kindern könne das also nicht passieren. Ich sehe sein Gesicht vor mir, die Erinnerung ist ganz klar. Das Bild seiner lebhaften Augen und der rissigen Februarlippen stillt ein wenig das Fernweh, das seit heute Morgen in der Luft hängt. Ich fische eine Tasse vom Tablett.

Du windest dich unter der Bettdecke. Kommst näher. Wir trinken Kaffee, Mund zu Mund, der schwarze Aufguss fließt über meine Lippen zwischen deine. Ich erzähle dir vom Kirschenklau.

»Und du? Klaust du manchmal?«, frage ich und lecke mir die Lippen.

»Nein. Das weißt du doch. Hast du schon mal gefragt.«

Dein Finger balanciert ein wenig auf dem Tassenrand, bevor der Kaffee von meiner Hand in deine wandert.

»Na gut, letzten Winter einmal«, sagst du und nippst, »da wollte ich wissen, wie sich so eine kleine Elster im Diebesrausch fühlt.«

»Ich bin nicht kleptomanisch oder so. Ich klaue nur Teelöffel und Kleinkram. Nicht oft.«

»Und Kirschen«, erinnerst du.

Du stellst die Tasse zurück und legst dich in die Kissen.

»Mach einfach keinen Blödsinn.«

»Ich bin nie erwischt worden«, sage ich.

»Das meine ich nicht.«

Ich lege mich neben dich, frage wohlweislich nicht nach,

was du meinst. Auf eine Moralpredigt habe ich keine Lust. Ich grabe meinen Kopf ins Kissen. Jetzt liegen wir wie die Figuren auf den Grabplatten der Könige, Hände auf dem Bauch gefaltet, parallel.
»Und was hast du geklaut?«, frage ich.
»Ein Telefonkabel.«
»Hm ...«
Die Dinge frieren leise fest. Die Kissen, die Fältchen in der Bettwäsche, sogar die Luft. Es wird still. Nichts rührt sich mehr. Als hätte alles seinen Platz gefunden, als könne sich nie wieder etwas bewegen. Wenn ich jetzt einen Kirschkern spucken würde, bliebe er mitten in der Luft stehen, dessen bin ich mir sicher. Ich lausche angespannt auf irgendwelche Geräusche von draußen oder unten. Ich höre nichts. Stattdessen beginnen Schafe in meinem Kopf zu blöken, sie marschieren aus dem Nichts herauf, fluten mein Sichtfeld, Schafe bis zum Horizont. Auf dem Rücken zweier Schafe sitzen die zwei kleinen Mädchen aus der Stadtbahn und winken. Ich hebe die Hand und sehe, dass es eine schmutzige Kinderhand ist. Ich fasse in meine Hosentasche, aber statt einer Glasscherbe finde ich ein Telefonkabel. Die Mädchen reiten auf ihren Schafen davon.
Meine Augen springen auf. Wir sind noch immer in Grabplattenhaltung. Ich will die Welt wieder anstoßen und schiebe meine Hand auf deinen Bauch. Du atmest ein und mit einem angenehm verzerrten Seufzen wieder aus.
»Hast du mich vermisst?«, fragst du.
Ich lege meinen Kopf auf deine Brust und schüttle ihn. Ein Kissen rutscht zu Boden, es macht ein seidiges Fallgeräusch.
»Ich vermisse dich jetzt«, sage ich.

Schneetreiben

Du wärst ein Fremder mit zerrissenem Hemd. Ich wäre eine Dorfschneiderin. Ich würde die Nadel zwischen die Lippen stecken, während ich ein Stück Faden abschneide. Bevor ich dir das Hemd zum Nähen abnähme, würde ich meine Hand hineinschieben, auf deine Haut. Dann wüsste ich, dass du keine Unterhemden trägst.

Wie ist das passiert, würde ich fragen. Eine kleine Verrückte, würdest du sagen.

Ich nehme das Hemd und flicke daran herum. Es wird eine grobe und hässliche Naht, aber weil das Hemd schwarz ist, wirst du es trotzdem tragen können, das Licht im Mokusei ist dimm genug. Ich denke ans letzte Silvester und mache die letzten Stiche.

Sieben Nächte lang fielen wir ineinander. Mit glühenden Wangen hingen wir über Teetassen und Absinthgläsern. Wir streiften am Fluss entlang, rannten barfuß über vereiste Wiesen. Wir tranken Sencha oder Rooibos, um wieder warm zu werden, löffelten billigen Supermarktkaviar mit den besten Stücken meiner Teelöffelsammlung. Wasch deinen Schwanz, sagte ich, wenn ich dich in den Mund nehmen wollte. Nacht für Nacht hielten wir uns wach, bis der Schlaf über uns herfiel, ein neidischer Gott. Sieben Nächte lang fielen wir ineinander wie die Funken zweier Feuerwerke. Aber wir verloschen nicht. Wir erreichten keinen Boden.

Wenn ich tanzte, lehntest du an der Wand und hieltest den Saal mit deinem schattigen Blick zusammen, mit dem

Druck deiner Finger ums Cocktailglas. Tinkerndes Eiswürfelballett, ich war deine persönliche Plastikballerina, das dünne Figürchen in der Schneekugel, das quer über die Tanzfläche taumelt und zurück, je nachdem, wie du das Glas neigst.
In deiner Wohnung gab es eine breite Fensterbank aus rotem Zedernholz. Dort saß ich oft und beobachtete, dich und die Menschen auf der Straße. Manchmal erschienst du mir noch ferner als sie. Wenn ich auf dem Zedernbrett saß, konnte ich mir vorstellen, nicht da zu sein. Ich konnte mir vorstellen, dass die Kaffeemaschine nur für dich allein gurgelt oder dass du eine andere Frau erwartest und dass der Spiegel überm Schuhregal mich nie gesehen hat. Ich öffnete trotz des Schneetreibens das Fenster und rauchte einen Zigarillo zum sechsten Stock hinaus. Im Rauch und den Flocken schwebte ich über der Fußgängerzone. Ein Bein hing aus dem Fenster, eines in deine Wohnung hinein.
Ob es Fensterbretter wie dieses in deiner neuen Wohnung gebe, frage ich aus dem Kissenberg heraus, in den du mich geschubst hast. Die Nadel ist irgendwo unters Bett gefallen. Du murmelst etwas von Balkon und Balustrade und dass ich schon sehen werde. Dein ruhiger Atem kommt näher. Gleich wirst du der Kirschkernlutscher sein und nicht ich. Meine Nippel werden in deinem Mund hart werden, glattgelutscht wirst du sie ausspucken. Du hältst meine Handgelenke fest. Ich schließe die Augen. Meine Netzhäute simulieren ein wildes Schneetreiben, ein graues, dichtes Störbildtreiben. Ich strecke die Beine ins Wirbeln der Flocken.
Später, ich rutsche vom Bett, streife ein Kleid über, lege eine Puderschicht auf, schwanke zwischen dem goldenen

und dem roten Lippenstift und benutze Kajal und Wimperntusche. Im Mokusei läuft uns Matti über den Weg. Seine Schlüssel klirren auf unseren Tisch, Matti gleitet neben mich aufs Leder und richtet seinen Blick auf deine Hemdknöpfe. Seine Augen wandern Knopf um Knopf aufwärts, Bauchnabel, Magengrube, Solarplexus, Brustbein, bis knapp unter die Kuhle in der Mitte deines Schlüsselbeins, und springen von dort ins Gesicht. Ich glaube nicht, dass er die grobe Flicknaht auf deinem Hemd gesehen hat.
Hallo, sagt Matti und stellt sich dir vor. Noch nie habe ich ihn ohne dieses beschwingte Lächeln gesehen, und es ist wohl der Grund, warum er überall schnell Anschluss findet. Mir ist dieses Lächeln suspekt, aber ich habe nichts, was ich gegen sein Lächeln einwenden könnte, außer vielleicht, dass Matti nicht nur den Körperbau eines Windhundes hat. Außerdem kann er Menschen mit seinem Blick nicht nur taxieren, sondern einhüllen. Immer wenn er mich ansieht, habe ich das Gefühl, er betrachte mich von allen Seiten zugleich. Das kann, je nach Laune, schmeichelnd bis einschüchternd sein. Du scheinst unbeirrt von seinem Surroundblick und beginnst ein Gespräch. Matti schüttelt seine braunen Locken in Position, und ich kann spüren, wie sein Hintern sich fester auf dem Leder installiert.
Matti wohnt seit letztem Sommer in der Goldlaube. Er hat das große Zimmer im zweiten Stock, das Borg sandfarben gestrichen hat, mit Blick auf den Hinterhof. Lora hat sich im ersten Stock eingerichtet, maisgelb, und Lutz wohnt unten, schwimmbadblau, in der Kammer zwischen Küche und Haustür. Insgeheim halte ich Lutz für eine Art Torwächter. Ich bin mir sicher, dass niemand unbemerkt an seiner Tür vorbeikommt. Auch du nicht.

Myrte

Im Spiegel flattern meine Wimpern. Ich wache nur langsam auf. Jeder Schlaf ist eine Reise, und ich frage mich, wo ich diesmal gelandet bin. Ich sehe blass aus.
Sonnenlicht filtert durch Basilikumblätter. Ich zerkaue ein Büschel davon zu einem minzigen Brei. Mein Blick hängt an der Küchenuhr, wie üblich, ohne die Zeit zu lesen. Ein Fischfraktal von Escher bildet das Zifferblatt. Ich staune über die Arglosigkeit der flachen Fische. Sie stecken ihre bunten Schnäuzchen zusammen und machen große Augen. Irgendwann deute ich die Zeigerposition der Uhr. Ich sollte gehen.
Borg kommt herein und kratzt sich die Brust.
»Ist der Typ immer noch oben?«, fragt er.
Ich nehme eine Milchtüte aus dem Kühlschrank.
»Der Typ heißt Fender«, sage ich und gebe Borg einen Knuff in die Rippen.
Die Fische blinzeln mir zu. Sie wackeln mit den blauen und gelben Schwänzen.
»Na, wenigstens weißt du seinen Namen noch«, sagt Borg, grinst und trottet ins Wohnzimmer.
Auf dem Flur wippt mir Matti entgegen, das übliche Lächeln zwischen die Ohren gespannt, und nickt mir bedeutsam zu. Diese Männer sind Hunde, denke ich, die riechen, wenn ich Sex hatte. Auf der Treppe wird mir klar, dass du der erste Mann bist, der eine zweite Saison mit mir verbringt. Die Hunde erinnern sich an dich.
Oben angekommen, schlucke ich den Minzebrei und trinke einen Mundvoll Milch. Mein Zimmer riecht nach Holz

und den Spuren von Mandelseife. Ich gieße den Myrtenbusch auf meinem Schreibtisch und sprühe mir selbst mit dem Wasserzerstäuber einen kühlen Nebel ins Gesicht. Du räkelst dich im Bett.

»Ich muss gehen«, sage ich, »da steht Milch, wenn du magst.«

»Warte. Ich muss dir was erzählen«, sagst du.

Ich sehe dich fragend an.

»Du hast mich heute Nacht getreten und geschlagen.«

Lunatismus, sagt das Lexikon in meinem Kopf, Somnambulie, Mondsucht. Jeder Schlaf ist eine Reise, denke ich, mit einer Menge blinder Passagiere. Ich setze mich auf die Bettkante. Du demonstrierst mir die Art der Schläge. Ich erinnere mich an nichts.

»Hab ich was gesagt?«

»Nein. Hast dich nur aufgesetzt und auf mich eingeschlagen. Das musst du doch wissen?«

Ich schüttle den Kopf. Von den Tagen, an denen ich mit schmutzigen Füßen aufwache, erzähle ich dir nicht. An denen ich weiß, ich muss im Garten gewesen sein oder draußen auf der Straße. Auch die Geschichte des kleinen Mädchens, das morgens mit Schrammen im Gesicht erwachte und sich schämte, oder mit Schneckenspuren im Haar, erzähle ich dir nicht.

»Keine schlechten Träume, irgendwas?«

Als es zum ersten Mal passierte, schimpften meine Eltern mich aus. Beim zweiten Mal sagten sie nichts. Beim dritten Mal gingen wir zum Arzt. Keine Träume, keine Erinnerung, Amnesie gehört zur Symptomatik, sagte der und nickte beflissen. Sollten die nächtlichen Ausflüge nicht abklingen, machen wir ein paar Tests. Als ich merke, dass du noch auf eine Antwort wartest, schüttle ich wieder den Kopf. Du legst deinen schief. Bekommst den Blick, den du immer bekommst, bevor du mich zu necken beginnst, Seelenruhe mit einem Schuss Misstrauen gemischt. Ein Büffel, der sich fragt, was eine kleine Touristin wie ich in der Prärie verloren hat.

»Das ist doch nur ein Trick, damit du deine Aggressionen an mir auslassen kannst«, sagst du.

»Glaub mir, ich würde nicht warten, bis du schläfst.«

Der Büffel lässt sich willig den Bart kraulen. Ich pirsche mich heran, verteile ein paar halbharte Schläge auf deinem Brustkorb. Dann werden sie stärker. Als es dir zu viel wird, fängst du meine Fäuste im Flug auf. Drückst meine Handgelenke auf die Matratze. Plötzlich ist Wachsamkeit in deinem Blick. Ich winde mich aus deinem Griff und nehme meine Tasche.

»Warte«, sagst du.

Du stehst auf, und dein Blick bittet um Erlaubnis, zuerst. Dann umarmst du mich. Dein Ziegenbart sticht in meine Haut. Durchs Fenster sehe ich, dass zwischen Himmel und Horizont eine haarfeine, blutige Linie brennt. Die starre ich an, weil du nicht loslässt.

»Bis irgendwann«, sage ich schließlich.

Ich laufe hinunter. Die Haustür springt auf, meine Schuhe fliegen die Steintreppen hinunter, übers Pflaster weg. Ich mag das Geräusch meiner Schuhe. Sie klingen wie Kinderschuhe. Erst als ich höre, wie die Tür ins Schloss fällt, blicke ich zurück. Im wilden Wein glitzern noch Tropfen. Verschlafene Bienen surren zwischen den Blättern. Oben, wo der zweite in den dritten Stock übergeht, tasten die Ranken nach einem Balkengesims. Was dort beginnt, ist mein Zimmer. All die Träume, die ich heute Nacht nicht träumte, liegen noch dort oben bei dir.

In meinem Zimmer hat der Weltuntergang bereits begonnen. Mein unverwandtes Gefühl, dass die Welt ständig im Zusammenbrechen begriffen ist, zieht sich als heimliches Muster durch meine fünfundfünfzig Quadratmeter. Ich habe viel Platz, wenig Ordnung und keine Uhr. Ich kritzle auf alles, was nicht anderweitig gebraucht wird, auf alte Briefkuverts, auf Pappbecher, auf eine Zigarrenkiste und den Schreibtisch selbst. Ein Knoten aus alten Gitarrensaiten windet sich um ein Stuhlbein und wächst. Meine Teelöffelsammlung klirrt neben dem Bett. Von der Decke hängen ein paar Federn und bewegen sich mit der Luft. Zwölf Kissen, die sich auf meinem Bett türmen, verstreuen sich jede Nacht rund um die Bettkanten.

Ich weiß, was du tun wirst. Du trinkst die Milch, wankst in die Küche und stellst gedankenlos die leere Packung in den Kühlschrank. Du gehst in den Flur und starrst einige Sekunden lang deine Schuhe an. Du beschließt, nicht nach Hause zu gehen, und steigst die Treppen wieder hinauf. Ich kann deine Schritte in meinem Zimmer fühlen, während ich durch die Straßen gehe, als wäre das Zimmer ein entfernter Teil meines Körpers.

Du legst dich ins Bett, berührst das Stück Chinaseide, das am Bettpfosten hängt, tastest nach den winzigen Blüten darin. Das letzte Kissen fällt herunter. In etwa einer Stunde wird ein Lichtstrahl hereinfallen und ein flirrendes Band in der Luft hinterlassen, dessen Ende auf deinen Hüften, in der Mitte meines Bettes, liegen wird. Du wirst es nicht spüren, nur im Schlaf leise murmeln.

Ich nehme einen Kaugummi aus der Tasche und springe über zwei große Wasserlachen. In ihnen spiegeln sich Wolken.

Ist das meine Geschichte, denke ich, eine Pfütze im Sonnenlicht. Wenn ich hineinschaue, glänzen die Kieselsteine golden und grün. Aber mein Auge kann umspringen, und plötzlich fährt der ganze Himmel durch den Spiegel des Wassers. Wie im Film, wenn die Kamera von einem nahen Objekt in die Tiefe wechselt. In die Tiefe der Pfütze, die eigentlich die Höhe des Himmels ist. Und nach ein paar Stunden Sonne verschwindet die Pfütze, einfach so.

Götterspeise

Im gefliesten Bauch der Stadt riecht es nach Gummi und Kaffee. Beim Umsteigen lasse ich einen Automaten seine Pappbechermelange ausspucken. Der Geschmack ist verkorkst. Er erinnert mich an die Schieflage der Welt, das Gefühl, als könne jeder Schritt ein Danebentreten sein. Diesen Geschmack zu mögen heißt, der Welt noch eine Weile standzuhalten. Das lernte ich da, wo ich jetzt hinfahre.

Wenn die Bahn sich ruckelnd in die Kurve legt, halte ich meinen heißen Becher fest. Ich trinke in sehr kleinen Schlucken. Kaffeegeschmack wird mir immer ungewohnt bleiben, und dafür mag ich ihn. Die Stadtbahn schießt ins Freie. Ihre Scheiben sind blau getönt. Blaue Reklame zieht vorbei, blaue Männer in blauen Mänteln, ein blauer Pudel. Von hinten lese ich in fremden Büchern mit, und mir wird schlecht dabei.

Ich steige aus, über das Haltestellendach wächst Efeu, der Becher ist leer und mein Mund bitter. Bei meiner Französischlehrerin werde ich Wasser mit Waldmeistersirup trinken, wie jedes Mal. Sie mag Waldmeistersirup und alles Grüne.

An der Oper habe sie Smaragde getragen, sagt sie immer. Sie habe als Sängerin gearbeitet, in Paris. Dabei fasst sie in ihr graues Haar, suchend, ordnend, befestigt manchmal eine Haarnadel neu. Jetzt sei ihre Stimme sehr viel kleiner geworden. Alles, was sie noch tut, ist Französisch sprechen, mit mir und ein paar anderen Schülern. Als ich ankomme,

stehen Margeriten auf dem Tisch. Sie erwartet mich bereits. Ich bekomme Grünes zu trinken, und anstatt uns an den Tisch zu setzen, gehen wir spazieren.
Die Psychiatrie hat weitläufige Gärten, Pflaumenbäume, Rosenbeete. Die alte Französin verbrachte knappe drei Jahre hier. Nachdem sie entlassen worden war, vermisste sie die Gärten, die Therapiestunden, die Gesellschaft. Jedes Wochenende fuhr sie hierher und verbrachte einen Nachmittag zwischen den Beerenhecken und Obstbäumen. Ein halbes Jahr später wurde eine Wohnung in der Nachbarschaft frei. Die nahm die alte Dame.
Nichts als ein niedriger Flechtzaun trennt ihren Garten vom Psychiatriegelände. Den Zaun habe sie selbst gebaut, sagt meine Französischlehrerin stolz. Ich betrachte ihn eingehend, zum vierten Mal in diesem Jahr. Diejenigen der dicken Weidenstäbe, die in der Erde stecken, beginnen Blätter zu treiben.
Wir nähern wir uns dem giebeligen Gebäude der Anstalt. Ich suche den abgebröckelten Ziegel im Gemäuer, der aussieht wie ein Gesicht, suche den Messingsalamander am Seerosenteich und die moosige Stelle, wo der Stationshund begraben liegt. Meine Französischlehrerin indessen deutet unbestimmt ins Grüne. Sie habe mehr als einen Baum in diese Gärten gepflanzt. Sie habe auch alte Freunde hier.
Ich frage nicht, warum wir diesen Freunden auf unseren Spaziergängen nie begegnen. Wenn die grauhaarige Dame einen Schritt aussetzt und versonnen lächelt, nehme ich an, dass sie stumm jene Bekanntschaften grüßt, die ich nicht sehen kann. Stattdessen sehe ich Pfleger, die ihren Pausenkaffee trinken, Besucher mit Erdbeertorten und herumwandelnde Patienten. Einer davon hängt seinen Blick an mich. Es ist ein düsteres Starren. Er bewegt seine

Lippen, ich kann seine Flüche auf meinen Kopf prasseln fühlen. Regenkind, schreit er mich an, Sturmhure. Völlig lautlos schreit er das, und ich bin verblüfft, wie gut ich ihn verstehe.

Zwei Stunden dauert die französische Unterhaltung, und zwischendurch, das ist ihre Art, fragt meine Lehrerin mich schamlos und scheinbar zusammenhanglos aus. Sie kann erzählen wie ein Märchenbuch und fragen wie ein Kind. Meine Musik findet sie seltsam, sagt sie. Ob ich denn wenigstens ordentlichen Gesangsunterricht erhalten hätte. Ich verneine. Braucht ihr wohl nicht, sagt sie stockend, in eurem Trip Hop oder wie ihr das nennt. Ich erwidere, dass es nicht schaden würde. Sie nickt gefällig.

Als wir wieder vor ihrer Haustür stehen, bin ich sehr müde. Ich sage es meiner Lehrerin. Plötzlich spricht sie mich auf Deutsch an, fast akzentlos.

»Hinten gibt es ein Gästezimmer. Leg dich hin und schlaf eine Weile.«

Aus Neugier, Müdigkeit und einem ohnmächtigen Gefühl des Vertrauens nehme ich die Einladung an. Im Gästezimmer steht eine Chaiselongue und ein blütenweißes Bett. Ich traue mich nicht, das Bett zu benutzen und lege mich auf die Chaiselongue.

Als ich die Augen wieder öffne, bin ich binnen einer halben Sekunde hellwach. Ich erwarte, dass etwas Unerwartetes geschieht, dass die Tür aufspringt, dass ein Schrei ertönt, dass sich im Schatten des Bettes etwas bewegt. Aber nichts rührt sich. Stattdessen rieche ich Tee und Margeriten.

Neben dem Bett steht ein Bild, schwarz-weiß, von einem jungen Mann. Ich nähere mich der Fotografie und nehme sie in die Hand. Der junge Mann verwandelt sich in eine junge Frau. Sie trägt einen schwarzen Hut, wirft ein Bein

über ihr Fahrrad und dem Fotografen einen Blick über die Schulter zu. Ich stelle das Bild zurück und tapse aus dem Zimmer, so wie ich zu Borg tapsen würde, wenn er kocht.
»Gut geschlafen?«, fragt meine Französischlehrerin.
»Ja, danke. Sie sprechen sehr gut Deutsch. Wusste ich gar nicht.«
»Ich hatte zwölf Jahre lang einen deutschen Mann«, sagt sie. »Setz dich. Magst du Tee?«
Ich setze mich. Es gibt Leberwurstbrot und Pfefferminztee, danach Honigkuchen. Die Füllung meiner Teetasse, so scheint mir, verschwindet im Minutentakt. Ich bin dauernd auf dem Weg zur Toilette. Ich frage meine Lehrerin nach der jungen Frau im Gästezimmer. Eine Freundin sei das, sagt sie, von früher, Garderobendame bei der Oper.
»Sie gefällt mir«, sage ich.
Meine Lehrerin schmunzelt. Winzige silberne Haare lassen ihre Wangen wie gebleichten Samt aussehen. Ihre Augen spiegeln das Fenster und den Himmel. Ich bilde mir ein, einzelne Wolken darin sehen zu können. Als sie bemerkt, dass ich in ihre Augen starre, lächelt sie noch breiter und fragt mich, ob ich morgen einen Auftritt hätte. Ich sage nein, erst am Wochenende, in Luxemburg und im Elsass. Für die Auftritte werde ich ein tizianrotes Kleid brauchen. Ich werde Nylonstrümpfe mit Millefleursmuster tragen. Meine Französischlehrerin nickt, sie versteht meine Kleiderlogik. Vielleicht war sie wirklich Sängerin. Sie sagt, dass eine neue Schülerin sich heute Abend vorstellen wolle, und lädt mich ein, zum Abendessen zu bleiben. Ich lehne höflich ab.
»Es gibt Ente auf Spinat«, sagt sie, »und zum Nachtisch Götterspeise.«
Beim letzten Wort zucke ich unwillkürlich zusammen. Ich

suche nach einem Wink in ihrer Miene, nach einem Blinzeln, das sie verrät. Ihr Blick bleibt undurchdringlich.
»Danke«, sage ich noch mal, »aber ich möchte nach Hause.«
Bevor meine Tasse leer ist, klingelt es an der Tür. Die neue Schülerin betritt das Margeritenzimmer. Sie ist ungefähr so alt wie ich. Germanistikstudentin, tippe ich. Sie trägt eine modische Brille. Die alte Französin stellt uns einander vor. Ich erkenne am verstohlenen Lächeln des Mädchens, dass sie meine Musik kennt. Das schmeichelt mir, wie immer. Das Mädchen sieht aus, als könne sie die Odaliske von Hebbel auswendig zitieren, würde dies aber keinesfalls vor Publikum tun. Der Gedanke gefällt mir. Aus heiterem Himmel beschließe ich, dass sie meine Freundin sein wird. Ich hatte seit der Grundschule keine Freundin mehr, jedenfalls keine, für die es sich gelohnt hätte, ein Lied zu schreiben. Dieser Studentin werde ich ein Lied schreiben, ob es sich lohnt oder nicht.
Wir tauschen ein paar Floskeln aus, meine Französischlehrerin schenkt Tee nach. Ich lade die Studentin ein, irgendwann in den Fairy Club zu kommen. Zum Abschied gebe ich ihr höflich die Hand. Ich will sie berühren, will wissen, ob ihre Hand kalt oder warm ist.
Meine Französischlehrerin begleitet mich zur Tür.
»Wann kommst du wieder?«, fragt sie.
»Ich werde anrufen«, sage ich.
Draußen hat sich ein dunkler Wolkenberg versammelt. Die alte Dame sieht ihn eine Weile an. Sie beginnt wieder, ihre grauen Haarsträhnen zu sortieren, gedankenlos, als führten ihre Finger ein Eigenleben.
»Das Wetter ist eine Sprache«, sagt sie.

Kuckucksei

Wenn die Sonne Magnolienknospen aufplatzen lässt. Wenn das Licht ein Flirren zwischen den Wimpern ist. Nachts, wenn Sirius glüht und ich mir vorstellen kann, ins All hineinzufliegen, immer geradeaus. Oder im Herbst, wenn Äpfel im bleigrauen Himmel hängen und zittern wie goldene Glöckchen. Wenn Wind, die absolute Zugluft, überall ist und die Wolken Walzer tanzen. Es gibt Tage, an denen klar wird, dass das Wetter eine Sprache ist.

Im letzten Winter gab es auch so einen Tag. Ich war mit dir verabredet. Die Straßenlaternen trugen Firnbärte. Eisblumen und Schneewehen krochen an Bushaltestellen hoch. Es schneite, als habe der Himmel beschlossen, die Welt in ein weißes Tableau zu verwandeln.

Ich hielt dem Schnee meine Zunge entgegen, meine einzige Waffe gegen das Weiß. Auf jeder Flocke saß ein kleiner Gott und lachte mich aus. Die Flocken machten mein Haar weiß, meine Schultern, meine Schuhe. Den Kopf im Nacken, blinzelte ich in den Himmel, ein Kind, ein betrunkener Tänzer. Dass die Flocken den Zweikampf gewinnen würden, war völlig klar.

»Hübsche Zunge«, sagtest du.

Und du botest mir den Arm, förmlich und spielerisch zugleich, eine neue Geste. Wir hatten uns zwei Wochen lang nicht gesehen. Hatten Arbeit und Schlaf nachgeholt. Du warst ein entfernter Blick unter dunklen Brauen geworden, mich musternd, scharfe Inuitaugen, ein Jäger im Schnee. Ich nahm deinen Arm. Du fühltest dich fremd an und

trugst einen Mantel, den ich nicht kannte. Durch den Großstadtschnee, der metallischer schmeckte als der Schnee meiner Kindheit, versuchte ich zu riechen, ob du noch derselbe warst.
Wir überquerten den Fluss. Sein Wasser war grün vor Kälte, ein tiefes, klares, aber undurchsichtiges Grün. Als wir mitten auf der Fußgängerbrücke standen, waren ihr Anfang und ihr Ende im Flockengewirr verschwunden. Wir standen auf einem Steg vom Nichts ins Nichts. Ich warf einen Schneeball in den Smaragdfluss unter uns.
»Schnee ist ein Bild für den Tod«, sagtest du, als wir weitergingen.
Zwei oder drei Stunden lang schwebten wir durch die Stadt, ein impressionistischer Ölwirbel, zwei konturlose Flaneure. Obwohl ich nur leichte Stiefeletten trug, fror ich nicht. Während wir weiter und weiter durch die Flocken tanzten, war mir, als müssten es Apfelblüten, Kirschblüten, Mandelblüten sein, die sich überall einnisteten, hellrosa und weich, und kein Schnee. Ich hielt meinen Kopf nah bei deiner Schulter. Mein Frühling hatte im Winter begonnen, und ich war weit davon entfernt, an den Tod zu denken, allenfalls an Kinderspiele, den erdachten Heldentod, bei dem das Holzschwert matt zu Boden sinkt, während das Herz aufgeregt weiterschlägt.
Diese und andere Erinnerungen spulen durch meinen Kopf wie alte Filmrollen. Es flackert und rattert. Der Kerl am Projektor legt die Rollen in unbestimmter Reihenfolge ein, schnipselt, wiederholt. Ich sehe Kindheitserinnerungen und Mitschnitte der letzten Tage. Dem Typen reißt ein Bildstreifen. Er legt einfach eine andere Rolle ein. Manchmal geht er weg und kocht Kaffee. Die meiste Zeit aber sitzt er in seinem Ledersessel und starrt auf die Leinwand.

Ich frage mich, warum er bestimmte Szenen wieder und wieder ansieht. Als suche er etwas. Als präge er sich etwas ein. Sein Sessel, das sehe ich jetzt, hat ein zu kurzes Bein. Würde der Kerl nicht ständig mit dem Sessel wippen, hätte ich ihn vielleicht nie bemerkt.

Die Bahn kommt zischend zum Stillstand, Leute steigen aus und ein, der Waggon wippt in den Gleisen. Erst surrend, dann heulend, setzt die Bahn sich wieder in Bewegung, Abteil um Abteil rauscht zurück in den Bauch der Innenstadt. Wenn ich die Augen schließe, liegt zwischen zwei Stationen eine kleine Ewigkeit. Raum und Zeit sind bei geschlossenen Augen nicht mehr dieselben. Die größte Raumkrümmung, denke ich, wird durch Gedanken verursacht.

Mit dreizehn glaubte ich, den Göttern zu gehören. Fühlte ihre bitterscharfen, stahlblanken Krallen. Hörte ihr unterkühltes Gelächter und glaubte, niemals einem Mann gehören zu können, weil mich bereits die Götter besaßen. Und so, besessen, stürzte ich mich in die Musik, in das Einzige, womit die Götter einverstanden waren, in das Einzige, was ich konnte. Mit fünfzehn hatte ich meinen ersten Freund. Die Musik und die Götter schwiegen für ein halbes Jahr.

Mein Freund studierte atmosphärische Dynamik, hatte eine eigene Wohnung in der Stadt und trug graue Kapuzenpullis. Abwechselnd hungerten wir nacheinander oder ekelten uns an. Wenn du ein Sturm wärst, sagte er, würdest du Camille oder Katrina heißen. Seine Behauptung fiel, während er ziellos in einer Schüssel Zitronenjoghurt rührte. Ich hörte zu, gegen seinen Kühlschrank gelehnt, und kippelte mit meinen silbernen Ballerinas auf einer losen Bodendiele herum. Ich wartete. Unter seiner Schüssel lag eine ganze Liste von Namen, mit Jahreszahlen, Todeszahlen, und vielen anderen Zahlen, die wohl Wetterdaten sein mussten. Er las sie wie einen Roman. Ich drehte mich um zu seinem Kühlschrank, an dem ein großes Set Magnetbuchstaben haftete, und bildete einen Satz. Fick heute lieber dein Joghurt. Ich setzte meine Sonnenbrille auf, schlich mich aus dem Haus und ging allein in die Stadt.

Wenn wir miteinander schliefen, zählte mein Kopf unwillkürlich mit. Eins, zwei, drei, Sofanummer, Fensterbrettsex, Matratzentango. Beim siebten Mal verlor ich die Übersicht und freute mich. Endlich war es nicht mehr mein erstes, zweites oder drittes Mal, sondern einfach nur Sex. Und eigentlich war es immer so. Ab sieben wurde alles zahllos. Die Trips ans Meer, die Auftritte, die Männer, mit denen ich schlief. Hätte nicht irgendwer an jedem meiner Geburtstage mitgezählt, wüsste ich auch mein Alter nicht.

Nachdem der Wetterstudent mich verlassen hatte, kamen die Götter zurück. Mit Schuppenpanzern und Hyazinthen im Haar. Mit Pauken und Trompeten. Mit Ambrosia und Giftflaschen. Dass sie mich umschlichen, war nicht länger zu leugnen. Sie waren anwesend wie nichts anderes. Oft ließ ich mitten in einer Gesellschaft mein Getränk und mein Gegenüber stehen und rannte in die Nacht hinaus, weil sie mich riefen. Ihr Ruf ist so, dass man folgen muss. Wer ihn vernimmt, folgt ihm. Wer ihm nicht folgt, vernimmt ihn nicht. So einfach ist das. Dann stand ich stumm vor ihnen. Manchmal weinte ich.

Eine rote Halbakustikgitarre und eine Thermoskanne Tee wurden meine ständigen Begleiter. Meine Musik begann zu wachsen, alles in meinem Kopf, ich schrieb nie etwas auf. Eines Tages wurde ein Lehrer neugierig. Obwohl ich kaum Noten lesen konnte, wollte er mich für seine Schul-

band. Ich ging genau zweimal zur Probe. Das grobe Geschrammel der Band frustrierte mich. Nach dem zweiten Treffen verschwand ich ohne Verabschiedung und kam nie wieder. Meine Wünsche waren groß, dreist, hungrig. Ich fühlte mich gefangen, die Schule langweilte mich, die meisten Menschen auch. Musik musste fokussiert und kristallin sein, ein guter Schliff im Gneis der Zeit. Ich wollte mich an der Welt entlanghören, so dicht wie möglich. Was die Jungs in der Schulband wollten, wusste ich nicht.
Dem Lehrer blieb ich eine Erklärung für mein Fernbleiben schuldig. Er ahnte wahrscheinlich, was mich plagte, und schlug vor, mir Einzelunterricht zu geben. Aber ich wollte lieber meine Ruhe. Ich dämmte meine Zimmertür mit Schaumstoffmatten und Eierkartons, nahm die rote Gitarre und schloss mich ein. Heraus kam ich erst wieder, wenn ich wunde Finger oder ein siegreiches Lächeln vorzuweisen hatte. Groß, dreist, hungrig, solche Geschenke machen nur Götter, dachte ich. Die Musik war ein Kuckucksei. Und es lag in meinem Nest.
Dass ich zwei Jahre später den Bassmann traf, war vielleicht meine Rettung. Ich weiß nicht, wo ich sonst gelandet wäre. Er beeindruckte mich. Den ersten Blick auf seine schönen Finger warf ich über eine lange Reihe Sektgläser hinweg. Er wiegte sein Instrument, begleitete einen Oboisten. Ich bekam Lust, ihm eine Nadel in den Rücken zu stechen. Nur um zu sehen, ob er überhaupt reagieren würde. Er schien vollkommen jenseits dieser Welt zu sein. Was er tat, erfüllte den Raum, ich konnte die Impulse seines Instruments wie lebendige Tapetenmuster die Wände hochkriechen sehen.
Später sprach ich ihn an. Seine Stimme war genauso bassig wie alles an ihm. Klar, lass es uns versuchen, sagte er. Acht Wochen später standen die ersten Songs. Der Bassmann

besorgte mir meine ersten Auftritte. Auf mein Drängen hin kaufte er sich einen elektrischen Kontrabass und ein Theremin. Ich war begeistert, als ich hörte, was er damit anzustellen wusste.
Musik war für mich niemals nur eine Gitarre und eine Bühne. Musik war mehr als Probenräume, Kabelsalat und Tonstudios. Musik war, was geschah, wenn ich wirklich hinhörte. Meine Lunge, meine Finger, meine Zunge folgten blind dem Flirren unter der Haut, einer spürbaren Fährte, die die Klänge hinterließen, dem schmalstmöglichen Grat der Präzision. Meine Musik war immer ein Hören, kein Machen.
Sobald ich es mir halbwegs leisten konnte, kaufte ich eine weitere Gitarre und zog in die Stadt. Wieder war es der Bassmann, der Borg und die Goldlaube kannte, der mich fraglos auf einen Platz in der Szene schob, als sei er immer für mich reserviert gewesen. Borg machte die ersten Aufnahmen mit mir. Ich war selig. War ich doch genau in die Welt gerutscht, die ich mir erträumte, als ich in meinem Zimmer eingeschlossen gespielt hatte, halb im Glauben, sie existiere nicht. Inzwischen glaube ich, dass jeder irgendwann die Welt bekommt, die er sich im Kopf erschaffen hat.
Auch ohne meine Gitarren fand ich immer wieder Dinge, die mich glücklich machten. Den perfekten Automatenkaffee, eine französische Stimmung im Regen, gutes Sushi, den einen oder anderen Mann. Wenn es der Richtige war, genoss ich in vollen Zügen, und die Götter wussten das. Halb eifersüchtig und halb berauscht beobachteten sie. Das göttliche Spannervolk, dachte ich dann und küsste mich unter ihren Blicken high.
Die Bremsen kreischen. Ruckartig bleibt der Zug stehen. Ein Mann fällt auf eine Frau, ein Hund schaut wie ein Auto.

Die Gedanken verhaken sich in meinem Kopf. Die Götter sind ein heikles Thema. Der Kerl mit den Filmrollen schreckt auf, nimmt die aktuelle Spule hastig vom Projektor. Dann geht er Kaffee kochen. Ich starre die schwarze Wand vorm Zugfenster an. Etwas elektrisiert meine Fingerspitzen. Etwas kitzelt im Bauch. Weil die Spannung kaum nachlassen will, stehe ich auf, wanke durch die Stadtbahn, durch den ganzen Waggon, auf einen anderen Platz. Die Bahn rollt langsam wieder an.

Blaue Zunge

Nach den Konzerten folgen buntflaumige Tage, an denen ich wie in einer Oilily-Werbung lebe. Das ist da, wo alle Fotos gelingen. Wo ich Kritiker und Journalisten zum Frühstück fresse. Wo Eiskugeln nichts kosten und Blauer Engel und Birne Helene heißen. Wo Betten die Ausläufer des Paradieses sind. Wo Äpfel, Wasser und Kopfschmerztabletten immer irgendwie nach Erdbeere schmecken. Wo Worte blindwütig ihren Weg finden und keins danebengeht.

Wir sitzen auf einer Brüstung über dem Fluss und trinken Kaffee. Ein beflissener Wind hält dein Haar in Bewegung. In deinen Pappbecher hinein sagst du schöne Worte. Dein Sommermantel flappt auf meine Knie. Wir schlendern weiter, durch Kaufhäuser und Parfümerien. Wir umkreisen die Regale mit den Männerparfums. Wir suchen dich, deine Flasche, deinen Duft. Am Ende riecht alles wie Weihrauch, Alkohol und Spülmittel im Mixer. Wir lüften uns im Park wieder aus. Steigen in Schiffschaukeln und essen Blaue Engel am See.

Deine Schultern sind scharf umrissen, während du vor mir durch die Sonne gehst. Du bist ein Mantel voller Handlichkeiten, auf Berührung wartend, ein Koffer geheimer Werkzeuge, denke ich. Seit ich deine Brusttasche abgerissen habe, treffe ich dich tatsächlich manchmal auf der Straße. Jetzt bemerke ich dich. Du kommst aus altmodischen Ladentüren, es klingelt. Du steigst aus Linie vier, in schwarzer Popeline. Ich muss mich beherrschen, den Stoff nicht einfach zu berühren. Vielleicht würdest du glauben, ich wolle wieder etwas abreißen. Ich lasse meine Hände in den Taschen.

Der Wind schlägt deinen Mantelkragen hoch, als du dich umdrehst und vor dem dicken Stamm einer Platane stehen bleibst. Du lehnst dich dagegen, als hättest du auf diesen Moment gewartet. Als seien die Parfümerien, die Schiffschaukel und all das Eis nur ein Vorwand gewesen, um irgendwann hier zu lehnen. Du blickst auf den See und stehst im Sonnenlicht, selbst ein Stamm, der nach Rosmarin und Sandelholz riecht und an dessen rauer Breitseite ich meine Wange wärmen, den ich besteigen könnte, mein Ohr in eine Astgabel legen und hören, wie das Holz leise seufzt. Mein Kuss züngelt nach oben, frisst deinen Atem, mit engelblauer Zunge, während meine Hand an deine Hose fährt. In Sekunden bist du bereit. Wir gehen. Es ist nie weit bis in eine Wohnung.

Später, als die Sonne untergeht, taumeln wir in die Küche. Lora ist da, murmelt ein kratziges Hallo. Sie mustert mich. Ihr Blick fühlt sich eigentlich an wie deiner, nur kälter und irgendwie spiegelverkehrt. Gedankenverloren öffne ich eine Dose Thaisuppe. Alle drei starren wir den Topf an, bis es daraus zu dampfen beginnt und ich die Suppe vom Herd nehme. Ich fasse an die Unterseite des Topfes, völlig vergessend, dass sie genauso heiß ist wie die Platte. Ich fluche leise, stelle den Topf zurück aufs Glaskeramikfeld, du drehst kaltes Wasser auf. Lora verschwindet auf der Veranda. Während der Wasserstrahl über meine Hand rinnt, verteilst du die Suppe in Schüsseln. Ein Blatt vom Holunder weht herein. Du nimmst zwei Porzellanlöffel aus dem Schrank. Am westlichen Horizont hat der Sommerwind ein paar Gewitterwolken zusammengebauscht. Von Osten

her lockt die Innenstadt, das übliche Samstagsflirren liegt in der Luft.
Wir schleusen uns bald selbst durch die Nachtmeilen der Stadt. Zwischen Lampionketten, roten Neonbuchstaben und gelb blinkenden Ampeln schlendern wir von Bar zu Bar. In den Straßen perlt eine pisswarme Champagnernacht. Ich betrinke mich an dem prallen Strom aus Lichtern und Menschen. Bei jedem Schritt wird mir ein Quäntchen schwindliger. Das Licht wird heller, die Cafés sind Karusselle, die Hochhäuser wuchtige Sprungtürme. Der Abend flattert im Wind wie eine blonde Strähne. Aber statt mich irgendwo festzuhalten, spreize ich die Finger, als Federn, als Flügel, die mich im Lot halten. Einer hält mich an der Schulter fest, will mir ein verschweißtes Tütchen mit vier Pillen andrehen, ich lache ihn aus. Plötzlich platzt der Gewitterhimmel und schifft uns seinen klaren Saft ins Haar.
Gegen vier Uhr morgens sind wir zurück in meinem Zimmer. Die Regentropfen am Fenster sehen wie winzige Wahrsagekugeln aus. In regelmäßigen Abständen verliert eine den Halt und kullert in die Tiefe, ein paar andere mitnehmend, und zerschellt. Deine Hand berührt meinen Nacken. Etwas unter meiner Haut beginnt sich zu winden, zu krümmen, zu kriechen. Mir wird schlecht. Ich hatte zu viel vom Champagner, vom Schiffschaukeln, von dir. Ich schwanke. Ein eifersüchtiger Gott rührt meinen Magen um. Ich lehne mich vorsichtig aus deiner Reichweite und sage, dass du gehen sollst. Du lässt deine Hand fallen. In deinem Blick ist keine Überraschung.
Etwas in meinem Inneren verschiebt sich, ein Pol wandert. Was mich an dir angezogen hatte, stößt mich ab. Dein Geruch, vom Regen verstärkt, macht mich aggressiv. Ich ver-

blüffe mich selbst, wie barsch ich dich wegschicke, kommentarlos. Mein Körper rebelliert gegen dich. Würdest du länger bleiben, würde ich beginnen, dich zu beleidigen. Ich würde Ekelhaftigkeiten gegen deine Brust klatschen, nur damit du mir nicht nahe kommst. Ich kenne mich. Es war immer so. Auch bei anderen Männern. Beim kleinsten Unbehagen muss ich die Reißleine ziehen. Sonst fange ich an, Sternchen zu sehen, brutal zu werden, Dinge zu zerschlagen. Es ist das Theater nicht wert. Ich bin widerlich, wenn ich auf umgekehrter Polung laufe.
Ich beruhige mich mit dem Gedanken, dass ich bald den Bassmann sehen werde, dass wir spielen werden bis spät in die Nacht. Dass ich in meiner Musik verschwinden werde und alles vergessen, dich vergessen. Dass ich dich nicht sehen und nicht ficken will, denke ich weiter, für mindestens zwei Wochen nicht. Bis du aus dem System gespült bist. Ich muss klarkommen. Um sicher zu sein, dass du das Haus verlässt, begleite ich dich zur Tür, auch wenn ich bei jeder Treppenstufe fürchte, dass mein Magen überschwappt. Ich hatte gehofft, dass bei dir alles anders sein könnte. Die Talfahrt hat lange auf sich warten lassen.

Mosaik

Zwölf gut platzierte Membranen treiben das Schwirren der Stahlsaiten in den Saal. Mein Mund öffnet sich, eine Flügelspannweite weit. Mein Zwerchfell segelt an den Worten entlang. Ich stoße kontrollierte Halbsätze, halbkontrollierte Atemstöße, aufperlende Tontiraden und ein schmeichelndes Murren aus. Ein Wort nach dem anderen zerbirst. Alles fliegt.

Der Saal schwelgt sich satt. Auch als die Stille wieder auf meiner Schulter sitzt, zehrt er gierig weiter. Die Menschen lagern als hungrige Wolke vor mir, ich kann, blind vor Scheinwerfern, sie fühlen. Die Spannung im Raum zerbricht am ersten Klatschen. Der Regen des Beifalls wäscht mich in den Boden. Noch eine Zugabe wollen sie. Mein Kopf schwirrt und hallt. Das Saaldach ist meine Schädeldecke, denke ich, senke die Stirn, und der Raum kippt mit, eine lärmgefüllte Kapsel, deren Inhalt bei jeder Bewegung durcheinanderfällt. Ich gebe eine zweite Zugabe, aber keine dritte.

Neun Minuten später verabschiede ich mein Publikum. Ich verlasse die Bühne, stecke mein Haar hoch und packe meine Sachen. Ich sehe auf meine Finger herab. Die Linien auf meinen Fingerkuppen sind vom Spielen abgewetzt, wegpoliert, und meine Hände riechen nach Metall. Ich könnte irgendwer sein, denke ich, selbst meine Fingerabdrücke verflüchtigen sich. Beim Gehen lasse ich mir einen Zigarillo geben. Dann stehe ich draußen, der Bassmann lobt einen neuen Techniker. Ich sprenge die Verkapselung meines

Kopfs mit dem süßen Rauch. Ich rauche so selten, dass die Wirkung mich trifft wie plötzlicher Aufwind. Ich schnüffle am Stahlgeruch meiner Finger und gehe ein paar Schritte wie auf Leewellen. Mir fällt ein Anzug auf, im Hintergrund lehnend, nicht rauchend, nicht trinkend. Männer kommen für gewöhnlich nicht im Anzug zu meinen Konzerten. Vielleicht sehe ich deshalb zwei Sekunden zu lange hin.

»Darf ich Sie zu einem Getränk einladen?«, fragt mich der Anzug.

In seiner steifen Frage schwingt eine Spur Amüsement mit, der Mann weiß um seinen unpassenden Auftritt, er kokettiert mit ihm. Ich mustere sein glattes Gesicht. Er trägt sogar Manschettenknöpfe. Ich sage ja.

Ich atme ein paar Perlmuttwölkchen in die Nachtluft aus. Ich sage, dass ich Hunger habe. Er neigt seinen Kopf gegen die Wölkchen, atmet sie ein. Er sagt: Sie sind ein zauberhaftes Unikum. Er sagt: Kein Problem. Er sagt: An jeder anderen Frau hätte ich grünen Nagellack albern gefunden. Seine Komplimente wirken schnell und stark, die Leewellen werden mächtiger. Ich werfe den Zigarillo weg, habe Besseres gefunden.

Das sardische Restaurant ist ein einziges Mosaik. Seine Decken, Säulen und Böden sind ein Meer aus Steinchen. Die Mosaiken zeigen Ranken und Blütenmuster, Wildschweine und Vögel. Selbst die Tischplatten sind Mosaiken, und ich beginne zu lachen, vor Freude über die Konsequenz. Der Kellner sieht prüfend auf die Uhr, als wir eintreten, nickt uns aber freundlich an einen freien Tisch. Mein Begleiter kennt die Weinkarte auswendig und kommentiert meinen Finger, der über die Roséweine rutscht. Stachelbeernote, leicht limonig, sagt er. Die blühenden Mosaiken beginnen sich sachte zu bewegen. Füllig, floral, expressiv, sagt er. Eine Elster lugt aus den Ranken und hüpft auf den Nachbartisch. Der schwarz-weiße Vogel äugt mich störrisch an, seine Augen sind polierte Steine. Koriandderton, feine Schärfe, gewagter Abgang, sagt mein Begleiter. Ich halte die Tischkante fest.

»Hoffentlich langweile ich Sie nicht«, sagt mein Begleiter.

»Nein, gar nicht«, sage ich.

Er habe den Beginn des Konzerts nicht verpassen wollen, komme direkt von der Arbeit, habe nur die Krawatte auf den Rücksitz geworfen und das Mobiltelefon versenkt.

»Und die Uhr abgenommen«, bemerke ich, während ich meine Fingerspitze auf sein Handgelenk lege.

Sein Arm ist kräftig und beinahe zigarillobraun. Die Form der Uhr zeichnet sich hell und glatt darauf ab. Sogar die Behaarung ist abgeschabt, wo sie saß. Ein zuckendes Lächeln, mein Begleiter wäre über die Berührung erschrocken, hätte sie ihm nicht im selben Moment gefallen. Ich nehme meinen Finger wieder weg. Was ich wissen wollte, weiß ich.

Die Elster beginnt zu krächzen. Ich höre nicht hin. Stattdessen biete ich meinem Gastgeber das Du an. Er lächelt und wählt den Wein. Er kommt auf andere Restaurants zu sprechen. Er kennt ihre Interieurs, ihre Kundschaft, ihren Ruf. Er kennt überhaupt alles Kennenswerte dieser Stadt. Während er spricht, gehe ich auf Wanderschaft in seinem Gesicht. Seichtes Meerwasser wirft auf sandigen Grund, wenn Sonnenlicht es völlig durchdringt, dasselbe Muster, das er in den Augen trägt.

Als ich wieder in die Mosaiken sehe, verschwinden die Schwanzfedern der Elster gerade zwischen den Blüten. Ich starre ihr hinterher. Sie hat aufgegeben. Sie wird petzen gehen.

»Was schaust du an?«, fragt mich mein Gastgeber.

»Ich starre ins Leere«, antworte ich und kehre in seine Augen zurück.
Ich merke, wie hungrig ich bin, hungrig nach Neuem, nach den unbekannten Zügen meines Gegenübers, nach beliebigen Geschichten aus seinem Mund, nach einem sardischen Menü mit mindestens drei Gängen und dem Charleston meiner Sinne in alldem. In diesem Zustand könnte ich meinem Begleiter endlos lange zuhören. Wie er von Sherry und Venusmuscheln spricht, von Wertpapieren und Haifischbecken, von Espresso im Opernhaus.
Das Essen schmeckt nach Sonne und Salzwasser. Mein Gastgeber isst kaum etwas. Er sieht mir beim Kauen zu. Er hält dünnes Hirtenbrot in der Hand und stellt eine Frage. Seine wasserblauen Augen forschen mich an.
»Niemand ist mehr als seine Möglichkeiten«, sage ich vage ins Geschirrgewirr hinein.
»Ich glaube, du kannst alles sein«, sagt er und betont das Du mit einem Lachen. Ob das ein Kompliment ist, weiß ich nicht. Dieser Mann konnte mich bereits zwei Stunden lang auf der Bühne beobachten, denke ich. Der Meeraugenblick kommt mir gefährlich nahe.
Indessen tut auch der Wein seine Wirkung. Er sichelt durch meine Gedanken und schnippt die Ernte hälmchenweise ins Feuer. Ich schwebe über meinem eigenen Kopf und blinzle in die wachsenden Flammen. Die Mosaiken beginnen zu knirschen, zu bröckeln. Mein Gastgeber winkt den Kellner heran und bezahlt. Die Wildschweine wühlen, die Vögel flattern. Der ganze Raum ist in Aufruhr, als wir gehen, ich rotiere als roter Heiligenschein um mich selbst.
Mein Gastgeber wohnt in einem neobarocken Altbau, Eichenparkett und Marmorbad, am Ostbalkon hängen Azaleen. Er allein bewohnt das ganze Stockwerk. Seine Le-

dersofas riechen gut. Ich berühre sie mit möglichst großen Teilen meiner Haut, damit ihre Kühle mich ein Stück weit auf den Boden zurückbringt.
Wir unterhalten uns gut. Das Gespräch tanzt als Silbernadel zwischen ihm und mir, Stich links, Stich rechts, der rote Faden, und immer wieder sachte enger ziehen. Die Sache sitzt.
Als plötzlich ein Vogel zu singen beginnt, sind vier Stunden vergangen, ohne dass wir es bemerkt haben. Für ein paar Minuten verlieren wir den Faden. Der Vogel zwitschert nicht, er stellt Fragen, denke ich. Vielleicht, sagt mein Gastgeber irgendwann, vielleicht sei es unsinnig, diese Wohnung zu halten. Er verbringe kaum Zeit hier. Er löst die Manschettenknöpfe und legt sie auf den Tisch. Trotzdem, murmelt er und öffnet die Balkontür, trotzdem. Der Azaleenduft quillt als purpurne Wolke herein.
»Gefällt es dir?«, fragt mein Gastgeber.
Er beugt sich über den Tisch, in den Purpur hinein, bis sein Hemdkragen vor mir schwebt. Er entzündet ein Teelicht. Nach einigen Sekunden erlischt es wieder.
»Es gefällt mir«, sage ich.
Er streicht ein neues Zündholz an. Der Vogel fragt.
Wenn ich genau hinsehe, fallen mir die Kratzer im Parkett auf, die lockeren Türgriffe, die abgestoßenen Kanten. Viele haben hier gewohnt. Aber letztlich blieb die Wohnung leer. Als warte sie. Ich frage mich, worauf.
Die Augen meines Gastgebers werden dunkel, die sardische Sonne geht mitsamt den Mosaiken im Meer unter. Anstatt sich ein Glas Wasser einzuschenken, trinkt er direkt aus der Karaffe. In seinen Augen liegt jetzt eine Müdigkeit, die kein irdischer Schlaf zu kurieren scheint. Ich frage mich, ob die leere Wohnung ihn melancholisch macht oder seine

Melancholie die Wohnung so leer erscheinen lässt. Er wiegt den Kopf zu einer unhörbaren Melodie. Er wartet, denke ich, wie seine Wohnung. Er wartet so sehr, dass ich meine Zunge in seinen Mund schiebe, mitten in sein Warten hinein. Zum zweiten Mal hat er keine Zeit zu erschrecken. Seine Lippen öffnen sich. Ich wandere durch seine Mundlandschaft, seine Hände liegen irgendwo auf dem Leder, Meilen von unseren Zungen entfernt. Ob seine Finger sich verkrampfen oder lockern, sehe ich nicht. Ich lehne mich stärker gegen seine Brust. Mein Gastgeber atmet schwerer. Ein atmender Fels, denke ich, und ich das Meer in seinen Höhlen. Irgendwann höre ich, wie seine Finger sich vom Sofa lösen, wie sich feuchte Haut vom Leder schält. Ich fliehe. Das Parkett knarrt unter meinen Schritten. Ich hole meinen Mantel.
»Sehe ich dich wieder?«, fragt der Mann am anderen Ende der Wohnung.
Obwohl ich die Antwort kenne, sage ich nichts. Ich fühle mich wie ein schlecht getarnter Birkenspanner, ein hastiges Versprechen, ein hübsch gekleideter Fortsetzungsroman. Ich schließe die Mantelknöpfe. Der Mann nickt nur. Seine Brust hebt und senkt sich. Geh erst mal.

Graffiti

Ein Schwarm alter Graffiti, blassbunt, der sich kaum an die Sprühdosen erinnert, aus denen er quoll, treibt müde in die Nacht. Seit zwei Jahrzehnten hat er die Pfeiler unter einer Vierspurigen im Nordwesten umschwommen. Wie jeden Abend taucht er in die Dunkelheit ab.
Die sechs Betonklötze waren früher beliebte Übungswände für neue Sprayer in der Stadt gewesen. Inzwischen wurden sie für besser sichtbare Objekte verlassen. Sie hätten sich nicht träumen lassen, noch einmal Zentrum des Interesses zu werden. Zunächst hatten die alten Graffiti sicher geglaubt, dass neue Sprayer im Anmarsch wären, Kinder vielleicht, Frischlinge, die ihr erstes Writing anbringen wollten. Das Wispern und Werken wurde lauter. Ein Transporter fuhr vor. Fünf Minuten später zwei weitere. Zehn Maskierte, keine Kinder, machten sich zugleich zu schaffen. Als die alten Farbfische erkannten, worum es wirklich ging, drückten sie ergeben die Augen zu. Ihre unförmigen Körper, zum ersten Mal so etwas wie Kälte empfindend, begannen kaum sichtbar zu zittern.
Während sie zitterten, hatte ich sardisch gegessen und lag auf Ledersofas. Der neue Tag begann mit einem Schlag, mit einem Beben, in die Luft gejagt, mit dem Staub zersprungenen Betons, eine in den Nachthimmel explodierende Wolke, die aufs umliegende Gras herabregnete, eine graue Schicht hinterlassend. Die Trasse der vierspurigen Schnellstraße ist haltlos abgestürzt, und überall verteilt liegt die Asphaltkruste in kleine Platten zersprungen. Die Fahrbahn

bricht einfach ab, liegt zerschollen fünf Meter tiefer, ein Krater, eine Falle, jetzt ist sie abgesperrt, Blaulicht kreist auf beiden Seiten. Das Rauschen von Funkgeräten dringt zu mir herüber, ein Hubschrauber schwebt über den schwarzen Kronen des Stadtwalds und lässt den silbernen Faden eines Seils zwischen die Wipfel fallen.

Ich sehe mich selbst aus der Ferne kommen, durch den Nebel, meine Gestalt ist dunkel, der kalte Morgendunst wallt um meine Knöchel, meine Hüften. Ich bin auf dem Weg nach Hause, vergrabe die Hände in den Taschen und durchquere bei jedem Schritt meinen eigenen weißen Atem. Es dauert noch zwanzig Sekunden, achtundzwanzig Schritte, bis ich stehen bleibe. Acht weitere Sekunden, und keinen Schritt mehr, bis mir klar wird, was hier los ist.

Ein zweiter Helikopter donnert heran. Suchscheinwerferlicht fällt durch die schmalen Nebelbänder am Himmel. Ein Wiesenstreif glitzert arglos mit seinem Tau. Dahinter liegt die aufgesprengte Vierspurige. Oben auf der Straße wird gefuchtelt, die Figuren der Polizisten tänzeln an der Sprengkante auf und ab. Von beiden Seiten hat man begonnen, den Schutt beiseitezuräumen. Einige Autowracks werden aufgeschnitten und Dinge, die ich nicht erkennen kann, geborgen.

Mein Weg durch die Unterführung ein paar hundert Schritte weiter ist nicht mehr da. Die alten Graffiti aufgelöst in Staub. Ich gehe nicht hinüber. Stattdessen laufe ich schräg über die Wiese. Gehe dorthin, wo sich die Trasse langsam zum Boden hin senkt, kralle mich im nassen Gras fest und klettere die Böschung hinauf. Der Zaun ist an mehreren Stellen eingerissen, ich schlüpfe durch eine der Lücken. Ich überquere die Leitplanken, Seitenblicke zu den Gestalten am Krater werfend. Über den Zaun auf der an-

deren Seite muss ich klettern, kalter Draht schneidet in meine Hände. Als ich springe, fliegt einer der Helikopter näher, Rufe werden laut, sie haben etwas Neues gefunden. Ein Feuerwehrmann hat mich gesehen, eilt gestikulierend auf mich zu. Und obwohl ich mich am liebsten auf den Boden legen und tot stellen würde, stolpere ich die Böschung hinunter und laufe weg. Ich lasse meinen Atem hinter mir und eine schnurgerade Spur im Tau. Meine Schritte fallen wie von selbst. Der Feuerwehrmann ruft etwas. In meinem Rücken zucken die blauen Blitze. Ich laufe zu dir.
Als ich den nördlichen Park durchquert habe, gerate ich ins Straucheln, fange mich an einem Straßenschild, beschleunige wieder. Das Klappern meiner Schuhe ist absurd laut für einen frühen Morgen. Ich streife sie ab, samt den Socken, und stopfe sie in meine Tasche. Obwohl Kieselsteine in meine Sohlen stechen und der Boden nass und glitschig wie Fischlaich ist, laufe ich weiter. Meine Haut wird mit jedem Schritt durchlässiger, Chiffonhaut, durch die Kälte und Gegenwind einfach hindurchstreichen. Zahlen flippen durch meinen Kopf. Wie die Klappzahlen altmodischer Digitaluhren klackern sie durch. Zehn, neunzig, dreihundert, vierhundert, zur Straßenbahnstation sind es noch vierhundert, vierhundertelf Schritte. Ich habe sie gezählt. Tatsächlich.
Meine Lippen sind blau, als du mir die Tür öffnest. Jedenfalls sagst du das. Ich suche nach den wenigen Stellen meines Körpers, die noch warm sind. Du dirigierst mich auf den roten Flokati. Du nimmst meine Füße, massierst den Schmutz des Fischlaichbodens in deine Hände. Ich lehne mich gegen dein Bett, vorsichtig, und erzähle.
Ich erzähle rückwärts. Erzähle Kopfsteinpflaster, Helikopter und Sprengkante, erzähle Blaulicht und Morgennebel.

Erst als meine Füße trockengeknetet sind, gehst du hinüber zum Rechner. Nach dem Hochfahren klickst du ein paarmal zügig. Deine Nase schwebt im weißen Monitorlicht, während du liest.
»Hier ist es. Ein paar Autos müssen ungebremst in den Explosionskrater gefahren sein. Bisher kein Bekennerschreiben.«
Du schaltest den Monitor aus und kommst zurück ans Bett. Du trägst nur eine weite Baumwollhose, deine Hand fährt ziellos über deinen Bauch. Dein Haar zeugt davon, dass du noch geschlafen hast, als ich klingelte.
»Klar«, sagst du, »niemand rechnet damit, dass die Fahrbahn abbricht. Stell dir vor, du rauschst mit hundertvierzig Sachen über die Schnellstraße. Nachts. Einem Menschen könntest du vielleicht ausweichen. Aber wenn die Straße plötzlich aufhört, bevor das einer begreift, ist der nicht mal auf der Bremse.«
Ich lege meinen Kopf auf deine Brust, vorsichtig, testweise. Erst vier Tage sind vergangen, seit mir in deiner Nähe übel wurde. Mein Ohr fügt sich willig in die Kuhle zwischen Schlüsselbein und Schulter. Meine Fühler richten sich wie Magnetnadeln zu dir, legen sich zitternd deiner Haut an, als wäre nie etwas gewesen. Während du sprichst, vibriert deine Stimme in meinem Kopf, ich höre dich von innen und von außen zugleich.
»Die ganze Schnellstraße funktioniert doch nur«, sagst du, »weil alle glauben, dass sie nicht einfach aufhört.«
Über das Wesen der Schnellstraße, notiere ich geistig. Dann raffe ich meinen Mut zusammen und deute an, dass ich noch mehr zu erzählen habe. Du horchst auf. Ich muss an zuckende Pferdeohren denken, ein Fluchttier. Diesmal erzähle ich die Geschichte vorwärts, Zigarillo, Manschetten-

knöpfe, sardische Küche, spreche den vergangenen Abend in deine Brustmuskulatur hinein, bis die Szenen auf dem Ledersofa von vorn und von hinten eingefasst sind. Sie erscheinen mir bereits unwirklich und unwichtig. Aber eine heimliche Stimme sagt mir, dass sie es nicht sein werden. Es ist dieselbe Stimme, die mir in der Tür der leeren Altbauwohnung Gemeinsamkeiten mit einem wöchentlichen Fortsetzungsroman attestierte. Also erzähle ich, bringe die Sofaszenen in Topflappen gewickelt auf den Tisch, eine dampfende Nachspeise, garniert mit den Küssen eines fremden Mannes. Deine Wirbelsäule wird ein bisschen steifer. Du lässt mich trotzdem Löffel um Löffel des heißen Breis auf deinen Teller schöpfen, weichst der Klebrigkeit meiner Geschichte nicht aus. Schließlich schweige ich, lasse meine Worte etwas abkühlen.

»Du wirst da wieder hingehen«, sagst du.

Es war keine Frage. Du weißt es. Als dein Kopf herabsinkt, fühle ich, wie dein Kinn mein Haar berührt.

»Aber es ist gut. Erzähl mir alles. Erzähl mir immer alles«, sagst du dann.

Ich nicke, so dass du es spüren kannst. Du lässt ein tiefes Schnauben hören. Instinktiv will ich mit meiner Hand über deine Brust fahren, sie kräftig reiben, du hast nicht nur die Ohren eines Pferdes. Du stehst unvermittelt auf, stößt mich beinahe um, gehst hinüber an den Schreibtisch und schaltest mit einem Fingertippen den Monitor wieder an. Dein Ungestüm, die Heftigkeit deiner Bewegungen sagt, dass ich dir nicht nachlaufen soll. Ich krieche auf dein Bett.

Nachdem ich dort einige Stunden vor mich hingewelkt bin, erwache ich vom Beben der Matratze und von heftigem Kopfweh. Du hast dich neben mich gesetzt, eine Flasche

Mineralwasser und einen Teller Rührei in den Händen. Ich trinke vom Wasser und verschmähe die Eier. Ein daumendicker Bohrer dreht sich in Zeitlupe in meinem Kopf. Als ich mich aufsetze, verengt sich für einige Herzschläge lang mein Blickfeld zu einem dunklen Tunnel, und Glühwürmchen beginnen durchs Zimmer zu schwirren, quellen aus deinen Schränken, fluten über den Schreibtisch und verlöschen wieder. Mein Kreislauf geht auf Krücken, ich muss mich an den eigenen Knien festhalten, bis der Tunnelblick vergeht. Ich habe Fieber bekommen, meine Schultern schmerzen, mein Nacken ist ein Seemannsknoten. Von irgendwoher legt sich deine Hand auf meine Wange.

Ich habe weder Zahnbürste, denke ich, noch frische Klamotten dabei. Ich will nach Hause. Da kannst du noch so oft sagen, dass ich bleiben soll, bis es mir bessergeht. Ich klettere unter heftigem Hirnpochen aus dem Bett, lehne dein Angebot, mich zu begleiten, so schnell wie möglich ab. Mir graust vorm Hinaustreten ins stechende Sonnenlicht. Also will ich erst recht nicht dabei beobachtet werden. Das Einzige, was ich von dir will, ist deine Sonnenbrille.

Als die Tür hinter mir zufällt, rutscht alles, Stachelbeernote, leicht limonig, das Ledersofa, die gesprengte Schnellstraße und deine Pferdebrust in eine Schublade, die sich leicht zustoßen lässt. Vergangenheit, wie die Leute das nennen. Wäre nicht der Bohrer in meinem Kopf, der alle paar Minuten die Richtung wechselt, könnte ich so tun, als wäre nichts gewesen.

Das Tageslicht schlägt noch härter zu, als ich befürchtet hatte. Es verwandelt mein Blickfeld in ein überbelichtetes Schwarz-Weiß-Foto. In dessen Mitte schwebt ein roter Ballon. Ehe ich begreife, dass er an einem Faden hängt und dass an dem Faden wiederum ein Kind hängt, ist er vorbeigeschwebt und in einer Straßenbahn verschwunden. Dann eine sich durchschleusende Touristengruppe, alle in gelben Windjacken und mit Rucksäcken, mit aufgeregten Blicken die Stadt und mich musternd. Ich starre sie an, wie sie mich anstarren, und trage meinen Kopf wie ein rohes Ei durch ihre Reihen. Auch sie hätten in die Luft fliegen können mit ihrem Reisebus. Die Grenze zwischen Bestand und Verfall ist eine dünne Linie, brüchig wie der Lack alter Parkbänke. Die Fundamente der Häuser, denke ich, könnten nachgeben wie morsches Holz. Der Bordstein könnte unter meinen Schuhen wegbröckeln, unter meinem Absatz zerkrümeln wie alter Käse. Auf diesem Treibsandgefühl gehe ich nach Hause.

Rolltreppen

Über den Anschlag zerreißen sich in den folgenden Tagen Journalisten, Politiker und ein Haufen anderer Leute die Mäuler. Ich liege krank im Bett, Borg berichtet, pilgert mit drei verschiedenen Zeitungen durchs Haus und diskutiert. Die Herkunft des Sprengstoffs werde fieberhaft ermittelt. Die Täter wären noch nicht gefunden. Ich lasse mich mit einer apfelsinensüßen Gleichgültigkeit berieseln, gehe Debatten und Spekulationen aus dem Weg. Erst vermute ich, dass es am Kranksein liegt, aber nach drei Tagen wird mir klar, dass mich die Sache wirklich sehr viel weniger aufregt als den Rest der Stadt. Strukturen, die sich in Auflösung befinden, das durchschimmernde Chaos ist mir eine altvertraute Größe.

Ich säusle Melodien vor mich hin. An einem Ort, wo Wüsten blühen, ist gut Kirschen essen, denke ich. Es geht mir wieder besser. Vor drei Tagen noch war ich ein irrsinniges Mädchen. Das nicht verwundert gewesen wäre, wenn ein lauter Knall durch die Straßen gehallt und blutig ihr eigener Kopf zersprungen wäre. Wir hätten anstelle ihres Kopfes ja schöne Fotos davon gehabt. Heute bin ich wieder geschmeidig und golden wie Reflexionen auf Honig.

In meinen Mund steigen Kohlensäurebläschen und roter Saft, ich trinke, bis der Strohhalm im leeren Glas schlürft. Meinen Schreibtisch bedeckt eine Papierlandschaft. Ein Weinglas, ein halbes Dutzend Teelöffel und eine Damenkrawatte flankieren ihr östliches Ende. Obenauf wölben

sich leere Blätter. Im Westen kriechen zwei Eidechsen aus Gummi.
Vom Monitor meines Rechners glüht die Visualisierung eines Musikstücks, dessen Ton ich abgedreht habe. Eine virtuelle Flugbahn tunnelt sich durch schimmernde Abwasserkanäle, in denen die Gezeiten wie im Zeitraffer ablaufen. Bizarre Phosphorpflanzen wachsen und zerfallen wieder.
Manchmal schwirrt eine Stubenfliege vorbei. Sie bleibt auf einem Blumentopf sitzen, in dem meine zerzauste Pflanze wohnt, die Myrte. Ich sah das kleine Ding vor drei Wochen auf dem Markt und wollte es haben. Seine Blätter und Zweige drängten sich schüchtern aneinander. Es sei ein wenig empfindlich und brauche Sonne bis Halbschatten, sagte der Gärtner. Dass es überall winzige Knospen hervorschob, bemerkte ich erst ein paar Tage später. Ich hatte noch nie Myrtenblüten gesehen und sah absichtlich nicht im Pflanzenlexikon nach, wie sie aussehen würden. Die Pflanze sollte mich überraschen. Jetzt streckt sie ihre weißen Puschelblüten in die Luft, sieht ganz glücklich aus.
Ich gehe ins Bad und fülle mein Glas mit Wasser. Die Hälfte davon trinke ich auf dem Rückweg in mein Zimmer. Neulich habe auch jemand versucht, Gift ins Trinkwasser zu mischen, hieß es in den Zeitungen. Es war jedoch zu wenig Gift und fließe nun fein verdünnt durch die ganze Stadt. Ob der Anschlag auf die Schnellstraße damit zusammenhänge, sei nicht geklärt. In Gedanken danke ich allen Vergiftern, dass sie uns schön langsam gegen alles Mögliche abhärten. Am Grund meines Glases tanzt eine hellrote Saftschliere. Mit einer Bewegung des Strohhalms löse ich sie auf.
Ich setze mich an den Monitor, der Phosphortunnel ver-

löscht, und ich streife durchs Netz. Ich sehe mir Bilder von japanischen Tempeln und New Yorker Restaurants an. Lese Rezepte zu Gerichten, die ich nie kochen werde. Versuche, mir die Namen der verschiedenen Sushi einzuprägen. Seiten um Seiten erstrecken sich, bunt und weitläufig. Ich verfolge ein paar Bilder lang das Treiben am Flughafen über die dortigen Webcams. Gebe Wörter wie Blaubart, Mondkalb und Scheintod bei der Bildersuche ein. Durchkämme Online-Lexika. Die Myrte, lese ich, ist zweihäusig. Das bedeutet, dass auf einer Pflanze entweder nur männliche oder nur weibliche Blüten vorkommen. Xenogamie, lese ich weiter, die Bestäubung zwischen zwei Blüten genetisch nicht identischer Pflanzen. Die Fliege kommt jetzt manchmal auch auf meine Hand.

Es klopft an meiner Zimmertür, einmal, zweimal. Ich mache mich bemerkbar. Lutz kommt herein und möchte etwas sagen. Seine Hand streichelt meine Türklinke, seine Froschaugen werden größer und größer, seine Stimme stockt. Das ist schon lange nicht mehr passiert, er stottert nur noch selten. Das Unausgesprochene auf seiner Zunge, auf seiner Unkenzunge, denke ich, ruckelt lautlos in den Raum. Er lächelt verlegen. Ich lächle auch.

»Borg und Matti gehen frühstücken in der Stadt«, kommt schließlich aus ihm heraus.

Ich schüttle dankend den Kopf. Er nickt und verschwindet.

Mein Nachthemd ist lindgrün und mit winzigen Blüten bedruckt, am Saum rosa Rüschen, solche Nachthemden habe ich als Kind getragen. Wenn ich kindische Nachthemden trage, fällt mir das Aufwachen schwer. Aber Umziehen hilft heute nicht. Weder das graue Baumwollshirt noch der grüne Sommerrock geben mir ein Gefühl von Wachheit, auch keine meiner Hüfthosen und nicht die Häkelweste, die wie ein Konglomerat aus bunten Topflappen aussieht. Ich schließe meinen Kleiderschrank. Aus einem Spiegeloval gegenüber sieht mich ein halbnacktes Mädchen an. Ihre Schultern sind schmal und kantig. Ihre Stirn ist hoch. Der Kleiderschrank ist eine Orgel, denke ich, mit Farbregistern, Stilregistern, Saisonregistern. Ich weiß nicht, welchen Ton das Mädchen treffen will. Wir sollten improvisieren. Ich öffne den Kleiderschrank ein letztes Mal.

Gestern Nacht schlief ich mit einer untergründigen Begierde ein. Ich hatte an dich gedacht. Ich hatte an Lutz und sogar an Matti gedacht. Heute Morgen lagen die Nachtträume wie erschöpfte Hunde um mein Bett.

An einen der Träume erinnere ich mich. Ein Kaufhaus mit goldenen Geländern und Marmorböden, ein riesiger Komplex, geschmackvoll beleuchtet, voller Restaurants, Kinos, Modegeschäfte, Massagesalons. Alles war kostenlos und unbegrenzt, überall wurde bedient und hofiert. Ich kam an einem Feinkostladen vorbei, der Süßigkeiten in Form von Schachfiguren anbot. Die Kinos warben für Filme, von denen ich nie gehört hatte. Im Grunde ein Ort, der mir gefallen hätte. Allerdings gab es keinen Ausgang. Die Rolltreppen, die die Stockwerke verbanden, führten alle nur aufwärts. Ich drehte eine Runde durch die verwirrende Vielfalt. Nahm wieder eine Rolltreppe nach oben. Jemand hielt mir einen Bund tintenblauer Trauben entgegen. Ich nahm sie, aß davon und bestieg eine weitere Rolltreppe. Ich drehte eine weitere Runde. Ein kleiner Junge mit einem Luftballon kam mir entgegen. In dem Luftballon bewegte sich etwas, eine kleine menschliche Gestalt. Ich konnte die Augen nicht von dem Luftballon lassen. Während der Junge in der Menge verschwand, schwebte sein Ballon noch eine

Weile über den Köpfen, die kleine Gestalt darin taumelte hilflos. Irgendwann warf ich die Trauben weg. Es gab keinen Weg nach unten. Ich fuhr ins nächste Stockwerk. Dasselbe Spiel. Alles ging immer nur aufwärts.
Schließlich fand ich einen Brunnen. Dutzende von Strahlern waren in den Grund des türkisfarbenen Beckens eingelassen. Das Licht an der Decke schwamm mit der Bewegung des Wassers. Ich blieb stehen. Weiße Gipsfiguren umringten das Geplätscher. Ich suchte Peter Pan, aber natürlich war er nicht da. Ich setzte einen Fuß in das Becken. Niemand bemerkte mich. Ich setzte den zweiten Fuß ins Becken und legte mich ins Wasser. Von unten flutete das Licht an mir vorbei. Mein Kopf wurde klarer. Ich wachte auf.
Das Träumen war anstrengend. Vielleicht kann ich deshalb nicht aufwachen und hänge mit nebligen Augen im Internet. Ich klicke mich durch eine Seite, die Krawatten aus Echthaar anbietet, zwischendurch leere ich mein Postfach und lande schließlich im Blog eines Programmierers. Bald wird das Telefon klingeln, denke ich, und dann werde ich wirklich wach werden. Ich starte wieder den Phosphortunnelflug.
Ich sauge durch den Strohhalm den Mund voll Wasser und lasse es langsam in den Blumentopf der Myrte tröpfeln. Die nassen Inseln versickern schnell. Ich gieße die Pflanze noch zweimal oder dreimal auf diese Weise, die mir intim vorkommt wie ein Kuss. Es gefällt mir, vom selben Wasser zu trinken wie meine Pflanze.
Im Fenster steht der frisch gewaschene Himmel. Tief unten höre ich Autoreifen durch Pfützen rauschen. Das Licht ziseliert Reflexionen auf die nassen Dächer. Weil es so hell ist, werde ich einen Anruf erhalten. Von einem Fotografen,

denn das Licht ist gut. Aber als das Telefon klingelt, ist es nicht der Fotograf, sondern mein Verlobter. Ich erschrecke. Der Hörer wird ein schlüpfriger Gegenstand in meiner Hand, ein leises Fiepsen setzt ein. In der Telefonmuschel, denke ich, oder in meinem Ohr. Ich will nicht an meinen Verlobten denken. Ich sage wenige Worte und lege auf.

Gegenlicht

Mein Verlobter ist derjenige, den du im letzten Winter mit sauberen Schnitten aus meinem Kopf amputiert hast. Wie reifes Obst vom Baum fiel der Mann von mir ab. Ich sollte ihn nicht mehr meinen Verlobten nennen. Weiß ja nicht einmal, ob wir je richtig verlobt waren. Wir spielten ein Spiel, und deshalb kenne ich seine Hemdgröße und seine Eltern. Deshalb habe ich seinen Ring. Der liegt in einer schiefen Birnholzkiste, die mein Verlobter selbst geschnitzt hat, und wartet dort auf mich. Seit Monaten habe ich ihn nicht angerührt. Ich atme die helle Luft ein. Ich will nicht an meinen Verlobten denken und tue es trotzdem.

Er ist Brite, Linguist und fast so klein wie ich. Er weiß sehr genau über die Vorteile eines feinen irischen Nieselregens gegenüber einem Londoner Regenguss Bescheid. Neben seinem Hilfsjob an der Uni fertigt er Zeichnungen für ein Bilderlexikon an. Der Verlag schickt Wortlisten, und mein kleiner Brite verwandelt jedes Wort in ein Zeichen aus schwarzen Linien.

Die Zeichnungen ausdruckslos zu halten, sagte mein Verlobter, sei das Schwerste daran. Insgeheim würden sich Stimmungen, Bewegungen, Bedeutungen einschleichen, die über das eigentliche Wort hinausgingen. Er habe gelernt, sie auf einen minimalen Hauch zu reduzieren. Manchmal benutzte er mich als Testperson. Er zeigte mir eine Zeichnung, ich sagte ein Wort. Sagte ich genau das Wort aus seiner Liste, war er zufrieden. Er zeichnet sehr gut, und ich

frage mich, warum er nie etwas anderes als diese Lexikonbilder gezeichnet hat.
Das Schlafzimmer meines Verlobten hatte ein großes und ein kleines Fenster. Das große Fenster war Tag und Nacht mit einem schwarzen Tuch verhängt. Vor diesem Tuch fand ich mich eines Morgens, blassen Gedanken nachhängend, mit einem Finger im Aschenbecher, die Asche zu einer flachen Mondebene zerdrückend. Der graubestäubte Finger wanderte über meine Stirn, meine Nase und malte einen schlackigen Buchstaben auf meinen Handrücken. Erst als die Aschespur auf die Narben meines Unterarms hinunterlief, hörte ich auf, erschrocken. Die Augen meines Verlobten forschten ängstlich in meinem Gesicht, als erwarte er Antwort auf eine Frage, die er nie gestellt hatte.
In diesem Moment fiel das schwarze Tuch herab, und wir ließen es liegen. Sonnenlicht quoll herein. In den Augenbrauen meines Verlobten leuchteten ein paar Gräser stumpfen Goldes auf. Die Falten auf seiner Stirn sahen wie Risse aus. Ich wanderte mit den Augen auf seiner Haut entlang, die plötzlich in aller Härte sichtbar war, die Stoppeln auf der Oberlippe, die Poren seines Kinns. Ihn zu lieben, sein Gesicht als Ganzes zu sehen, gelang mir seit Tagen nicht mehr. Seine goldenen Augenbrauen, dachte ich, sind alles, was der Moment noch hergibt. Ich fühlte mich fern. Als sei mein Verlobter schon lange tot. Ich sehe weder sein Gesicht, dachte ich, noch werde ich je wieder seine Stimme hören. Noch im selben Moment verfiel ich in eine unbändige Leere. Ich wollte weg. Impulsiv sagte ich meinem Verlobten alles, die Leere, die Ferne, seine Augenbrauen. Er sagte nichts. Zwei Minuten später wollte er wissen, ob ich einen anderen kennengelernt hätte. Ich sagte nein. Ich war traurig, aber nicht traurig genug, um bleiben zu wollen.

Es ist kein Problem, ein paar Tage, Nächte oder Monate mit mir zu verbringen, kein Problem, mir eine Birnholzkiste zu schnitzen, meine Zehen zu lutschen oder mir einen grasgrünen Stutzflügel zu versprechen. Aber Verlobungsringe tauschen, mich heiraten wollen, solche Pläne können nicht gutgehen.

In der Küche finde ich einen von Borgs Kleeblattzetteln. Ob jemand seine Wäsche mitwaschen könne. Ich stecke seine Hemden mit meiner Bettwäsche in die Trommel und drücke auf Start. Mit einer Tasse Tee an den Lippen sehe ich dem Waschprogramm zu. Irgendwann steht Lutz neben mir. Ich frage ihn, ob er nicht mit Matti und Borg frühstücken gehen wolle. Er schüttelt den Kopf. Ich schlage ein gemeinsames Frühstück hier in der Küche vor und öffne verschiedene Schränke. Brot ist alle. Kaviar ist da. Ich lege ein paar Ananasscheiben und Räucherfisch auf einen Teller. Lutz macht türkischen Kaffee.

Ich verliere mich in Kleinigkeiten, wundere mich, mit welcher Routine ich den Jasmintee zubereite. Mit welchem Geschick ich Grieß unter die Milch rühre. Vielleicht, weil Lutz zuschaut. Ich hantiere mit Eigelb, Eischnee, Zucker, Zimtpulver, Apfelmus. Bei meiner Großmutter gab es dieselben Gerüche, dieselben Geräusche, Schneebesen, Teelöffel, früher, wenn Moritz und ich unsere Herbstferien bei ihr verbrachten. Die Waschmaschine gurgelt vor sich hin. Lutz klappert zwei Schüsseln aus dem Schrank. Er spricht über seine Arbeit, sein Stottern ist wieder verschwunden. Wir essen langsam und querbeet. Seine Blicke bleiben manchmal an meinen Händen oder Lippen hängen.

Als das Telefon erneut klingelt, ist schon später Nachmittag. Eine knappe Stunde später hält ein silberner Volkswagen vorm Haus. Ein Mann mit Fototasche begrüßt mich per

Handschlag. Wir steigen in seinen Wagen, der glänzt wie die nassen Dächer. Wir fahren hinaus vor die Stadt. Bald bleiben Häuser und Straßennamen zurück.
Während ich fotografiert werde, ist mein Körper ein weißes Niemandsland. Ich betrachte meine Arme und Beine und ein paar Strähnen, deren Enden wie Pinselköpfe über meine Brüste streichen. Das Abendlicht fällt durch die milchigen Scheiben der alten Fabrikhalle und färbt alles in einem Honigton. Es ist staubig und kühl.
Im hinteren Bereich der Halle hat ein Bildhauer seine Werke unter dicker Baumwolle begraben. Nur eines davon steht frei, unförmig, ein spröder Steinblock, wahrscheinlich unfertig. Ein rotes Sofa steht wie die Manifestation des Klischees in der Ecke gegenüber. Normalerweise sei es in weiße Baumwolltücher gehüllt, wie die Skulpturen, erzählt der Fotograf. Heute stehe es frei und wirke dadurch größer, bauschiger, lebendiger. Ein langes Sofatier, denke ich, das seinen fetten Samtkörper auf Goldpfoten knapp überm Boden hält. Vorsichtig krieche ich darauf herum. An der Wand hinter ihm stehen leere Bilderrahmen. Wir gehen weiter, rostige Leitersprossen und Geländer berühre ich ohne Scheu, hebe öliges Werkzeug auf, lehne mich an gräulich vergilbtes Holz. Lack platzt in spröden Blüten von einer Reihe alter Spinde. Weiße Taubenschisse, wie hingekleckste Gänseblümchen, bedecken den Boden. Der Fotograf und ich sprechen nicht viel. Die stille Zwiesprache mit den Dingen genügt. Je weiter ich mich durch den Staub und Rost bewege, desto schmutziger werde ich. Erst die Hände, dann die Schenkel, dann mein Hals, die feinen Nackenhaare. Gegenlicht, sagt der Fotograf.
Ich denke nicht mehr an meinen Verlobten. Wenn ich fotografiert werde, denke ich immer nur an das Allernächste.

An blätternden Lack, an rissigen Boden, an zersprungene Scheiben. An Orten, wo vieles auseinanderbricht, fühle ich mich wohl. Vielleicht, weil ich mir dort nicht vorstellen muss, wie die Dinge auseinanderfallen, sondern ihnen dabei zusehen kann. Ein Stuhlbein liegt auf dem Boden, ein trübes Laborglas. Der Bildhauer scheint außerdem eine Vorliebe für alte Schiffstaue zu haben. Ein großer Haufen davon liegt neben seinen Skulpturen. Ich ziehe eine Trosse von der Dicke meines Oberarms hervor und lege sie um meinen Hals. Der Fotograf bewegt sich im Kreis um mich herum und sammelt schussweise Licht ein.

Ich weiß, wie ich aussehe, von hinten, von links, von oben, überhaupt von außen. Nicht wie ein Spiegel es wüsste, auch nicht wie meine Augen, sondern wie die Linse eines Fotografen. Ich habe viele Fotos von mir gesehen. Ich weiß, wie es sich anfühlt, so oder so auszusehen. Ich neige ein wenig den Kopf, ein Sonnenstrahl nestelt in meinem Haar, das armdicke Tau drückt mir Muster in die Haut. Ich halte durch, bis der Fotograf sagt, dass ich es runternehmen kann.

Jeans und alte Turnschuhe zu tragen hat eine völlig andere Qualität nach ein paar Stunden mit dem Fotografen. Sich nach dem Posieren, dem Gliederstrecken, dem ungenierten Sichtbarsein nicht nur langweilig und erschöpft zu fühlen, sondern es auch sein zu wollen. Mit hängenden Schultern schlürfe ich meine Vanilla Coke. Der Fotograf bestellt ein großes Schinkenomelette für mich.

Dass ich meine Schlüssel vergessen habe, bemerke ich erst, als ich nach Hause zurückkomme. Zum Glück ist Lutz da und öffnet mir. Ich erwarte goldene Froschaugen, eine warme Dusche aus stockenden Worten, aber stattdessen hüllt er sich in vertrauliches Schweigen. Ein weiteres Blinzeln seiner Nickhäute, und er verschwindet in seinem Zimmer. Ich trotte in die Küche. Für heute, denke ich, gebt mir Beethovens Klaviersonaten und ein Glas Wein, und ich bin glücklich.

Azaleen

Im Briefkasten finde ich eine Postkarte. Statt eines Motivs ist die Vorderseite mit Blütenblättern beklebt, die unter Klebestreifen stecken und sich zu lösen beginnen, brechen, bröckeln. Ich erkenne sie sofort. Es sind Azaleen vom Ostbalkon eines Altbaus mit Eichenparkett. Ich halte die Karte ins Licht. Für einen Mann in Anzug und Krawatte ist diese Postkarte ein überraschend sentimentales Zeichen. Könnte auch Teil der Taktik sein. Ich drehe die Karte um. Auf der Rückseite steht eine Mobilfunknummer. Das wiederum ist so gewöhnlich, dass ich beschließe, diese Nummer nicht zu wählen, heute nicht und nie. Ich klemme die Karte unter den Rahmen meines großen Spiegels, mit der Blütenseite nach vorn.

Mein Tee dampft weiße Schnörkel in die Luft. Ein Häufchen Flyer der vergangenen Woche liegt als Untersetzer unter der Tasse. Wir hatten drei passable Konzerte im Norden. Seit ein paar Stunden sind wir zurück. Ich lege mich ins Bett und schlafe nochmals ein.

Gegen Spätnachmittag besuche ich meine Französischlehrerin. Sie sitzt im Garten und sieht auf ihrem gusseisernen Stuhl wie eine Brunnenfigur aus. Als ich näher komme, sehe ich, dass sie sich über eine Ausgabe der Werke des Marquis de Sade beugt.

»Assieds-toi!«, sagt sie freundlich, obwohl kein zweiter Stuhl zu sehen ist.

Aus dem niedrigen Flechtzaun ihres Gartens ragen ein paar kräftige Pfosten hervor. Ich setze mich auf einen davon. Erkundige mich nach der neuen Schülerin. Saskia mache Fortschritte, meint die alte Dame und schlägt eine Konversationsstunde zu dritt vor. Ich bin einverstanden. Ich muss die Germanistin ohnehin näher kennenlernen, wenn sie meine Freundin werden soll, wenn ich ihr ein Lied schreiben will.

Auf dem Rückweg mache ich einen Abstecher in die Weststadt. Vor einer weißen Altbaufassade bleibe ich stehen. Hier wohnt der einsame Anzugträger, hier duften seine Azaleen vor sich hin. Ich weiß nicht, was mich treibt, zur Klingel zu gehen und das goldene Knöpfchen zu drücken. Blaum, steht da in gravierten Lettern. Eigentlich erwarte ich, dass niemand zu Hause ist.

Der Türöffner surrt. Mir fällt das schwarze Glasauge auf, das über der Tür angebracht ist, eine Kamera. Mein Anzugträger muss mich gleich erkannt haben. Ich tripple hinauf in sein Stockwerk, er lässt mich herein. Er ist tatsächlich überrascht, mich wiederzusehen, zumindest tut er so. Er fährt sich mit der Hand über Augen, Stirn und Haar. Letzteres ist straßenkaterblond und lichtet sich. Am Hinterkopf ist es wirr und plattgedrückt. Der Mann sieht nicht aus, als hätte er heute gearbeitet, auf einer Kommode liegen mehrere Medikamentenpackungen. Als er Kaffeetassen aus dem Schrank holt und in den Vollautomaten schiebt, taucht sein Blick langsam aus der Tiefe auf. Wir tauschen uns über Alltägliches aus, über Kaffeesorten, über Küchenkräuter. Als er sich für einen Moment von mir abwendet, geschieht etwas, von dem ich behaupten könnte, dass es mich überrascht. Aber das wäre gelogen. Ich verliebe mich in seinen Ochsenrücken, seinen Lasttiernacken und seine gepflegten Schreibtischhände.

Der Mann kramt fast eine Minute lang in seiner Schub-

lade. Ich habe genügend Zeit, ihn zu betrachten. Groß ist er nicht. Sein Hintern ist wirklich breit für einen Mann. Er hat kleine Füße und Ohren. Die Erinnerung an seine Meeraugen legt sich über das Bild wie ein Firnis.
Vielleicht bin ich ein Mädchen, das sich zu schnell verliebt. Ich sehe das Schöne überall, in Ochsen, Wölfen und Windhunden, in Bürohengsten, Käuzen und Papiertigern. Ich treffe all diese Männer, deren Unzulänglichkeiten und Schwächen irgendwas in mir berühren, und verliebe mich gerade in die Kehrseite dessen, was sie gern sein wollen. Ich glaube nicht an Traumprinzen. Ich bemitleide die ewig suchenden, ewig enttäuschten Prinzessinnen, die genau wissen, dass nur der Richtige kommen müsste, dass er nur das Richtige sagen müsste und dass genau sie die Richtige wären. Bullshit. Es gibt keine Märchenprinzen. Nur Männer gibt es. Und einer davon steht vor mir und hält mir dampfenden Kaffee entgegen.
Langsam geht das Gespräch in abgelegenere Ecken. Blaum erzählt, dass er als Kind manchmal Blaumeise genannt worden sei und wie sehr ihn verdrossen habe, nicht Adler oder Fuchs zu heißen. Ich bin entzückt, dass der Anzugträger plötzlich ein schmolliges Jungsgesicht hat.
Hätte ich mich nicht verliebt, wäre ich nach dieser Kindheitsgeschichte nach Hause gegangen. Hätte ich mich nicht verliebt, hätte ich vermutlich auch nichts von dir erzählt. Ich erwähne nicht viel, Eckdaten, der Mann in meinem Leben in drei Sätzen. Blaum hört aufmerksam zu und nickt. Es scheint für ihn nichts Neues zu sein, dass Frauen, die sich für ihn interessieren, sich auch für andere interessieren. Er übergeht das Thema. Stattdessen stellt er plötzlich eine Frage, die mir mitten im Gespräch für gewöhnlich nur Leute stellen, mit denen ich sehr vertraut bin.

»Wie geht es dir?«
Blindfügig, will ich sagen. Unfug und blindlings und gefügig, alles in einem Wort. Ich schmiege mich an mich selber und an die umgebenden Dinge wie ein biegsamer Katzenkörper. Diesmal ist es kein Ledersofa, sondern ein schwarzer Schalensessel. Ich sinke bis zum Anschlag hinein.
»Gut«, sage ich.
»Ich hatte zwei harte Wochen«, sagt Blaum.
Er erzählt mir Businessgeschichten. Die Menschen, mit denen er arbeitet, sind wichtige Leute, Mittagessen mit diesem Geschäftsführer, Verhandlung mit jenem Vorstand, hinter verspiegelten Scheiben, Uniform geschlossen, Haar gekämmt. Ich denke an die Gitarren in meinem Zimmer, an Borg und den Bassmann, an verschlafene Morgenstunden in Mittelklassehotels, an Saskia mit der Germanistenbrille und an Loras schönen Lederarsch. Mir wird warm im Bauch. Mein Gegenüber bemerkt das abwesende Lächeln und fragt nach, ob er mich langweile. Ich sage ihm, dass ich seinen Businesskopf gern in meinen Schoß legen würde, den Schweiß von seiner Stirn wischen, seine Schreibtischsorgen in den Schlaf wiegen.
Blaum steht auf. Neben einer großen Pfeffermühle liegen eine Chipkarte und die Schlüssel zu seinem Wagen. Die fallen herunter, als er mich auf den Küchenblock hebt.
»Ich mag dich«, sagt er.
Seine Tonlage ist tief und feierlich. Es klingt, als verleihe er einen Adelstitel. Vermutlich ist er kein spontaner Mann, sondern ein Rechner, ein Diplomat, der nie mehr Zugeständnisse macht als nötig. Er muss in Gedanken einige Wenn und Aber durchgegangen sein, bevor er meine Hüften fasste.

Er beobachtet meine Reaktionen sehr genau. Er wirbt mit zeremonieller Hingabe, mit einem Ernst, der mir beinahe Angst macht. Ich senke die Stirn, wie im Beifallsregen der Bühne. Nachdenklich lasse ich meinen Blick an seiner Knopfleiste hochwandern. Spiele sein Spiel mit, schicke meine Hände auf Wanderschaft, beruhige seine Wenn und Aber mit kalten Fingerspitzen. Sein Haar fühlt sich weich und ungewaschen an. Sein Nacken ist hart. Seine Brust und auch sein Rücken sind behaart. Alles ist so, wie ich es mir vorgestellt hatte.

Nichtwolken

Deine Sonnenbrille liegt auf meiner Bettkante. In ihren Gläsern spiegelt sich die Landschaft meiner Kissen und Decken und dazwischen meine nackten Füße. Im Hintergrund sieht man Federn pendeln. Natürlich sehe ich die Brille nicht, aber ich weiß, dass sie da liegt. Mentale Kamerafahrt, ich gleite durch mein Zimmer, durch die Federn hindurch bis in die Spiegelung der Brille. Ich sehe meine Zehen und wackle mit ihnen. Cut.
Erst öffne ich ein Auge, dann beide, bin froh, allein zu sein. Öffne meine Augen ein Stück weiter. Meine Mikadostäbchen liegen auf dem Boden verteilt, ohne dass ich mich erinnere, wie sie da hinkamen. Das bedeutet, dass ich wieder geschlafwandelt bin. Als ich aus dem Bett steige, bemerke ich, dass auch die Schneiderpuppe, die mir für gewöhnlich als Kleiderhaken dient, umgestoßen ist. Hast du keine Angst, eines Tages vom Dach zu fallen, fragte mich Borg einmal. Nein, habe ich nicht, sagte ich trotzig.
Nach zwanzig Minuten intensiver Nachforschungen vor dem Badspiegel bin ich immer noch nicht sicher, ob ich dieselbe bin wie vor vierundzwanzig Stunden. Ich unterbreche meine Untersuchungen, um auf der Dachterrasse eine der Cohibas zu rauchen, die mir Blaum geschenkt hat. Der Zigarillorauch ist beinahe zu viel, zu stark für so einen Morgen. Mein Blick wandert auf den Nachbarbalkon. Durch eine Schicht dünner Gardinen kann ich ein Sofa von hinten sehen. Vor dem Sofa läuft ein Fernseher, Standbild. Die junge Frau mit dem gelben Kopftuch geht im Zimmer auf

und ab, trägt allerdings heute kein Kopftuch. Was sie tut, kann ich nicht erkennen, vielleicht telefoniert sie. Der Himmel gibt sich gestreift, Wolke, Nichtwolke, Wolke, Nichtwolke. Ich atme meinen Rauch in dieses Zebra von Himmel und bemerke, dass ich glücklich bin. Durch das Plingpling der Plastikperlen schlüpfe ich zurück ins Haus.
In den unteren Geschossen ist Leben. Matti singt unter der Dusche, Borg beklimpert das Klavier, Lora schlägt Eier auf. Die Geräusche im Haus vermischen sich zu einem warmen Alltagsklang. Ich lasse absichtlich alle Türen offen. Nach einer Stunde Gefinger auf der Gitarre gehe ich hinunter und erweitere den Klangsalat um das Gurgeln der Kaffeemaschine.
Bei meinem ersten Kuss kniete ich in einer Holzkiste auf dem Dachboden meiner Großmutter. Es war ein tiefer, feuchter Kinderkuss, der mich bis in die Kniekehlen kitzelte. Ich sprang auf und schüttelte mich. Moritz schien es ähnlich zu gehen, er ließ sein Holzschwert fallen, hüpfte über den Dachboden wie ein Verrückter, streckte seine rosa Zunge in die Luft und lachte. Dasselbe Kitzeln überkommt mich, als ich beginne, Kaffee zu trinken und an dich zu denken. Ich muss mich beherrschen, nicht sofort und ohne Schuhe auf die Straße zu laufen. Ich stelle meinen Kaffeerest ab und suche ein Paar Pantoletten heraus.
Die Straßen sind weit und voller Licht. Ich schiebe mir deine Sonnenbrille auf die Nase. Von einer Kirche dringt Geläute her, die Luft ist ein flirrender Klang. Ich zirkle im Tanzschritt um Blumenkübel, Obstkisten und Hunde herum. Es ist Markttag. Das Fliegengewicht der Sonnenbrille, silbern verspiegelt, übt genau den leichten Druck aus, den meine Nasenflügel brauchen, die zarte Erinnerung: Du hast ein Gesicht.

Ich klappere meine Pantoletten durch ein Paar sich schließender Türen. Die Stadtbahn, blaue Scheiben, Klimaanlagenluft und blassblaue Polster unter meinem Hintern. In der Geschichte, die mein Kopf sich erzählt, ist es ein Frühlingshintern, obwohl schon Sommer ist, weil das Gefühl in den Backen zum Frühling gehört, zu Löwenzahnmilch und Wasserläufern. Ein Aprilgefühl im Juli.

Es ist egal, in welchem Zug ich sitze, egal, ob ich ans Meer fahre oder nur drei Stationen weiter, immer erscheint mir das Losfahren des Zuges als ein großer Moment. Beim ersten Ruckeln des Waggons geht ein Zucken durch meine Mundwinkel, weniger als ein Lächeln, mehr als ein bloßer Reflex. Oft ist es der Moment, in dem meine Finger zum Startknopf wandern, in dem Musik die Regie übernimmt. Einer der vielen Videoclips, die auf meiner Netzhaut ablaufen, beginnt, Großstadtclips, Gesichtercollagen, Alltagsdokus, kleine Stegreifproduktionen, oder fliegende Landschaften, Stadtsilhouetten, Wolkenvideos. Auch heute perlt die Musik an mir herunter, eine aurale Dusche, ein Frühlingsguss, ich lächle mein Fastlächeln. Die Musik gibt mir das Gefühl, dass es Momente gibt, die mir allein gehören.

Ich betrachte die Venen auf der Innenseite meiner Arme. Meine Haut ist weich und durchsichtig. Beim Blutabnehmen werde ich immer für diese klaren blauen Linien gelobt. Ich drehe den Arm um. Mein Nagellack hat dasselbe Blau wie die dunklen Linien unter meiner Haut. Ich könnte irgendwer sein, denke ich, trage blauen Nagellack, will wenigstens nicht wie irgendwer aussehen, violette Pantoletten, will wenigstens nicht wie irgendwer rumlaufen.

Es gibt Leute, die in jedem Licht gleich aussehen, und ein Paar neuer Schuhe verändert nicht ihren Gang. Ihr Pro-

blem ist, dass sie sich nicht verwandeln können. In neuen Kleidern fühlen sie sich nicht wohl, geschminkt wirken sie nur ein bisschen künstlicher als vorher. Sie sehen aus wie immer, was man ihnen auch antut, selbst ein blaues Auge entstellt sie nicht. Ich hingegen verwandle mich viel zu leicht. In ein Kleidungsstück kann ich schlüpfen wie in eine Haut. Mein Problem ist eher, dass ich nicht dieselbe bleibe. Und es geht nicht nur um Klamotten, Nagellack, Schuhe oder ein blaues Auge. Selbst neue Meinungen und Blickpunkte legen sich mir nahtlos an. Ich weiß nie, welche meine eigenen sein sollten, Terror, Atomkraft, Bildungsreform, was weiß ich schon. Ich genieße Immunität gegenüber dem ganzen Identitätsblabla. Muss mich gar nicht entscheiden. Wenn es nicht so viel Aufwand wäre, würde ich auch meine Haarfarben wechseln wie die Unterhosen.
An der nächsten Haltestelle tritt ein magersüchtiger Junge in meinen Hirnclip und schmollt. Er ist jünger als ich, trägt Schwarz und eine Gewitterwolke überm Kopf spazieren. So gut er eben kann, bestraft er die Welt mit seinen großen Augen, auch mich beginnt er zu mustern. Er bohrt seinen Apokalypseblick durch die Gläser meiner Sonnenbrille. Ich halte stand. Vielleicht ist es seine Art zu flirten.
Während wir uns anstarren, beginnt ein neues Musikstück. Keins der Musikstücke, die dir Zeit lassen, dich langsam einlullen. Sondern ein Musikstück wie ein Transrapid. Es erfasst mich frontal und ohne Vorwarnung. Mein Blick gleitet von dem Gewitterjungen ab und hinaus in die Stadt. Mir steigen Tränen in die Augen, ohne dass ich weiß, warum.

Flanell

»Welches Parfum benutzt du?«
Ein verwaschender Blondschopf taucht neben mir auf. Riecht an meinem Hals. Ich pflücke die Musik aus dem Ohr, das dem Blondschopf am nächsten ist, nehme die Sonnenbrille ab. Ich sage Peer, dass ich heute kein Parfum trage. Er nutzt die Gelegenheit, mir ein Kompliment über meinen Geruch zu machen, und beginnt über sein Hotel zu reden. Über Gäste, die im Hotelzimmer ihre Hamster begraben, über ältere Frauen, die Champagner bestellen, um diesen süffisant lächelnd und nackt in Empfang zu nehmen, über Männer, die unter falschem Namen in ein Doppelzimmer einchecken, das Bett verwüsten, die Minibar leeren, am nächsten Morgen spurlos verschwinden und niemals die Rechnung bezahlen. Ich forme mit den Lippen lautlos Peers Namen. Peer, was hast du in meiner Geschichte verloren, Peer, und warum ist dein Haar so transparent.
Als wir die Haltestelle erreichen, wo ich aussteige, lege ich meine Hand auf seine Schulter. Es ist eine unwillkürliche Bewegung. Denk dir nichts dabei, Peer. Die Sonnenbrille wandert zurück auf meine Nase, leicht, selbstverständlich. Fast hätte ich vergessen, den Gewitterjungen mit einem Blick zu verabschieden.
Erzähl mir alles, erzähl mir immer alles, sagst du in meinem Kopf. Das ist der Grund, warum ich unterwegs bin. Ich muss erzählen. Ich muss auf dem roten Teppich liegen, der in der Mitte deiner Wohnung liegt und dick wie ein Bärenfell ist, und erzählen. Dass ich dir den ganzen Morgen

schon erzählt habe, fällt mir erst jetzt auf, ich habe dir von einer Postkarte erzählt, von Marquis de Sade und von Saskia, von Azaleen, einem Ochsenhintern und Frühlingsgras. Wem, wenn nicht dir, gehören die Dinge erzählt.

Wenn du ein Geheimnis hast, steig auf einen Berg, heißt es in einem meiner Lieblingsfilme. Finde einen Baum und schneide ein Loch in seine Rinde. Dort flüstere dein Geheimnis hinein und verschließe das Loch mit Lehm. So wird es nie jemand erfahren.

Mein Geheimnis ist nicht der meeräugige Blaum. Ich werde dir alles über ihn erzählen. Wenn du willst, seinen Haarflaum, seinen breiten Rücken beschreiben, die Szene mit seinem Atem und dem Geräusch fallender Schlüssel unterlegen, dich in Details ertränken. Natürlich willst du nicht ertränkt werden, natürlich lasse ich die Details. Das Geheimnis liegt anderswo. Selbst wenn ich dir alles erzählte, wirklich alles, was mir einfällt, würde doch immer ein Rest bleiben. Der Teil meiner Geschichte, der nicht Teil deiner Geschichte ist, soviel ich auch erzähle. Mit diesem Rest wirst du leben müssen. Es gibt Geheimnisse, die man nicht in Bäume flüstern kann.

Wir sind kein Topf, kein Deckel, kein Yin, kein Yang, kein Puzzlespiel zum Zusammenstecken. Aber du kannst mein Berg sein, mein Baum, wenn du willst. Es würde mir gefallen. Dir etwas zu verschweigen fiele mir im Traum nicht ein. Dir zuliebe irgendetwas nicht zu tun fiele mir aber genauso wenig ein. Dass ich dir wehtun würde, war eine Frage der Zeit. Ich rechne dir hoch an, dass du damit gerechnet hast.

Ich erzähle dir also die Geschichte vom uniformierten Großstadtsöldner und mir. Ich fasse meinen gestrigen Besuch bei ihm in ein paar erstaunlich sachliche Sätze. Ich erwarte, dass sich deine Wirbelsäule versteift, dass du weg-

gehst, dass mir schlecht wird. Dass du aufstehst, dass die Pferdenüstern schnauben, dass eine Tür zuschlägt. Aber als sich deine Erstarrung in ein trauriges Prinzenlächeln auflöst, weiß ich, dass nichts von alldem geschehen wird. Du bist der lebende Beweis, dass wir keine Seifenoper sind, eher wie meine Lieblingsfilme, denke ich, unheimlich und schön und auf eine leise Art brutal.
Als du beginnst, mich zu streicheln, mich zu fingern, spüre ich das Schwanken. Das Bett ist ein Floß aus Flanell und legt langsam ab. Ich schließe die Augen. Schilf und Bettzeug rascheln, kleine Tiere züngeln durchs Wasser. Ich halte dich fest, will sicher sein, dass du auf demselben Floß treibst. Draußen beginnen sich mächtige Wolken vor die Sonne zu schieben. Es wird schneller dunkel als sonst. Irgendwo schleicht schon die Göttin herum, denke ich, die Mondgöttin, Pfeile und Bogen gezückt. Auf ihren Schultern sitzen Vögel. Isabellfarbene Bäuche reiben sich an ihrer Haut. Es sind Wendehälse, ihre fedrigen Begleiter, mit kurzen Schnäbeln und klaren Augen. Sie spreizen ihre Fächerschwänze, würgen ihre Gewölle, kurzlebige und untreue Tiere, Mondvögel, die gerade eine Hand füllen.
Auf einmal klatscht der Regen herab. Dazwischen grollt Donner, Hochsommerdonner, denke ich.

Wetterlinge

Wenn die Oberflächenspannung meinem Aufwärts nachgibt, sprengt das Wasser in alle Richtungen. Für einen Augenblick ist der Sonnenschein ganz mit dem sprühenden Wasser vermischt. Alles birst, alles fliegt, alles glänzt. Es wird taghell in meinen Augen, selbst wenn ich sie fest geschlossen halte.

Ob ein Orgasmus tiefe Einigkeit zweier Körper ist oder ein doppeltes Alleinsein, frage ich mich später. Ob ich dir in dem Moment ungeheuer nah war oder dich längst verloren hatte. Irgendwann waren wir vom Floß geglitten. Hatten Kissen und Decken mit ins Wasser gezerrt. Dein roter Teppich war das Moor, dessen Torftümpel uns aufnahmen wie gierige Münder.

An den folgenden Tagen regnet es. Ich komme jeden Nachmittag mit nassen Haaren ins Studio. Manchmal kommt abends für drei oder vier Stunden eine brütende Sonne zum Vorschein, bevor es in der Nacht wieder weitergewittert, ein einziges Gewitter, das nicht mehr aufhören will. Ich arbeite mit Borg und dem Bassmann an neuen Liedern. Ich beginne, an den Song für Saskia zu denken. Alle paar Tage ruft Blaum an, manchmal sage ich ja, manchmal nein. Er füttert mich durch die teuersten Restaurants der Stadt, ich zeige ihm die besten Clubs. Er tanzt erstaunlich gut, auf der Tanzfläche legt er seine Bulligkeit ab und spielt den Haifisch, der er sein möchte. Er schert sich seinen Kopf kahl, damit man die Geheimratsecken nicht sieht, und kauft neue Hemden. Er mag dieselbe Musik wie ich. Wie du.

Matti liegt mit Sommergrippe zwei Wochen lang im Bett. Ich bringe ihm Zeitschriften und Filme. Lora findet Anstellung in einer Anwaltskanzlei, regelt nun Nachbarschaftsstreitigkeiten und Zwangsvollstreckungen. Sie trägt ihren Lederarsch nur noch am Wochenende. Lutz fischt täglich ein halbes Dutzend Babyguppys aus unserem Aquarium und trägt sie in die Zoohandlung.

Du und ich, wir gehen alle paar Tage Kaffee trinken oder Eis essen. Wir haben genug vom Blauen Engel, wollen Geschmack statt Farbe, du nimmst Schokolade und Malaga, ich Vanille und Wiener Mandel. In den ersten Tagen reden wir wenig, treiben es miteinander, wann immer wir allein sind. Am fünften oder sechsten Tag, bei einem späten Frühstück, beginnen unsere Gespräche über Blaum, dich und mich. Du bist nicht wirklich überrascht, nicht wirklich glücklich, weißt nicht, wohin es weitergeht, und lässt dich treiben. Ich liebe dich und lasse es dich spüren, wann immer ich kann. Draußen regnet es weiter, regnet so stark, dass die Brunnen in der Altstadt überquellen.

Am ersten Freitag im August bin ich ausgelassen, beseelt, kann mir nicht helfen, euphorisch, und denke, dass es keinen Grund gibt, nicht selbstverliebt zu sein. Das Cover eines Buches bringt mich auf diesen Gedanken. Eine junge Chinesin ist darauf zu sehen, die Lippen künstlich rot. Das Schwarze ihrer Augen ist groß, und das Weiße hat auf dem Bild einen Blaustich. Ihre Wimpern sind tuschig verklebt. Ich weiß nicht, was mich bei jungen Asiatinnen so anspricht, es ist eine Vertrautheit, eine Hassliebe, eine kleine Rivalität im Gefühl, vielleicht wie bei zwei Edelhuren, die denselben Mogul bedienen. Ich kaufe das Buch. Der Regen macht kleine Knistergeräusche auf der Tüte.

Nach und nach heben sich auch deine Mundwinkel. Dass

du dich von meiner Stimmung anstecken lässt, macht mich noch euphorischer. Ich lade dich zu einer White Lady im Mokusei ein. Der japanische Kellner trägt sandfarbene Seide. Die Nacht beginnt.
Zwei Stunden, sechs Cocktails später, treten wir hinaus in die nassen Straßen. Du drückst mich an eine Hauswand und küsst mich. Am Haaransatz bekomme ich kleine Locken von der feuchten Luft, Nieselfrisur, Wetterlocken. Von einer Menschenmenge lassen wir uns in einen anderen Club treiben. Nachdem ich ein paar Tracks lang getanzt habe, in den Niesel mischt sich Schweiß, packst du mich am Handgelenk, ziehst mich wie eine Stoffpuppe hinter dir her. Zwei Blocks weiter steckst du mich in den Aufzug eines großen Parkhauses. Wir fahren nach oben, vier, sechs, acht Stockwerke, schwindelschnell. Oben, auf dem Sonnendeck, parkt niemand mehr. Auf einer Brüstung, meine Kleider werden schmutzig, küssen wir uns weiter, mein Gleichgewichtssinn hängt am seidenen Faden, ich klammere mich fest. Die Augen werden so weit, das Licht so hell, die Farben der Neonreklamen sind überwältigend. Die Parkdecks werden zu Raumschiffen, aufeinandergeparkt, und beginnen, sich surrend zu bewegen, werden nach und nach in den Nachthimmel abheben und irisierende Lichtspuren hinterlassen. Alle Orte, Paris, Tokio, die Marswüsten, liegen nur einen Schritt weit. Die Welt offenbart wieder ihre berauschende Schieflage, ihre aberwitzige Krümmung. Alles wird zum Abgrund, sogar dein Mund, ich sehe einstürzende Hochhäuser, brechende Brückenträger, und zehn Kilometer weiter fliegen die Flughafenterminals in die Luft. Meine Untergangsromantik tobt sich an der umgebenden Stadtarchitektur aus.
Wir taumeln hinunter, hinaus, wieder auf die Straße, zu-

rück in die Goldlaube, nach oben, in mein Zimmer. Bevor du einschläfst, erklärst du mir, dass man wirklich wollen kann, dass die Geliebte einen aufisst, verspeist, sich einverleibt mit Haut und Haar.
Ich selbst kann nicht schlafen. Habe den toten Punkt überschritten. Ich öffne ein Fenster und lehne mich hinaus. Trauer überfällt mich, dass ich meine eigene Geschichte, selbst wenn ich eines Tages an ihr Ende gelange, nicht begreifen werde. Am Ende wird sie mir entgleiten. Und jetzt, mittendrin, ist alles wirr. Nie, zu keinem Zeitpunkt, kann ich sie in die Hand nehmen, umfassen, eine feste Kugel, eine glatte Murmel. Nur die Götter können das. Nur Unsterbliche sehen eine Geschichte in ihrer Gänze, in Vogelperspektive, können ihre Schleifen und Muster erkennen, das ganze Labyrinth. Mich lassen sie dort nicht hinauf. Ich kann nur immer diese Ahnung, diese Angst haben, etwas atmet zwischen den Sekunden meiner Geschichte, in jedem Augenblick, etwas Starkes, etwas Schmerzliches. Kann nur weitererzählen, der Bilderflut im Kopf nachgeben, nicht umfallen, standhalten. Die Worte kommen von allein, wirbeln mir um die Ohren wie Musik. Die Ohren, diese Ohren müssen musikalischer werden, denke ich, noch musikalischer, ich will in jeder einzelnen Phrase das ganze Stück hören können. Übermenschlich wäre das. Ich bräuchte nie wieder mehr als den Moment, das ewige Nun, jenes Zweideutige, worin Zeit und Zeitlosigkeit einander berühren.
Ein neuer Donner kracht mich an. Gewitter mochte ich schon als Kind. Der Wind quirlt den Himmel durch. Die Götter fahren da oben Karussell, denke ich, lachen in ihrer Wettersprache.
Meine Geschichte ist plötzlich nicht mehr wichtig. Was sie letztlich zusammenhält, ist verborgen, so vollständig, dass

es nur dasselbe Verborgene sein kann, das alles, die ganze Welt, zusammenhält und von dem ohnehin keiner weiß, ob es existiert. Vielleicht hält gar nichts die Welt zusammen, und in dem Fall habe ich recht in der Annahme, dass ständig alles in die Brüche geht. Ich höre mich selbst lachen. Ich lehne mich weiter hinaus. Als hätte ich den Satz irgendwo gelesen: Ein gutes Buch beginnt damit, dass sich jemand weit aus dem Fenster lehnt. Aber ich bin kein Buch. Ich lehne mich nur in den Regen.

Meine Gedanken brechen ab. Draußen geht ein Mann durchs Unwetter, blickt herauf, sieht wieder weg. Blickt nochmals, jetzt länger, und ich stelle mir vor, wie es wäre, wenn du dieser Mann wärst. Was du sehen würdest, wäre ein nacktes Mädchen, das aus dem Fenster in ein Gewitter hineinragt. Der Regen tropft aus ihrem Haar, von ihren Brüsten. In der Hand hält sie ein Glas, und die Tropfen fahren so heftig in dieses, dass der Sekt darin schäumt und spritzt. Das Gewitter erhellt blitzweise ihre Haut, gleißt in kalten Funken in dem Glas, bewegt sich um das Haus mit dem Mädchen, als rede es mit ihr. Dieses Gewitter, das nun schon seit Tagen andauert.

Aber du bist nicht der Mann dort draußen. Du schläfst in einer Ecke hinter mir einen unruhigen Betrunkenenschlaf. Ich liebe dich, aber diese Nacht gehört mir, gehört mir und dem Mann dort draußen. Das gefällt mir an dir, dass ich beides haben kann, ganz dich und ganz mich.

Ich verfolge den Gang des Gewitters mit derselben Hingabe wie als Kind, lausche der wechselnden Kraft des Windes, zähle die Sekunden vom Blitz zum Donner, halte Ausschau nach den schönsten Blitzskeletten. Früher rannte ich bei Gewitter immer in unseren Wintergarten und stand dort, umspült vom Wetter, staunte begeistert in den Himmel.

Manchmal schloss ich im Moment des Blitzes die Augen, um mir das Gleißen der Wassertropfen im grellen Licht einzuprägen, um mir die Blässe der Welt zu merken, ihr Anderssein in diesem scharfen Kontrast. Wenn plötzlich alles in einem fremden Licht erscheint, war ich schon immer wie gebannt. Deshalb liebe ich Dämmerungen und Gewitter, Theaterbühnen und Scheinwerfer, und vielleicht ist es auch ein Grund, warum ich so oft in Clubs und Diskotheken gehe.

Noch Minuten nachdem der Mann verschwunden ist, strömt das Gewitter mir wasserklar auf die Stirn und ins Genick, den Rücken hinab und durch die Nase in beide Lungenflügel, bis zum Anschlag. Ich ersaufe darin. Von innen spült der Sekt durch meinen Kopf. Ich nehme einen Schluck davon und pruste ihn in die Nacht. Dann lasse ich mir vom Regen das Gesicht waschen und schlüpfe zu dir ins Bett.

Die Leute sagen immer, das Glück sei nur ein kurzer Knall. Sobald jemand bemerke, dass er glücklich sei, verschwinde es. Im Grunde sei das Glück immer nur eine Erinnerung. Ich habe diese Behauptung nie verstanden. Bin ich doch gerade glücklich und genieße es. Ich gehe durchs Glück wie der Mann durch den Regen. Er kann ihm nicht ausweichen, das Wasser ist überall.

Regengrün

Das rauchige Schwarz aus Lidschatten und Wimperntusche, einen Schatten um die Augen, der nie wirklich verschwindet, trage ich schon, seit ich denken kann. Das Grün meiner Regenbogenhaut dagegen verändert sich von Minute zu Minute. Ich habe Regengrün, Schlammgrün, Moosgrün. Meine Augenfarbe ist ein Fluss im Wetter, jeder Sturm wühlt ihn auf, jede Flut, jede Schmelze. An stillen Tagen sinkt alles zum Grund, und ich werde durchsichtig und dunkel. An heißen Tagen fällt die Sonne tief hinein und leuchtet aus dem Wasser zurück. Die Ufer sind aus schwarzem Kies, Vulkangestein.

Das Gewitter hat meine Augen zum Glänzen gebracht. Als ich die kleine tuschegetränkte Bürste an die Wimpern führe, meine Augen weit auf, entdecke ich einen dunkelroten Fleck im Grün des linken Auges. Der war da vorher nicht. Ich frage mich, ob das du bist, diese dunkelrot verbrannte Stelle in meinem Auge, ein Andenken an dich.

Ich presse meine Hände auf die Ohren und lausche in mich hinein. Alle Geräusche verschwimmen zu einem Unterwasserpanorama. Es ist unheimlich, zu denken, dass dieser Moment der einzige ist, den es gibt, keine Vergangenheit, keine Zukunft, nur diesen halbtauben Unterwassermoment im eigenen Kopf.

»Du hast die ganze Nacht lang gelacht«, sagtest du heute Morgen.

»Im Schlaf?«

Ich fragte, obwohl ich die Antwort kannte. Du streicheltest

meinen Rücken. Kein lautes Lachen sei es gewesen, eher Kichern, ein Kleinmädchenlachen und Genuschel dazwischen.
Ich schlafwandle also nicht nur. Sondern führe ein plapperndes Nachtleben obendrein. Irgendwann werde ich meine Passwörter im Schlaf ausplaudern. Dir gefällt es natürlich, Dinge über mich zu wissen, die ich selbst nicht weiß. Vermutlich weiß ich nur halb so viel über dich wie du über mich. Über deinen Skepsisblick, dein Rabenhaar, deine sehnigen Computerhände.
Was weiß ich überhaupt. Wo fange ich an. Vielleicht bei deinen Gewohnheiten in der Schulzeit, bei grauen und roten Krawatten. Bei Pausen, in denen du mir entgegenkamst, aus dem Physiksaal kommend, die Aula durchquerend, den Innenhof. Wir wechselten nie ein Wort. Der traurige Prinz, so nannte ich dich in meinem Kopf. Wärst du nicht ein paar Jahre später wieder aufgetaucht, hätte ich diesen Titel und dich mit Sicherheit vergessen. Etwas Ernsthaftes lag immer schon in deiner Erscheinung, etwas Nachdenkliches, das mich an einen Adligen erinnert, der sich aus seinen verflossenen, adretten Brokatwelten in die Gegenwart verirrt hat. Der insgeheim vielleicht seine aparten Gemächer, strenge Sitten und den Fechtunterricht vermisst.
Die ersten paar Worte wechselten wir vor zwei Jahren. Friedrichstraße, Fischgräthose, ich erkannte dich sofort. Kurz darauf an der alten Brücke, ein Kollege und du, Aktenkoffer, Laptoptasche. Zum dritten Mal lief ich dir beim Botanischen Garten über den Weg, roter Schirm, Rollkragen. Dein Blick glitt in meinen, widerstandslos. Ich mag keinen Smalltalk und du auch nicht. Ich schlug ein Café vor.

In den folgenden Monaten sah ich dich häufig. Wir hielten eine sorgfältig bemessene Distanz, wie bei einem höfischen Tanz. Wir näherten uns allenfalls in Trippelschritten. Als hätten wir alle Zeit der Welt. Als hätten wir zwei bunte Flüssigkeiten aufeinandergekippt, einen zweifarbigen Cocktail aufgeschüttet, vorsichtig, und bewunderten jetzt das Schwanken der Schichten aufeinander. Beide gebannt, beide selig. Keiner wollte umrühren und trinken.
In diesem Cocktail war ein Schuss von etwas Altbekanntem. Ich konnte die Note riechen, scharf und deutlich, sie erinnerte mich an ein englisches Wort. Intoxicating. Ich war verliebt. Wie immer. Toxisch, dachte ich, das klingt auf Deutsch viel gefährlicher, nicht berauschend, sondern giftig. Gift ist aber im Englischen das Wort für Geschenk, eine Gabe. Mein ständiges Verliebtsein, ein Talent, eine Gabe, so wie die heißkalten Glücksbäder und meine Sehnsucht nach Musik.
Das Telefon klingelt. Verdattert nehme ich die Hände von den Ohren. Haste ans Telefon. Es ist der Bassmann.
»Alles okay? Wo bleibst du?«
Ich habe noch nie einen Probentermin verschwitzt. Bis heute. Ich reiße eine Gitarre vom Ständer und packe sie ein. Beim Zuschmettern der Balkontür trifft mich ein vorwurfsvoller Blick der Nachbarin. Ihr gelbes Kopftuch leuchtet. Guten Morgen, denke ich, hier ist das Mädchen, das sich zu schnell verliebt.

Puderpink

Zwei Schreibtischlampen, ein achtundzwanzig Zoll messender Monitor und ein Laptopdisplay erhellen spärlich die Backsteinhalle. Ich biege den Mikroständer zurecht, starte die Aufnahme und versuche, dem alten Cello ein paar kraftvolle Töne zu entlocken, ein Melodiefragment, ich habe es klar im Kopf. Es gelingt mir nicht. Wird der Bassmann machen müssen. Ich packe stattdessen die Edelstahlschüssel aus, die ich aus der Goldlaube mitgebracht habe, und streiche mit dem Cellobogen über ihre Ränder, erzeuge scharrende, singende Klänge. Zerknülle Zeitungspapier, rhythmisch, knülle, reiße. Ich trommle auf dem Cellokorpus, fülle Wasser in die Stahlschüssel, schwenke, streiche wieder mit dem Bogen, Schwingungen, Soundsuche, Geräuschfang.
Ich schneide, sortiere und benenne die Samples. Für die elektronisch zugespielten Hintergründe meiner Songs kann ich alles Mögliche brauchen. Ich presse mir Borgs Kopfhörer auf die Ohren, bediene Schieberegler, lausche in die Klangstrukturen hinein. Speichern oder löschen oder eine neue Aufnahme starten.
Borg und der Bassmann sitzen im Aufnahmeraum und reden. Ich versuche, nicht daran zu denken, dass sie über mich reden könnten. Der Bassmann, der Noten lesen kann, der schon in Orchestern gespielt hat, der mehr will, als nur im Uniradio ausgestrahlt zu werden, war bei der heutigen Probe nicht zufrieden mit mir. Er ist selten zufrieden. Jetzt nimmt er seinen Bass, der an der Wand lehnte, und

zupft ein paar Töne. Auf meiner Seite der Scheibe bleibt es still.

Wir können so nicht ewig weitermachen, sagt der Bassmann in letzter Zeit immer öfter. Zwei Jahre, sagt er, maximal, wenn wir nicht in die Puschen kommen, sonst ist die Sache tot. Es muss was passieren. Wir sind vielleicht Portishead für ein paar Vorstadtfreaks, aber fünfzehn Jahre zu spät. Breiteres Publikum müsse her. Zweites Album. Tour. Du hast was drauf, Missy, du hast verdammt was drauf, beteuert er. Dir fallen Sachen ein, auf die würde ich im Traum nicht kommen, klasse, genial. Aber, und sein Ton wird schärfer, das reiche nicht. Die Frage sei nicht, wann wir zum Theremin auch noch unsere Glasharmonika kriegen. Ob unsere Texte mit britischer Gegenwartslyrik mithalten könnten. Glasharmonika sei der Hammer, Lyrik sei der Hammer, aber darum gehe es jetzt nicht. Ich weiß, Missy, es suckt, es suckt gewaltig. Wir beide haben nichts mit Mainstream am Hut. Trotzdem. Irgendwann brauchen wir einen Hit.

»Prinzessin«, tönt es hinter mir.

Borg will, dass wir ihm beim Streichen des letzten Kellerzimmers helfen. Mandarinenrot, sagt er, oder Puderpink, unser Gästezimmer. Symbolischer Akt, meint er, und danach grille er uns auf der Dachterrasse ein paar Forellen, zur Feier des Tages, dann sei die Goldlaube nämlich fertig.

»Können wir hier noch was arbeiten? Dann nachkommen?«

Der Bassmann und ich stehen vor ihm, zwar nicht Hand in Hand, aber wie verirrte Kinder, Hänsel und Gretel, Dick und Doof. Borg mustert uns. Dann wirft er dem Bassmann den Schlüsselbund fürs Tonstudio zu. Grinst. Na gut.

Als wir zur Goldlaube kommen, schmoren bereits die Forellen, im Keller trocknet die Farbe. Im Briefkasten finde ich eine Faltkarte. Die Außenseite zeigt ein gekonnt fotografiertes Martiniglas, auf der Innenseite finde ich Blaums Handschrift, Einladung zur Cocktailparty, Standardtext. Erst im Postscriptum wendet er sich an mich. Zunächst eine Warnung, der Abend könnte ein bisschen steif werden. Wenn ich dennoch sehen wolle, mit welchen Leuten er sich tagtäglich herumschlage, sei ich herzlich willkommen. Allzu lang dauere so eine Stehparty nicht, schreibt er dann, und danach sei Zeit für uns. Als ich die Treppen hocheile, dem Forellenduft entgegen, rede ich mir ein, dass ich mir noch überlege, ob ich wirklich auf eine Cocktailparty will. Im Grunde weiß ich längst, dass ich hingehen werde.

Tabakblond

Die Luft im Club ist mojitolastig. Wie immer bemerkst du mich schon von weitem. Du begrüßt mich mit einem süßsauren Blick. Dir gegenüber sitzt dein Kollege, auf dessen Schoß eine schlanke Frau, die vermutlich dessen zypriotische Freundin ist. Du hattest sie einmal erwähnt. Rechts neben dir hat mal wieder Peer angedockt, links sitzt eine kleine Tabakblonde, und neben dieser thront eine Frau in Rot, Paillettenkleid, Lackstilettos. Große Gefolgschaft für meinen traurigen Prinzen.
Nestor kommt an den Tisch, die Paillettierte begrüßt ihn mit Küsschen, links, rechts, links, und lässt ihn während des folgenden Gesprächs nicht aus den Augen. Als er wieder abzieht, nimmt die Rote den Arm der Tabakblonden und bugsiert sie auf die Tanzfläche. Die Zypriotin schließt sich an. Ein neues Stück beginnt mit einem eingängigen Gitarrenriff. Der etwas komplexere elektronische Unterbau entwickelt sich erst langsam. Die Stimme des Sängers setzt schließlich ein paar ölige Schleifen darüber. Peer folgt den Frauen und bleibt am Rand der Tanzfläche stehen.
Die drei Frauen bilden einen kleinen Kreis. Ihr Tanz wirkt mechanisch, ein Schrittchen rechts, ein Schrittchen links, als seien ihre Bewegungsradien eingeschränkt, als spulten sie Routinen ab, dächten an völlig andere Dinge als an die Musik. Ich bin mir sicher, dass sich ihr Tanz mit leichter Tempovariation auf fast jedes Musikstück anpassen ließe. Vielleicht liegt es an den hochhackigen Schuhen. Die Tabakblonde schließt manchmal die Augen. Die Paillettenfrau

bewegt ihre Hände neben den wippenden Hüften, lässt sie auf die Höhe ihrer Schultern wandern und wieder zurück.

Ich schlüpfe zwischen den Tanzenden hindurch. Will in die Nähe der drei Frauen. Sie kennen mich bestimmt nicht. Für sie werde ich eine fremde Tänzerin sein, eine Dahergelaufene mit bunten Schuhen und einer wirren Hochsteckfrisur. Du hingegen kennst mich. Siehst mich. Wirst mich beobachten. Dein Blick wird mich kitzeln. Und während die drei Frauen ihren Ententanz machen, werde ich mich von der Musik durchkämmen lassen, keine Feder bleibt ungeplustert, mein Körper bebt mit jeder Schwingung. Ich werde der schwarze Schwan auf diesem Gewässer sein, das Wappentier meines traurigen Prinzen.

Für einen Moment bedaure ich, dass Lora Lederarsch nicht da ist. Oder Matti, der ebenfalls ein guter Tänzer ist. Als der Kreis der drei Frauen sich öffnet, geselle ich mich eine Weile hinein. Ich tanze das Kollektiv an, Konversation in Körpersprache, passe meine Schritte an. Die Paillettierte lächelt mir zu. Zypern und Tabakblond meiden meine Blicke. Deine dunklen Augen wandern hin und wieder in unsere Richtung. Sie sind heute müder als sonst. Ich überlege, ob du dich später aus der Gruppe wirst wegfischen lassen. Schließlich schwinge ich mich zurück in meine Soloposition und wechsle in meine eigene Gangart. Deine Blicke sind immer noch da, tragen mich über die Beats, verschmelzen mit der Basslinie.

Ein paar Minuten später geht die Paillettierte zur Toilette. Die Zypriotin schlendert zurück auf ihren Platz. Sie beginnt deinen Kollegen zu küssen, sein Gesicht verschwindet hinter dem dichten Vorhang ihrer Haare. Die Tabakblonde lässt sich neben dir aufs Sofa gleiten. Sie und Peer

beobachten das Geknutsche, du starrst in deinen Drink. Der Kollege macht bald darauf Anstalten, die Jacke seiner Freundin an der Garderobe abzuholen. Das Pärchen verschwindet händchenhaltend.
Die Tabakblonde legt ihre Hand auf deine. Ihre Lippen bewegen sich. Sie plappert, flatterschnell, sie flirtet. Du lächelst und lässt deine Hand unter ihrer liegen. Ein Schreck wie beim Verschütten schwarzer Tinte springt mich an. Ein Lächeln ohne mich, der Tintenfleck als fünfbeinige Spinne, Mojitosäure in der Luft, das Spinnengift sammelt sich in meiner Brust, irgendwo in den Herzkranzgefäßen. Die Finger der Tabakblonden wandern auf deinen Fingerknöcheln auf und ab. Ihre Augen sind weit offen, sie lehnt sich dir erwartungsvoll ins Gehege. Dein Blick wandert aufmerksam durch ihr Gesicht.
Ich tanze zur Seite, leckgeschlagen, flügellahm. Tanze meine taub werdenden Beine in den Hintergrund. Die Tabakblonde streichelt weiter deine Hand, ihre Lippen bewegen sich eifrig. Ich kann diese Lippen nicht lesen, aber mit einem mageren Rest Hoffnung sehe ich, dass ihr Gerede deine Laune kaum zu heben vermag. Das Prinzenlächeln bleibt ein trauriges.
Ich hasse meine plötzliche Schwäche. Das also ist Eifersucht. Sie muss sterben, denke ich. Samt der Hoffnung, dass das Frauchen dir nichts geben könne. Diese prallen Schenkel kleben dort im Leder, diese streichelnden Hände sind weich, haben keine Gitarrenschwielen, diese Haut ist glatt und braun. Dass die Frau dir nichts geben könne, so ein Witz, sie kann. Die kleine Tabakblonde da ist hübsch auf ihre Art, haustierhübsch, man möchte ihr den Kopf kraulen, und jeder ihrer Augenaufschläge verspricht ein süßer Seufzer zu werden. Wer könnte es dir übelnehmen.

Sie quasselt Süßigkeiten auf dich ein und wird genau das sein, was ich oft nicht bin. Für dich da.
Für einen kurzen Moment sehe ich alles. Ihre Loyalität, ihre Hingabe und ihre Haustierkrallen, sobald sie von mir Wind bekommt. Gott weiß, warum sie ihre Knopfaugen ausgerechnet an dir festkleben musste. Für einen Moment weiß ich sogar, wie ihre Stimme klingt, spüre ihren Atem im Ohr, als wäre ich du. Sie riecht nach Waschmittel und Aprikosenmarmelade. Ich sehe Bilder vom späteren Abend, sie hat ihren Sommermantel übergestreift und stöckelt neben dir her. Es gelingt ihr, dich zum Lachen zu bringen, sie sieht glücklich aus, du wohlwollend. Ich sehe Bilder am See, Feuerwerke und nächtliche Jahrmarktszenen, Bilder, auf denen ich fehle, Bilder in deiner Wohnung, Bilder, auf denen die Tabakblonde dieselben Teegläser am Mund hat wie ich. Eines davon schusselt sie auf den Boden. Sie bückt sich nach den Scherben. Ich muss ihren Hintern ansehen, meine Hand in ihren Schlüpfer schieben. Dort ist es drall und heiß und aalglatt.
Vor lauter Kopfkino bemerke ich nicht, dass du neben mir stehst. Du fasst mich am Arm, sagst ein paar Worte, beruhigender Klang. Ich widerstehe dem Impuls, mich deiner Berührung wie eine Wildgewordene zu entwinden. Die schwarze Spinne kriecht ein paar Fingerbreit zurück. Mein Kopf wird klarer. Das tabakblonde Perserkätzchen ist aus meinem Sichtfeld verschwunden.
»Wo ist sie hin?«, frage ich.
Du sagst, dass Anja an die Bar gegangen sei. Oder Anne oder Katja oder Sandra, ich verstehe den Namen nicht. Du hättest sie vorletzten Samstag beim Grillfest deines Kollegen kennengelernt, sie sei die Halbschwester der zyprischen Freundin und Geschäftsführerin eines Feinkostladens in

der Paradiesgasse. Seit Tagen hättest du mir davon erzählen wollen. Hättest mich nicht erreicht. Deine schwarzen Augen studieren meine Verwirrung. Aus deinem Blick zu lesen, was Annes oder Anjas, Katjas oder Sandras Auftauchen für mich bedeutet, fällt mir schwer. Die Bedeutung deiner Worte zu erraten ist schwer genug.
Plötzlich greifst du fester zu. Lässt ein Ausweichen meines Blickes nicht zu. Beugst dich herunter, unsere Stirnen berühren sich fast, dein studierender Blick wird ausgesprochen zärtlich. Schließlich lächelst du, ein vorsichtiges Amüsement schwingt mit, deine Augen beginnen zu leuchten. Ob ich stolz darauf sein soll, dass ich und mein Schreck diejenigen sind, die letztlich deine Laune heben, weiß ich beim besten Willen nicht. Einerseits will ich dir ins Gesicht spucken, mich losreißen, andererseits mit dir schlafen, sofort mit dir schlafen, mich an deiner Brust aalen, ein dummes, eifersüchtiges Mädchen.
»Hey«, sagst du.
»Hey«, sage ich.
»Hey, aufwachen«, sagst du.
»Okay, aufwachen«, sage ich ohne viel Elan.
»Und wie immer«, fügst du hinzu, »keine Angst haben. Komm mit.«
Du führst mich ins Freie, wo es leiser ist. Melodiefetzen und der allgegenwärtige Bass wehen uns wie Rauchschleier hinterher. Ich erfahre, dass Anja in Wirklichkeit Damla heißt, was türkisch sei und Tropfen heiße. Der Name gehe auf ihre Großeltern zurück, sie selber spreche weder Türkisch noch Griechisch. Den Feinkostladen habe sie geerbt. Sie scheine dich gern zu haben und du wollest jetzt wissen, wo die Sache hinführt. Eine Gelegenheit allerdings, der tabakblonden Feinkostkatze zu erzählen, dass da noch

eine andere Frau sei, habe sich bisher nicht ergeben. Aber du wollest es nachholen, möglichst bald. Du wollest niemanden belügen.
Ein Pulk Leute nähert sich, albernd und trällernd. Er drängt ins Innere des Clubs und erinnert mich daran, dass der Abend gerade erst begonnen hat. Ich atme tief durch. Du fragst mich, ob du wieder reingehen könnest. Ob mit mir alles klar sei so weit. Ich nicke. Insgeheim will ich in dich schlüpfen wie in einen Mantel. Nicht frieren, nicht zittern. Mein Blick verrät es vielleicht. Du hältst mich fest. Küsst mit unverschämt langsamen Samtlippen meine Schultern, meinen Hals, meinen Mund.
Drinnen küssen wir uns noch mal. Ob Damla etwas mitbekommt, ist dir tatsächlich egal. Ich werde ruhiger. Ich weiß, wie sehr du meine Küsse liebst. Sie seien wie meine Musik, sagtest du einmal, Rhythmus, Improvisation, Dynamik. Ich frage mich, ob man jemandem überhaupt das Kompliment machen kann, er küsse gut. Zu einem guten Kuss gehören schließlich immer zwei.
»Komm rüber, wenn du Lust hast«, sagst du, bevor du dich abwendest, und dein Blick macht mir Mut.
Die Tanzfläche ist halb gefüllt. Nestor beginnt zu härterer Materie zu greifen, die Musik fährt mir unters Kleid wie ein straffer Wind. Ein gewisser Teil der Tänzer sortiert sich zurück in die Sofas, dafür strömt ein anderer Teil begeistert auf die Tanzfläche. Ich frage mich, zu welchem Teil die tabakblonde Perserkatze wohl gehört. Sofa, tippe ich, über die harten Töne zieht sie bestimmt ihre gezupften Augenbrauen hoch. Ich tanze.
Ich tanze, damit mir das Geräusch meines Schwanengefieders wieder zu Kopf steigt, spanne die Flügel, recke den Hals. Der Rhythmus hat mich wieder. Nestor thront auf

seiner Kanzel, trägt neongrüne Kopfhörer und schwarze Markenhemden. Er wirkt wie weggetreten. So verbringt er jede Woche viele Stunden, inmitten teurer Hochglanztechnik in seine Playlists versunken. Die wenigsten haben je ein Wort mit ihm gewechselt. Insgeheim wünsche ich mich in seine Bastion aus geschliffener Akustik hinauf, auf diesen Gipfel seines Großstadtolymps, wo weder getanzt noch gelitten wird.

Als ich das nächste Mal hinübersehe, verschwindet die Tabakblonde gerade von deinem Tisch. Wenig später taucht sie wieder auf. Sie hält zwei Cocktails in der Hand und setzt sie mit betontem Hüftschwung ab. Die rote Paillettenfrau kommt gleichzeitig an den Tisch zurück, die beiden Frauen konspirieren kurz. Die Hände der Paillettierten wandern durch ihr Haar, streichen einige Strähnen glatt. Sie nickt mehrmals, dann wird Rücksprache gehalten, und bald darauf erheben sich sowohl Peer als auch du.

Ich sehe Damla mit dir aus meinem Sichtfeld verschwinden. Sekundenpanik, Blitzfieber ergreift mich. Was mich nach fünf beengten Herzschlägen rettet, ist einer von Nestors Kunstgriffen. Ein massiver Beat schiebt sich unter meine Sohlen, gibt Halt. Eine filigrane Melodie rankt sich meine Beine hoch, lässt sie trippeln, schlurfen, driften. Irgendwo darüber schwebt der Schrei eines großen Vogels, einer meiner liebsten Tracks beginnt. Als hätte Nestor gewusst, was ich jetzt brauche. Ich schließe die Augen, tanze, tanze. Der Vogelschrei umspannt die Weite eines riesigen Azurhimmels. Die schwarze Giftspinne dagegen ist nur ein Haustier im Terrarium, sage ich mir. Solange ich meine Hand nicht hineinhalte, sollte alles in Ordnung sein.

Lipglosslippen

Vermutlich hat die Vierergruppe sich in einer weniger beschallten Ecke niedergelassen. Ich mache mich auf die Suche. Eine schweißnasse Strähne baumelt auf meiner Stirn. Ich hatte genug von Nestors ausgefeiltem Aufputschmix. Die Reflexionen in den Cocktailgläsern stechen in meine Augen wie kleine Sterne, über den Kirschen, Melonenschnitzen und Limettenstücken schweben die Gesichter der Leute, ihre Augen funkeln und rollen, ihre Münder öffnen und schließen sich. Unter meinen dünnen Schuhsohlen fühle ich jede Unebenheit des abgeschabten Parketts.

Ich finde die Tabakblonde und dich, Peer und die Paillettenfrau in einem Nebenraum. Der zweite Cocktail war tatsächlich für dich. Die Tabakblonde hat ihn vor dich hingestellt und klaubt nun imaginäre Fusseln von deinem Hemd. Ihre Berührungen sind wie heißkalte Finger auf meiner eigenen Haut. Ich stehe still, horche auf die Musik und das Zirpen in meinen Ohren. Der Schmerz hat klare Umrisse und eine barocke Schnörkelform. Wenn ich ein Blatt Papier hätte, könnte ich ihn zeichnen. Es ist mein Schmerz und niemandes sonst.

In dem Moment streift mich dein Blick. Und obwohl sich unsere Blicke nur eine halbe Sekunde lang treffen, berührst du mich, mit der Aufmerksamkeit, mit der Festigkeit eines Handschlags. Es gibt Menschen, deren Augen keinen Widerstand bieten, man gleitet hinein, hinaus, endlos leerer Raum. Deine Augen sind anders, sind lebendig, bewohnt, bereit zum Widerspruch.

Vielleicht wegen dieses Blicks perlt eine Leichtigkeit in mir herauf, sogar Übermut. Am liebsten würde ich mir die Unverschämtheit erlauben, dich nochmals zu küssen, vor den Augen der Feinkostfrau, Unruhe stiften, Fragen aufwerfen. Ich muss lachen, eine irrwitzige Euphorie, quirlig und verspielt, eine kringelige Kinderlaune, ich muss mich beherrschen, nicht vor Aufregung auf der Stelle zu hüpfen. Ich verharre in dieser seltsamen Seligkeit und lausche auf die Signale meines Körpers. Ich muss wohl ein verblüfftes Lächeln im Gesicht haben. Eine Bedienung eilt vorbei und sieht mich fragend an. Ich winke freundlich ab. Meine Stimmung ist plötzlich ein goldener Sommerhimmel, Gold mit einem Schuss Hochmut.
Wie eine Schwalbe unterm Dach hervorschnellt, so stoße ich mich ab, gehe endlich hinüber. Angst habe ich trotzdem. Es ist dasselbe Herzklopfen, das mich auf der Bühne überfällt, auf einer leeren Tanzfläche, im Rampenlicht. Ich habe tatsächlich Lampenfieber wegen Damla. Ich atme tief durch, die Schwalbe zieht eine Luftschlaufe, gleitet weiter. Ich bin gespannt, welche Rolle ich in diesem Film haben werde.
Deine Augen empfangen mich. Du stellst mich vor. Damla sagt, dass sie mich auf einem Plakat gesehen habe. Sie rückt näher an dich heran und legt ihre Hand auf deinen Schenkel. Pärchengehabe, denke ich. Ich muss gegen einen bösen Scherz ankämpfen, der mir auf der Zunge liegt. Ich fange deinen Blick auf. Nicht dein Ernst, spotten meine Augen.
Ich beginne über Musiktechnisches zu reden, Dinge, über die Tabakblond und Paillettenkleid eher wenig wissen. Du nimmst den Faden auf. Zu sehen, wie deine Begleiterin sich langweilt, bereitet mir heimliches Vergnügen. Zu höflich,

um nicht interessierten Blicks über deinem Schoß gebeugt zu verharren, erträgt sie unsere Fachsimpeleien. Als Nestor vorbeikommt, geht Damlas Gesprächsschiff endgültig unter. Ihr Kopf sinkt an deine Schulter, in ihren Augen kehrt Ebbe ein, Müdigkeit. Die Paillettierte hält unterdessen ein Gespräch mit Peer am Laufen, ignoriert jetzt kokett Nestors Anwesenheit. Reihum nippt jeder an seinem Cocktail, außer mir, ich habe keinen.
Bald halten nur noch Nestor und du die Gesprächsfäden. Überraschend taucht Damla aus ihrem Halbschlaf auf und stellt eine Frage. Nestor erklärt ihr seinen Job in ein paar knappen Worten. Ihr Schal liegt in deinem Schoß, du spielst mit seinen Fransen. Ich sehe dir an, dass du wartest. Worauf nur.
Nach kurzer Zeit kehrt Nestor auf seinen Olymp zurück. Er verabschiedet sich mit einem Handkuss bei der roten Paillettenfrau. Für heute wird er nicht mehr herabsteigen, ich weiß es. Er kommt nie öfter als dreimal herunter.
Dass Damla auf meine Musik zu sprechen kommt, auch mir Fragen stellt, habe ich nicht erwartet. In ihren Augen mischt sich Zutraulichkeit mit Vorsicht, die neu zugezogene Nachbarskatze, die zum ersten Mal meinen Garten betritt. Sie kriecht unter den Holunderbüschen durch, hat die Augen eines Tieres, das nicht viel Zeit in freier Wildbahn verbracht hat. Ich wette trotzdem, dass das Kätzchen klare Vorstellungen vom Leben hat, wie hätte es sonst unter all den Städtern dich umschlichen, angeschnurrt, sein tabakblondes Fell auf deinem Teppich gelassen. Damla weiß, was gut ist.
Dass sie mich auf ihre schmeichelnde Art ausfragt, in ein Gespräch verwickelt, überrascht mich. Natürlich hatte ich anfangs den skeptischen Blick bekommen, mit dem Frauen

mich gern begrüßen, von oben nach unten und zurück. Jetzt jedoch hat sie den Kätzchenblick aufgesetzt, fütter mich, erzähl mir was. Ich kann nicht anders, als ihr freundlich die Hand hinzuhalten, zu antworten, zu lächeln. Ihre Neugier ist echt.
Nachdem Damla ihre Fragestunde beendet hat, lehnt sie sich zurück, saugt etwas Mojito zwischen ihre Lipglosslippen. Sie und die Rotpaillettierte beginnen von einem gemeinsamen Varietébesuch zu schwärmen. Damla findet ihren eigenen Faden wieder und plappert fröhlich. Ein Pantomime, der vorgab, seine eigenen Hände zu fürchten, gefiel ihr am besten. Sie macht seine Bewegungen nach, zum ersten Mal fallen mir ihre kleinen, kräftigen Hände auf. Ihre Fingernägel sind sauber gekürzt. Für einen Moment wünschte ich, sie immer so sorglos plappern zu hören. Für einen Moment will ich diese Hände packen, in ihre tabakblonden Augen sehen. Weißt du eigentlich. Du dummes Ding. Erst jetzt bemerke ich, dass ich begonnen habe, sie zu mögen. Ich studiere das Hüpfen ihrer gezupften Augenbrauen, die rege Bewegung in ihren Pausbäckchen. Ihre Stimme gluckert einen Bach zusammen, ich höre nur noch das Rollen der Silben, das Blubbern der Töne.
Erst als Damla und die Paillettenfrau vom Tisch aufstehen, nehme ich den Sinn ihrer Worte wieder wahr. Sie gehen zur Toilette. Ihre Silhouetten stöckeln ins zuckende Diskolicht hinaus. Ihre Hintern verschwinden mit Schwung am Horizont, wohlbeladene Geschwisterschiffe. Peer huldigt dem Schauspiel mit hungrigen Blicken.
Als der Platz neben dir leer ist, suchst du meine Augen. Ich möchte singen. Ich möchte dir dein Rabenhaar raufen. Obwohl wieder die Tintenschwärze in meinem Herz hochschwappt, ringe ich mich durch.

»Ich gehe bald«, sage ich.
Peer wirft uns einen skeptischen Blick zu. Vielleicht will er etwas sagen. Wir sehen nicht hin. Er sinkt in seinen Sessel zurück, legt den Kopf in den Nacken und studiert die Decke. Du berührst mich wie zufällig. Zeichnest Linien, Schnörkel, Piktogramme auf meinen Handrücken.
»Ich hab dich übrigens vermisst«, sagst du.
»Ich hatte das Telefon aus. War oft weg.«
Du sprichst weiter, deine Stimme wäscht in beruhigenden Wellen über mich weg. Wieder schnappe ich nur die nötigsten Brocken auf, Treibgut, und ich frage mich, ob ich mich daran festkrallen oder loslassen sollte. Ein Teil von mir ist längst fort, hat den Zug genommen, rast gen Westen, Paris, Atlantik.
»Ich sage es ihr. Heute noch.«
Ich weiß, dass du nicht lügst. Der traurige Prinz lügt nicht. Ich spüre seinen streichelnden Fingern nach und frage mich, was ich am Atlantik will. Ich kenne niemanden dort.
»Nächste Woche sehen wir uns. Allein.«
Du suchst nach Bestätigung in meinen Augen. Ich nicke. Denke jedoch nicht an nächste Woche, sondern an die muschelweiße Wand hinter dir. Wie ich dich dagegenwerfe, wie dein Kopf dagegenknallt, wie ich mich gegen deine Brust stemme, deine Rippen gegen meine gepresst.
»Lass diesmal das Telefon an«, sagst du.
Deine Finger stehlen sich meinen Arm hinauf. Die Piktogramme haben jetzt die Form komplizierter Schriftzeichen angenommen. Ich verfolge sie aufmerksamer, als ich dir zugehört habe. Ich weiß, dass ich gehen muss.
Es gibt ein Lachen, das nur Millimeter davon entfernt ist, ein Weinen zu sein, und genau deshalb heller strahlt als jedes andere Lachen. Dieses Lachen, nicht laut, aber glasklar,

quillt aus meiner Lunge, mitten in deinen Redefluss hinein. Deine Brust hebt sich, senkt sich, ein Prinzenlächeln, böse bist du mir nicht. Du kennst meine Ausnahmezustände. Ich halte deinen Arm fest, lasse dich meine Fingernägel spüren, zeige kurz die Zähne.
»Spinner«, lese ich von deinen Lippen.
Was ich dann tue, passiert nicht einfach so. Ich will, dass du Zeit hast. Zu fühlen, zu denken oder mich zurückzuweisen. Dein möwenweißes Hemd ist am Kragen ein Stück offen, so dass ich leicht hineingreifen kann. Nur ein klein wenig Gewalt ist nötig, damit dein Kopf sich mir entgegenneigt. Du hebst die Hand, um meine Wange zu berühren, um mich zurückzuhalten, ich weiß nicht warum. Ich warte. Deine Hand bleibt in der Luft stehen, Gleitflug, sinkt langsam in deinen Schoß zurück. Deine Lippen öffnen sich. Mit der Zunge gebe ich dir all deine Schriftzeichen zurück. Wieder und wieder kann ich deine Zungenspitze fühlen, eine kräftige Gegenströmung, wetterwild, atlantikgrau. Ich erinnere mich nicht an den ersten Kuss von dir. Im Schnee vielleicht. So muss er gewesen sein.
Als der Kuss in unsere Münder zurückebbt, teilen wir einen langen Blick, prüfend, angriffslustig. Aus dem Augenwinkel sehe ich, dass Peer uns wieder im Fokus hat, süffisant oder einfach nur besoffen lächelt. Keiner sagt etwas. Die Tabakblonde kommt zurück und schenkt mir einen Blick, der so zäh an mir klebt, dass ich das Gefühl habe, ihn abwischen zu müssen. Was sie gesehen hat, weiß ich nicht. Nur den langen Blick oder mehr. Du versuchst jedenfalls nicht, irgendwas zu erklären. Ich verabschiede mich von Damla. Für Sekundenbruchteile habe ich Lust, auch sie zu küssen, gegen ihren Willen ihre Lipglosslippen mit meinen zu ersticken, nicht dich, sondern sie gegen die muschelweiße

Wand zu werfen, ihren lebhaften Hals, ihre tabakblonden Hüften zu erobern, wie man es in Filmen sieht.
Sie gibt mir widerwillig ihre Hand. Hat etwas gewittert. Aus der seidigen Perserkatze ist eine Frau geworden, eine Frau, die plötzlich Fragen hat, Angst, eine Frau wie ich. Ihr Lächeln hat einen Knick bekommen. Mir fällt auf, dass in ihrem hübschen Fell einige Kilo Übergewicht stecken, ich stelle mir Damla als Kind vor. Sie ist nie in Baumkronen geklettert, denke ich, weiß nicht, dass das Blätterrauschen dort oben völlig anders klingt. Sie hatte keinen Moritz, will nicht schmutzig werden, nicht fallen. Bestimmt spielte sie mit Puppen.
Dann geht ein Ruck durch Damlas Miene, ihr Lächeln verbreitert und verhärtet sich. Sie säuselt ein Bisdann, ohne mir in die Augen zu sehen. Gleitet elegant zurück in ihre Katzenrolle. Der Vorhang fällt. Die Vorstellung ist vorbei, und Damla tut so, als hätte sie mich nicht gesehen.
Peer will mich nach Hause begleiten. Ich lehne höflich ab. An ihm vorbei beobachte ich, wie Damla in ihrer Sofamulde anlandet. Sie vertäut ihre Finger fest an deinem Arm. In meinem Kopf herrscht verblüffende Klarheit, ich werde jetzt bei euch sein, denke ich. Wenn sie ihre Varietégeschichten gluckert, wenn sie ihre Feinkostwelt vor dir ausbreitet, werde ich bei euch sein. Keine Angst, wie immer.
Als Peer mich loslässt, merke ich erst, wie schwach ich auf den Beinen bin. Ich gehe wie auf Schwämmen um den Tisch, halte mühsam das Gleichgewicht. Du siehst es. Dein Abschiedsblick ist kurz und wachsam. Ich versetze dir einen kleinen Stoß vor die Brust, wohl wissend, dass Damlas Territorialalarm blinkt. Ich tue es ja nur, um in meiner bodenlosen Welt nicht ganz allein zu sein. Die Fröhlichkeit im Gesicht zu behalten, bis ich mich umgedreht habe, kostet

mich erhebliche Kraft. Als ich schließlich zum Ausgang wanke, kommt mir die Paillettenfrau entgegen. Sie studiert meine Züge sehr genau. Ich nicke ein Wiedersehen. Ihr Lächeln hängt in der Schwebe.

Schillernde Käfer

Mein Gesicht ist ein Gesicht zwischen anderen Cafégesichtern, ich erkenne mich nicht sofort in dem Spiegel gegenüber. Eine halbe Sekunde lang sehe ich stattdessen ein fremdes Mädchen, ein blasses Großstadtkind. In seinen Augen, zwischen weit aufgespannten Kajalstrichen, glimmt etwas, ein Kohleblick, etwas zwischen Glühen und Verglühen, gierig. Ich finde das Mädchen schön, eine halbe Sekunde lang. Danach gehört das blasse Gesicht wieder mir, die winzige Chance, mich von außen zu sehen, ist vorbei.

Später, in der Toilette, versuche ich das Fremdsehen noch einmal. Natürlich gelingt es mir nicht. Die Augen im Spiegel bleiben meine Augen, unruhige Grüntöne im Wettstreit, altvertraute Tiefe, und glühen nicht. Mir ist schlecht. Statt der Toilettenspülung höre ich Damlas Lachen. Gekicher und Getuschel in meinem Kopf. Schließlich das Geräusch deines Atems, stoßweise, hastig, während Damla sich auslöffeln lässt wie ein gekochtes Schalentier. Ich bin nicht mehr in einer Cafétoilette, sondern in einem Bett, mitten zwischen euren puterroten Häuten.

Um zurückzukommen, schneide ich Grimassen. Zurück. Zu mir. Dann liegt mein Gesicht wieder still. Ich sehe hungrig aus. Schmerz macht die Augen groß.

Auf meiner Wange ist außerdem ein roter Striemen. Unterm Wangenknochen, ein Fingerglied lang, ein kleines Zeichen. Ich untersuche es. Die Haut ist gerötet und glatter dort, glänzt ein wenig. Eine Verbrennung. Ich habe nichts gespürt, weiß nicht woher, gestern war sie noch nicht da. Ich lege zum Test die heiße Handfläche auf. Ja, es brennt ein wenig. Woher nur. Im Schlaf verbrennt man sich nicht die Wange. Ich stelle mir vor, wie jemand in mein Zimmer schlich. Etwas glühte in seiner Hand. Er setzte sein Brandmal geschickt und schnell. Jetzt gehörst du mir. Mir schaudert.

Zurück an meinem Cafétisch, muss ich immer wieder meine Wange berühren. Das blasse Mädchen im Spiegel tut dasselbe und verschlingt ein Croissant zu seinem Cappuccino. Wieder und wieder sieht es mich an, sendet wütende Blicke. Ich beschließe, nicht mehr hinzusehen. Könnte ich mich nur beobachten, denke ich, wie ich die anderen Cafébesucher beobachten kann. Wie den alten Kreuzworträtsler, der immer wieder zur Türe schaut, als erwarte er jemanden. Wie das Pärchen am Ecktisch. Wie den Studenten mit dem Spiegelei, der Dantes *Göttliche Komödie* liest. Es liegt etwas wie Zauber und Anmut über dem Leben anderer Leute. Sie haben einen Vorschuss an Interessantheit, allein deshalb, weil sie Fremde sind, Nichtichs, unbefleckte Areale.

Ich verbringe den restlichen Tag im Bett, Teebeutel stapelnd und den Laptop im Schoß. Nachrichten tippend, Nachrichten empfangend. Die Seiten meiner Bekannten durchstreifend und auf unbekannte Seiten abdriftend. Tagebücher und Blogs lesend, wahllos die Ergüsse der Welt schluckend.

Ich schaue mir die Menschen im Netz an. Wie freigebig sie sind. Ihre Bilder, ihre Selbstdarstellung, ihre Bekenntnisse. Ich benutze sie wie Füllschaum für meine Leere. Mein Rechner baut die Seiten auf, sekundenschnell, Zeugnisse anderer Existenzen. Klassisch oder kunterbunt oder goldumrahmt.

Massiv oder zarttexturiert. Wohlsortiert oder wahllos. Überall, wo die anderen sich ausbreiten, bin nicht ich. Das stundenlange Einverleiben ihrer Seiten ist ein Grenzgang. Ich fülle mich mit dem, woran ich aufhöre. Betäube mich von innen heraus. Versuche es zumindest. Immer wieder spüre ich Stiche, eine heftige Bewegung, ein Aufbäumen in meiner Brust. Wie sich da etwas windet, wie es sich wehrt, endlich gefühllos zu werden. Ich schiebe ein weiteres Kissen hinter meinen Rücken, nehme einen Schluck Tee und mache weiter.

Die Welt ist voll von schillernden Käfern wie mir. Es ist ein hoffnungsloses Krabbeln und Drängen, ein Schwirren und Flügelschlagen. Ich öffne die Seite einer Musikerin, die hier aus der Gegend kommt. Seit ich in einem renommierten Musikmagazin von ihr gelesen habe, kultiviere ich eine Art Neid auf sie. Sie hat Preise gewonnen. Sie reist. Immer wenn ich auf Plakaten, in Eventkalendern oder in der Presse ihr Gesicht finde, gehe ich vor den Spiegel und fühle mich ein Stück wertloser. Sie ist mein Maßstab geworden, und ich habe keine Ahnung, warum. Mein Stolz reißt sich an ihr die Pulsadern auf, sie ist gerade scharf genug. Dabei kenne ich sie nicht, kenne nicht mal ihre Musik, nur die eine Single, die ständig im Radio läuft.

Die Onlinezeitungen indessen sind voller Katastrophenmeldungen, Überschwemmungen, Erdrutsche, Erdbeben. Auf der anderen Seite der Erde gerät ein Atomkraftwerk außer Kontrolle, stündlich kommen neue Hiobsbotschaften hinzu, Bildergeschichten verbrämen das Elend, ein kleiner Junge mit Mundschutz starrt mir aus einem Haufen schmutziger Plastikfolien entgegen. Ich studiere die aufgebrachten Kommentare, die bestürzten, die fatalistischen.

Dann kommt eine Nachricht von dir. Du hast dein Versprechen gehalten. Damla sei fassungslos gewesen. Habe geweint. Käme sich wie eine Idiotin vor. Sei enttäuscht davongerannt. Nach ein paar Stunden, als die Sonne wieder aufging, habe sie dich angerufen. Habe reden wollen. Wolle nicht aufgeben. Sei jetzt wieder bei dir.
Wir sehen uns nächste Woche, Mittwoch, schreibst du. Ich weiß immer noch nicht, ob ich hingehen soll. Oder den Zug nehmen. Ich suche nach Ortschaften an der französischen Küste, die leicht zu erreichen sind.
Ich finde auch Bilder von Damla im Netz. Feinkost so und so. Paradiesgasse. Die stolze Besitzerin hat den Glanz einer reifen Frucht, lächelt mir mutig ins Gesicht, in ihren Händen Olivenölflaschen und Ingwer. Sie strahlt eine Wärme aus, die ich niemals haben werde. Vermutlich steht sie gerade in deiner Küche und kocht. Leckt den Löffel ab. Greift in deinen Kühlschrank, als wäre es ihrer.
Seit heute Morgen habe ich meine eigene kleine Damla im Kopf. Sie zeigt sich aufreizend. Ich muss oft an sie denken, sie springt mich an, wenn ich sie vergesse. Sie schwingt mir ihr Haar ins Gesicht, hebt ihre kleinen Patschefinger, wedelt mir ihren Süßgeruch entgegen, liebt die Aufmerksamkeit. Ich schenke sie ihr. Wie die echte Damla wippt sie im Damenschritt auf dich zu. Tapeziert deine Wände mit ihrer Weiblichkeit. Verteilt ihre Kleider über deine Sofas und im Bad.
Ich sitze im Hintergrund, auf deinem Fensterbrett, ein magerer Schatten. Das eine Bein habe ich draußen in den Straßen, im wirbelnden Schnee, der mitten im Sommer fällt und mir eine Gänsehaut macht. Das andere Bein habe ich untergeschlagen. Ich habe nie mehr Raum als eine Katze gefüllt. In Wirklichkeit bin ich das Mistvieh, denke ich, ein

dünnes, lausiges obendrein, das kommt und geht, wie es will. Damla dagegen ist die Frau, die Fulltimefrau, die saftige, der Fruchtfleischhappen, der Feinkostschnitz. Kein schmächtiges Dreiviertelweib wie ich.

Salamanderfinger

Der Kick des Abends ist Knäckebrot essen unter der Dusche. Rasch zerknabbere ich das Plattenbrot, damit es nicht vom Wasser schlaff wird. Krümel fallen in die Duschwanne und wirbeln durch den Abfluss. Natürlich reicht es nicht, um satt zu werden.

In der Küche begegne ich Lutz. Er trägt ein ärmelloses Shirt, seine Gelenke sehen groß und knochig aus. Ich wünschte, seine Haut wäre sommersprossiger, auch auf den Schultern, dann würde er Moritz noch ähnlicher sehen. Ich beobachte, wie Lutz' Amphibienfinger durch den Kühlschrank wandern, die Folienhaut eines Pastatellers perforieren, die Knöpfe der Mikrowelle bedienen.

Wenn die Eltern nicht zu Hause waren, teilten Moritz und ich uns oft ein vorgekochtes Mittagessen und schlugen anschließend im Kinderzimmer unser Lager auf. Wir trugen Plastikpistolen unterm Hemd und Hüte, die lose auf unsere Rücken baumelten. Unsere Geschichten wuchsen gern ins Wohnzimmer hinunter, über die karierte Polstergarnitur hinweg, oder in die Waschküche, wo unsere Gummistiefel standen, vier himmelblaue Regentreter, und wo die gebrauchten Vaterhemden über einem Klappstuhl hingen. Einmal nahm unser Spiel das gesamte Haus ein und wäre sicher weitergewuchert, die Straße hinunter, in den Wald hinaus, hätte es nicht in der Küche eine schicksalhafte Wendung genommen. Es endete mit zwei sterbenden Desperados, denen je ein Faden roter Grillsoße aus dem Mundwinkel lief.

Lutz verputzt seine Pastareste und lächelt mir ins Gesicht. Mir wird klar, dass ich ihn die ganze Zeit beobachtet, Worte, ich weiß nicht welche, gewechselt habe. Seine Froschaugen leuchten.

Als ich die Treppen hinaufsteige, höre ich von unten Lutz' Aufräumgeklapper und von oben das Schleichen meines Bruders. Er kommt mir auf dem Flur entgegen, mit gezückter Waffe. Ich bemerke absichtlich nicht, dass er dort lauert, laufe ihm willig in die Falle. Ich will seinen Griff um meine Handgelenke fühlen, seine kühlen Salamanderfinger. Sein Arm, der sich um meinen Hals legt, ist kaum kräftiger als meiner und trägt einen weichen Flaum. Seine Haut riecht nach Creme. In meiner Fantasie riecht sie nach Lagerfeuer und Leder. Keine falsche Bewegung. Komm mit. Er entwindet mir meine Waffe, entführt mich ins Kinderzimmer und wirft mich aufs Bett.

Ich schließe die Zimmertür und raffe mich auf, das Telefon hinterm Clubsessel zu bergen. Ich zähle die entgangenen Anrufe. Den Tag über war das Telefon wieder abgestellt, Erreichbarkeit erscheint mir in den letzten Tagen immer unattraktiver. Wenn ich aus einer schlechten Laune ans Telefon gerissen werde, bin ich für Gespräche völlig unbrauchbar. Stimmlos, kurz angebunden und unhöflich. Also telefoniere ich lieber gar nicht.

Erst kommt die Nachfrage eines Festivalmanagers. Ich markiere die Festivaltage blau im Kalender. Blau ist für Business. Ich werde dem Bassmann Bescheid geben müssen. Dass der Anruf nicht gleich an ihn ging, verwundert mich sowieso. Der Mann fürs Geschäftliche ist für gewöhnlich er. Die zweite Stimme gehört meiner Französischlehrerin. Gedanklich schwenke ich von Blau nach Grün, Götterspeise, Smaragdgrün, malheureusement, elle est malade.

Die nächste Nachricht ist von meinem Verlobten. Die Farbe verebbt, ein blasses Regengrau. Er will wissen, ob ich Lust auf Indisch habe, Sonntag, sagt er. Ich male mit Bleistift ein Fragezeichen in den Kalender, schreibe seinen Namen dazu.
Unterdessen hat mir Moritz die Hände an den Bettpfosten gebunden. Er stellt viele Fragen. Über den Schatz. Über den Weg durchs Labyrinth. Ich werde schwächer und schwächer, im Spiel vergehen Stunden. Moritz bringt mir ein Glas Wasser. Gibt mir zu trinken. Jeden dritten Schluck verschüttet der Dreckskerl. Dann tupft er mich trocken. Ich will ihm ins Gesicht spucken, im Spiel, aus Versehen tue ich es wirklich.
Ich habe tatsächlich Speichel im Mund gesammelt, die Lippen geschürzt. Die Bilder in meinem Kopf sind mächtiger als alles andere. Warum mich Moritz heute Nacht nicht loslässt, weiß ich nicht. Meine Rückblenden kommen und gehen wie kalte Regenschauer. Unter der breiten Krempe, im Prasseln des Regens, wippe ich ein wenig im Sattel. Schließlich werfe ich den blauen Marker an die Wand und lasse mich ins Bett fallen.
Sag mal. Du hast ja den Arsch offen. Er wischt sich meine Spucke von der Backe. Ich entschuldige mich tausendmal. Er schubst mich tiefer in die Kissen und rennt aus dem Zimmer. Ich höre, wie die Badtür zufällt.
Nachdem ich meine Hände freigewunden, meine Waffe wieder eingesteckt habe, stehe ich unschlüssig im Kinderzimmer. Über Moritz' Schreibtisch hängt ein gepresstes Ginkgoblatt. Auf seinem Bett liegt eine auf Packpapier gemalte Landkarte. Der Kleiderschrank steht offen, ein Hut unseres Vaters schaut hervor, Moritz klaut dessen Sachen genauso gern wie ich. Einmal schnappte er sich die Angler-

mütze des Vaters, die mit den Ohrenklappen, und dessen alte Motorradbrille. Ich wickelte mir ein großes Halstuch um den Kopf, so dass ich aussah wie eine Cabrioletfahrerin in einem Fünfziger-Jahre-Film. Wir waren Piloten. Der dickste Ast einer Linde war unser Flugzeug. Um dort hinaufzukommen, mussten wir die Leiter aus Vaters Schuppen benutzen. Nur zu zweit schafften wir es, sie zu dem Baum zu schleppen und in Position zu bringen. Zur Sicherheit knoteten wir ein Seil um den Ast, so dass wir uns auch ohne Leiter hinablassen konnten.

Wir waren in den folgenden Wochen oft dort oben. Die Oberseite des dicken Lindenasts wurde ganz blank poliert von unseren kleinen Füßen. Dort oben erfanden wir auch unser liebstes Kunststück, eine Mutprobe, einen Vertrauensbeweis. Ein Stück Seil, jeder fasst ein Ende. Dann stellen wir uns einander gegenüber, Rücken zum Abgrund, Bäuche zueinander, ganz dicht, meine Zehen berühren die Zehen meines Bruders. Wir lehnen uns zurück, Stück für Stück, das Seil zwischen uns spannt sich, bis unsere beiden Schwerpunkte weit jenseits des Astes hängen, einer links, einer rechts. Unsere Körper bilden ein ausbalanciertes V. Wir beißen uns konzentriert auf die Lippen, lassen einander nicht aus den Augen. Jeder Muskel ist gespannt.

Ein Rütteln am Seil, ein Loslassen, ein Ausrutschen, und wir stürzen beide in die Tiefe. Wir wissen es. Tauschen faszinierte Blicke aus, fühlen uns wie Zirkuskinder.

Wenn wir uns dann wieder in die Senkrechte zogen, wichen unsere vor Anstrengung verzerrten Züge einem glücklichen Lächeln. Vorsichtig bewegten wir uns voneinander weg, um nicht in letzter Sekunde durch eine unbedachte Bewegung aus dem Gleichgewicht zu geraten. Schließlich setzten wir uns breitbeinig auf den Ast, verschnauften, klatschten einander auf die Schenkel. Erleichtert, dem Abgrund auf ein Neues entronnen zu sein. Mit niemandem sonst hätte ich mich das getraut. Mit niemandem sonst wäre ich überhaupt auf solche Ideen gekommen.

Meine Gedanken wandern zurück in unser Kinderzimmer. Moritz steckt noch immer im Bad und schmollt darüber, dass ich ihn angespuckt habe. Auf dem Fensterbrett filtern ein paar Kristalle und Kakteen das Licht. Ein kleines Taschenmesser liegt daneben. Ich betrachte alles sehr genau, als würden die Dinge mir Heimlichkeiten über den Abenteurer im Bad verraten, als wären die Kakteenschatten und Kristallschemen, das Ginkgoblatt, die Landkarte und das Taschenmesser Teile eines Rätsels über ihn.

Ich entscheide mich schließlich für das Ginkgoblatt, schiebe es unter mein Hemd und schleiche zur Badtür. Als sie aufgeht, springt der Lauf meiner Waffe an Moritz' Kopf. Das hastige Herüberzucken seiner Pupillen, die klaren Linien seiner Augenbrauen, seine empört geschürzten Lippen, es fühlt sich alles so echt an. Als könnte ich ihn wirklich töten. Als steckte ich in beiden Körpern zugleich. Auf meinen Befehl wirft mein Bruder seine Waffe weg. Er flucht lauthals, schleudert wütend den Hut von sich, schmettert mir Verwünschungen entgegen. Wir sind zurück im Spiel.

Ich stehe auf. Raffe meine Bettdecke und das Kopfkissen an mich. Gehe Stufe um Stufe hinunter. Aus Loras Zimmer dringt Gemurmel. Sonst ist es still. Auch bei Lutz ist kein Licht mehr. Ich klopfe. Er öffnet, im Hintergrund flimmern zwei Monitore. Die Regisseure in meinem Kopf dichten Lutz statt der Kopfhörer einen Cowboyhut an, dahinter die mondlose Prärie und ein paar Glühwürmchen. Ich sage, dass ich nicht schlafen könne. Ob ich mich hier hinlegen dürfe. Lutz zuckt mit den Schultern. Mit ein paar halbstar-

ken Bewegungen räumt er eine Betthälfte von Gerümpel frei.
Er lässt die Kopfhörer locker im Nacken hängen, während ich seinem Geklicke zuhöre und mir vorstelle, wie ein hagerer Held mit Feuersteinen spielt. Binnen Minuten werde ich schläfrig. Meine Gedanken sprühen Funken, die Hitze kribbelt an meinen Zehenspitzen, Lagerfeuerspuk.
Wieder taumle ich zurück in die Vergangenheit, Sommerferientage zwischen der dritten und vierten Klasse, Heuwiesenduft. Mein Steckenpferd ist der Apfelschimmel mit der blonden Mähne. Moritz reitet seinen Rappen. Wir binden die Pferde an einen Baum und pirschen uns näher an die Scheune heran. Moritz streicht über verkohltes und spröde gewordenes Holz. Rund um das Scheunentor verläuft ein schwarzer Rand, oben hat das Feuer sogar einen Teil der Scheunenfront weggefressen. Mein Bruder zieht an dem Tor, bekommt rußige Finger, es schwingt einen halben Meter weit auf. Natürlich wissen wir, dass es streng verboten ist, sich hier herumzutreiben. Vor zwei Tagen hat die Scheuer gebrannt, und noch immer strahlen die schwarzen Balken etwas Wärme aus. Zumindest bilden wir uns das ein. Vielleicht ist es nur die Sonne, die das Innere der Scheune aufgewärmt hat.
Geh nicht rein, beschwöre ich ihn. Wie glutig noch alles ist, raunt mein Bruder mit hingerissener Stimme in mein Ohr. Der scharfe Brandgeruch ist stärker, seit das Tor offen ist. Geh nicht rein, flüstere ich und folge ihm nach drinnen.
Als ich hochschrecke, leuchten immer noch die zwei Monitore, Lutz klickt. Ich reibe meine Hände aneinander, kein Ruß, kein Blut. Ich will nicht an den Tag denken, als der erste Gott erschien, mit schmutzigen Flügeln an den seltsamsten Stellen seines Körpers und mit Krallen aus ge-

schliffenem Glas. Will auch nicht daran denken, wie die anderen Götter nachfolgten, mit Übermenschgesichtern und Tierköpfen, mit Laubkronen und Widderhelmen. Ich will Lutz' Namen sagen, Ablenkung, ein Hilferuf, und sage stattdessen den Namen meines Bruders.

»Was?«

»Kennst du einen Moritz?«, frage ich, um irgendwas zu sagen.

»Wüsste nicht.«

Und warum sollte er. Welch ein Unsinn. Nur weil er ihm ähnlich sieht. Aber es hätte ja sein können. Dass Lutz ein heimlicher Verwandter ist. Dass er irgendwas weiß.

Es passiert mir immer wieder, dass ich Menschen treffe, die mir bekannt vorkommen. Die mir so vertraut erscheinen, dass ich sie frage, ob sie verwandt mit diesem oder jenem seien. Ob sie den und den kennen. Aber nein. Sie kennen sich nicht. Nie gibt es irgendeinen Zusammenhang. Sie treten einander in die Fußstapfen, tragen einander wie Schatten angeheftet und behaupten, nie voneinander gehört zu haben. Es ist verdächtig. Manchmal glaube ich, dass Hundertschaften von Menschen in Wirklichkeit ein und dieselben sind. Dass meine Welt eine große Bühne ist, deren Geschehen von wenigen Schauspielern bestritten wird. Für jede Rolle schminken sie raffiniert ihr Gesicht um. Sie warten hinter den Ecken, in Windeseile werden Kulissen aufgebaut und abgebaut.

Aber so ist das natürlich nicht. Jeder spielt nur sich. Auch wenn er für tausend andere Rollen gut wäre. In Wirklichkeit ist die Bühne überbevölkert und zum Umschminken gar keine Zeit.

Und doch, wie ähnlich sich alle sind. Wir schwimmen in einem Meer aus Gleichen und wundern uns, wo die Einzigartigkeit ist, die uns unsere Lehrer und Eltern beim Blick in den Spiegel verkaufen wollten. Das Untergehen in der Masse ist so einfach, wenn die Unterschiede so gering sind. Deine Rolle, es ist doch egal, ob du oder eins deiner Bühnengeschwister sie heute spielen. Oder morgen. Oder in zwei Wochen. Solange es die Menschheit gibt, wird es immer genug Austauschmaterial geben, deine Rolle doppelt und dreifach zu besetzen. Jeder steckt in jedem. Jeder könnte alles sein. Ich bin jede Frau und jeder Mann. Sogar ein Tier bin ich, eine Pflanze, ein Ding, Feuersalamander, Agave und Bergkristall. Es gibt nichts, was ich so kurz vorm Einschlafen nicht sein könnte.

Violettklänge

Zu schildern, wie ich Musik höre, ist nicht so einfach. Sie treibt Strukturen durch den Raum, Netze und fließende Bänder, Blasen und Wellen, hochschießende Zapfen und Speere. Ich sehe sie. Es sind Strukturen, denen mein Körper folgt, wenn ich tanze. Ich fühle sie. Musik ist eine greifbare Welt für mich, eine Landschaft hinter den Dingen, in ihr gehen die Sinne ineinander über, ein synästhetisches Wunderland. Hätte ich nicht als Kind gelernt, dass Klänge ohne Geruch und Geschmack sind, hätte ich keine Scheu, sie mit Worten wie zitronig, fade oder süß zu beschreiben. Violettklänge sind oft bitter, Orangeklänge haben scharfe Kanten, auch modrige Klangfarben gibt es. Es ist einfach und offensichtlich, und trotzdem kann ich es keinem erklären. Der Bassmann schaut interessiert, ist sich aber sicher, dass Töne farblos sind. Wir packen die Instrumente ein. Der Organisator des Konzerts, ein kahlrasierter Mittdreißiger, lädt uns auf ein paar Snacks und Espresso ein. Die beiden anderen Musiker, die heute Abend gespielt haben, ein Klarinettist und sein stiller Gitarrist, rücken ebenfalls an den kleinen Marmortisch heran. Der Gitarrist hat eine blaue Strähne im Haar. Ich beobachte seine flinken Finger beim Keksetunken. Er scheint jünger zu sein als ich. Der Klarinettist hat eine grelle Stimme und katzengrüne Augen. Wir plaudern, erst Smalltalk, dann Fachsimpelei, und zum Abschied tauschen wir Küsschen und Kontaktadressen aus, die üblichen Rituale.

»Geht noch jemand tanzen?«

Außer mir hat keiner Lust. Durch Pfützen, Neonlichtflackern und Menschengruppen bahne ich mir meinen Weg. Schließlich werde ich durch die Flügeltüren des Agua Dulce gesaugt. Ich bin nicht oft hier, die Musik ist mir zu houselastig, die Barmänner zu latino, die Frauen zu gucci. Ein paar Tracks tanze ich zwischen den goldenen und silbernen Miniröcken. Ich denke schon ans Gehen, als mich jemand antanzt. Erst sehe ich nur das sandfarbene Hemd, den hellen Ledergürtel, dann erkenne ich Blaum. Nach zwei weiteren Tracks begleite ich ihn nach draußen. Bist mir sowieso lieber als die Trendschnepfen, brummt er und zieht mich an seine Brust. Ich stecke meine Nase tief in seinen Duft, Rasierlotion, Haargel, Rauch.
Bevor wir in seinen Azaleenpalast gehen, streifen wir noch etwas durch die Stadt. Ich weiß nicht, warum ich Blaum ausgerechnet auf den Hügel schleppen muss, auf dem die Psychiatrie liegt. Ich will die Seerosen einmal bei Nacht sehen, sage ich, und später zerre ich eine Karotte aus den Gemüsebeeten. Ob er auch eine wolle. Du kennst dich hier gut aus, bemerkt Blaum. Über seinen Salzwasseraugen liegt der Schatten eines Kirschbaums. Ich wische die Erde von der süß duftenden Wurzel und sage leise ja. Blaum nickt. Er fragt nicht weiter. Wir nehmen ein Taxi zurück in die Weststadt.
Es ist gut, jemanden zu haben, an den ich all meine Kraft verschwenden kann, ohne ihn ernsthaft zu verletzen. Ich muss mich austoben können. Es ist gut, denke ich, eine der kleineren Frauen zu sein und nicht allzu stark. Blaum hält als Boxsack, Kratzbaum, Beißring her. Nach zwei Stunden liegen wir erschöpft nebeneinander auf seinem Parkettboden, Eiche Fischgrät, betont Blaum und schmunzelt. Dann nimmt er mich fest in den Arm.

»Würdest du mich auch mögen, wenn ich ein Mann wäre?«
»Du als Mann?« Er zieht das Du effektvoll in die Länge. »Vermutlich würde ich dich nicht leiden können. Vor allem, wenn du mir meine Frauen ausspannst. Du wärst wahrscheinlich von einem Schlag Mann, den ich aufs Blut nicht ausstehen kann. Schönlinge, Künstler, Egozentriker.«
»Du bist doch selber egozentrisch.«
»Ja eben.«
»Vielleicht begegnet dir dieser Mann irgendwann.«
»Ich würde ihm aus dem Weg gehen.«
»Und wenn er dir nicht aus dem Weg ginge?«
»Dann gibt es ein Duell.«
»Dann stirbst du.«
»Oder er.«
Ich gebe Blaum einen Stoß in die Rippen. Er schnappt sich meine Hände, fixiert sie und sagt, dass jetzt Schluss sei. Ich kaue eine Weile auf meinen Lippen. Ein Schuss Gewalttätigkeit lag schon immer in meiner Zuneigung. Wen ich nicht liebe, will ich auch nicht schlagen. So wie ich nach der Nacht am Entensee am liebsten deine Schultern zerfleischt hätte, deine Lippen zerbissen, nur um deinen Körper unter voller Spannung zu fühlen. Um deine Stimme entgleisen zu hören. Um Beweise zu haben, dass es dich und mich wirklich gibt.
Dass ich in dieser Nacht oft und grundlos erwache, liegt vielleicht an der fremden Wohnung. Ich bekomme Kopfweh, verkrieche mich in Blaums Aftershaveduft, so gut es geht, balanciere auf seinem schweren Atem. Aber je enger ich mich an seine Seite schmiege, desto weniger Halt finde ich. Ersetzbar, ich fühle mich ersetzbar wie ein Bleistift, wie eine Krawattennadel. Erst als ich aufgebe, diesem Mann

nahe sein zu wollen, als ich in meine Betthälfte zurückrolle und mir vorstelle, ich läge allein in einem Hinterhof, unter großen Pappschachteln, unter dreckigen Wolldecken, schlafe ich ein.

Beim Frühstück fühle ich mich leer. Blaum ist morgens genauso still wie ich. Er hat keine Eier da, kein Brot, nichts. Wir machen Kaffee und finden ein paar Lachsreste, über die Blaum herfällt wie ein hungriger Kater. Für mich bleibt kaum etwas übrig.

Nach einer Tasse Kaffee wird Blaum gesprächiger. Er stellt ein paar Fragen, die haarscharf die Smalltalkgrenze überschreiten. Für einen Moment möchte ich ihm alles erzählen. Von Moritz, von der ausgebrannten Scheune, vom Wegbrechen des schwarzen Holzes, von der Psychiatrie, auch von Damla und dir und dass ich am liebsten den Zug nehmen würde, weg, ans Meer, in die Dünen. Blaum neigt sich vor, das Blau seiner Augen ist heute dunkel und fleckig. Ja, lass uns weggehen, würde er sagen, wir fahren ans Meer. Er wartet nur darauf. Sein Blick liegt wie eine Angel in meiner Seele. Aber ich schweige. Bleibe jenseits der Grenze, weiche aus, bleibe freischwebend im luftleeren Raum dieses Morgens.

Als Blaum aus dem Bad kommt, riecht er nach Zahnpasta, außerdem ist sein Rasiergeruch und das Haargel erneuert. Er hat ein neues Hemd an und eine kornblumenblaue Krawatte. Dass er gleich losmüsse, sagt er. Weil mein nächtliches Kopfweh nicht ganz abgeklungen ist, bitte ich um eine Schmerztablette für den Heimweg. Er sagt, dass Tabletten im Bad liegen, und verspricht mir, beim nächsten Mal besser aufs Frühstücken vorbereitet zu sein. Champagner habe er immer da, sagt er lachend.

Ich taumle ins Bad und schlucke das Medikament. Aus

dem Spiegel streift mich mein eigener Blick. Ich sehe genauer hin. Der Strich auf meiner Wange ist weg. Kein Zeichen mehr, kein Brandmal. Ich gehöre wieder nur mir.

Rotes Moos

Die größte Sonnenbrille, die ich habe, ist kaum groß genug. Ich will die Haare hochstecken, den Trenchcoat, ein Kopftuch und die große Sonnenbrille tragen. Mich fremd fühlen in meiner Stadt. Ich habe nicht den Zug genommen. Nicht den ans Meer. Aber wenigstens fremd fühlen will ich mich.

Du öffnest die Tür. Diesmal fragt dein Blick nicht um Erlaubnis, bevor du mich in die Arme schließt. Du weißt, du hättest sie nicht bekommen. Auch mein Fremdenkostüm hält dich nicht ab. Ich hänge meinen Mantel auf, nehme das Kopftuch ab und schiebe die Brille ins Haar. Der Spiegel überm Schuhregal empfängt mich altvertraut, mit dem geschnitzten Rahmen, eine schwarze Plastikblume klebt im Eck. Ich sei spät dran, sagt die Blume. Sie sei nicht sicher gewesen, ob ich überhaupt kommen würde. Sie sei auf dem Sprung gewesen, um mich zu holen, notfalls. Ich streife meine Schuhe ab, bugsiere mein Lack neben dein Leder.

Du habest geträumt, sagst du. Ich sei ein Pferd gewesen, eine mächtige rote Stute. Du erzählst mir diesen Traum, noch bevor ich mich hingesetzt und meine Finger in den Teppichfransen vergraben habe. Ich kann deinen Traum noch riechen, er hängt im Bettzeug, in der Luft, wirbelnder Staub, Schweiß und Flocken aus dem Fell des Huftiers. Du gießt heißes Wasser in die Teekanne und sagst, dass mein Rücken wie poliertes Kirschholz ausgesehen habe und wie lebhaft unter meiner Haut die Sehnen, Muskeln und Adern

gespielt hätten. Dort in der Landschaft habe es rotes Moos gegeben, über das ich weggaloppiert sei.
Sogar Damla habe in den letzten Tagen von mir geträumt, sagst du. Ich koste die Neuigkeit mit halb geschlossenen Augen, den Blick tief in der Teetasse. Sie sei nicht glücklich darüber, dass du mich weiter sehen wollest, sagst du. Ich koste den Tee. Der Bitterkeit haftet eine pflaumige Süße an.
»Du warst nie glücklich über Blaum«, sage ich.
»Ja«, sagst du.
Du hast in deiner Tasse gerührt, zuckershalber, für einen Moment steht der Löffel still. Deine Augenbrauen ziehen sich zusammen wie dunkle Wolken.
»Blaum ist in meinen Augen ein aufgeblasener Schaumbeutel«, sagst du schließlich. »Aber das geht mich nichts an.«
Ich frage dich nach Damla. Die dunklen Wolken brauchen vier oder fünf Sekunden, um sich wieder aufzulösen. Ob ich das wirklich wissen wolle, fragst du. Ich nicke. Du beginnst dein Kinn zu kratzen. Dein Ziegenbart sträubt sich in alle Richtungen.
Du wollest Damla studieren, sagst du, sie interessiere dich. Sie rede viel, und für gewöhnlich würde dich das stören, bei ihr jedoch nicht. Im Gegenteil, es gefalle dir, so viel über sie zu erfahren, ohne selbst viel preisgeben zu müssen. Sie sei attraktiv. Und natürlich schmeichle sie dir.
»In mich verlieben sich nicht so oft irgendwelche Leute, weißt du?«, sagst du mit einem Seitenblick.
Du überlegst und bürstest weiter gegen den Strich. Sie sei fantasievoll. Sie habe eine Zukunft, habe Pläne, Ideen, Träume.
»Teilst du die denn?«, will ich wissen.

»Die Träume? Na ja, nicht alle. Aber sie kann so begeistert sein ...« Um deine Lippen spielt ein Lächeln. »Ich sehe Damla gern beim Leben zu.«
»Sie wird irgendwann wollen, dass du nicht nur zuschaust«, sage ich.
»Ja. Sie hatte sich das anders vorgestellt«, sagst du in deine Tasse hinein. »Ehrlich gesagt weiß ich nicht, warum sie noch da ist. Weißt du, ich glaube, sie mag mich wirklich.«
»Weiß sie, dass ich heute da bin?«
»Nicht direkt. Sie will so wenig wissen wie möglich. Sie sagt, sie braucht Zeit für so was.« Du schlägst die Augen nieder. »Manchmal denke ich, es wäre einfacher, wenn wir eine Pause einlegen würden. Du und ich. Ein paar Wochen.«
»Einfacher? Willst du das?«
Du zögerst, bevor du weitersprichst. »Nein. Aber ich weiß, dass du ohne mich klarkommst.«
Eine plötzliche Wutflamme brennt sich durch meine Fassade. Ich will nicht das Püppchen sein, das deiner Lady zuliebe ins Regal gestellt wird. Nicht die verdammte Lückenfüllerschlampe. Spiele ich eine Rolle in deinem Leben oder nicht, so in etwa bricht es aus mir heraus. Erst als ich höre, wie sehr meine Worte nach einem Ultimatum klingen, verstumme ich. Ich halte meine Hand vor dein Gesicht, als könne das deine Worte ein paar Sekunden länger abwehren.
»Okay, halt«, murmle ich zwischen den Zähnen. Das Feuer frisst knisternd vor sich hin. Ich bin ein nutzloser, atmender Pappaufsteller, bald bin ich ganz weggebrannt. »Warte, du idiotischer Feigling«, ist alles, was ich herausbringe.
Du beginnst, mich mit Blicken am Hintergrund festzunageln. Ich muss mich beherrschen. Dein Gesicht ist in

Ohrfeigenweite. Ich sammle hastig ein paar Worte zusammen.

»Okay«, beginne ich, »okay. Ich halte mich fern, wenn es sein muss. Eine Weile, bis sie weiß, was sie will. Ich will dir nichts verderben.«

Na also. Ich habe die Worte herausgewürgt. Wahrscheinlich klangen sie unglaubwürdig. Auf meinem Teerest breitet sich ein kreisförmiges Zittern aus. Ich darf nicht schreien. Laut und unkontrolliert schreien. Einfach so. Ich denke an Damla, und das wenige, was ich über sie weiß, formt eine stabile Einheit, eine Einheit mit Klimperwimpern, Saubergeruch und Lipglosslippen. Sie wird glauben, gewonnen zu haben, dich mit ihrer kompromisslosen Hingabe gewonnen zu haben. Ich stelle mir ihr rundes Glücksgesicht vor.

Du lässt mich nicht aus den Augen. Du bist jede Sekunde bereit für meinen Ausbruch. Du siehst, dass die Muskeln deiner roten Stute heftiger zu spielen begonnen haben, sie tänzelt, ihre Ohren zucken. Du weißt, in diesem Zustand rennt sie blindlings in Stacheldrahtzäune und Abgründe, wenn du nicht aufpasst.

Ich forsche durch die Feinheiten deines Gesichts. Nein, sagt eine entschiedene Stimme in mir. Nein. Damla wird es mit dir nicht leicht haben. Sie wird wieder fassungslos aufspringen. Sie wird wieder heulen. So einfach ist das nicht. So schnell biegt dich keine um.

Ich lasse mich auf den Rücken fallen und starre an die Decke. Die rote Stute trabt davon.

»Danke«, sagst du nach einer Weile matt in die Stille hinein, als hättest du für dieses Wort lange überlegen müssen.

»Warum wolltest du mich dann überhaupt sehen?«, flüstere ich.

Du rollst neben mich auf den Teppich. Dein Seufzen wäscht wie Regen in die Reste meiner Glut. Du vergräbst dein Gesicht an meinem Hals.
»Weil ich dich sehen wollte«, sagst du schlicht.
Ich bin kein Wesen aus Rauch und Duft. Aber du atmest mich ein, als wäre ich eines. In kleinen Kringeln sinke ich in die Tiefe deiner Lungen.
»Nichts ist entschieden. Ich will dich nicht verlieren. Nicht dich. Nur will ich Damla«, du suchst nach Worten, »wenigstens eine Chance geben.«
»Und sie weiterhin ins Bett kriegen.«
»Ja«, sagst du schlicht.
Durch die Jalousien fallen lange Sonnenstreifen. Wenn ich die Augen schließe, schnurrt das Licht zu pulsierenden Mustern zusammen. Hibiskusblüten und Jasmindolden umschwirren uns. Deine Hand gleitet in meine Armbeuge. Mein Kopf rollt wie durch rotes Moos. Du saugst meinen Geruch ein, als hättest du eine Art Duftspeicher in deinem Inneren, eine große Erinnerungsmaschine, die betankt werden muss.
Bald darauf stehe ich auf. Lege mein Fremdenkostüm wieder feinsäuberlich an. Du und der Spiegel beobachten jede meiner Bewegungen. Und plötzlich, als keine Zeit mehr ist, strömt alles auf mich ein. Da stehst du. Kaffeeliköraugen, Diebeshände und Rabenhaar. Dein Hemd wirft seine Falten wie gemeißelt. Ich will alles tun, alles sagen, will dich ersticken mit meinem Hibiskus und Jasmin, will meinen Rauchkringelleib ein letztes Mal bis zum Anschlag in deine Lungen stoßen.
Aber das Tuch umhüllt bereits mein Haar, die Brille verschattet schon meine Augen. Ich lächle nur und schließe hinter mir die Tür.

Scharfzeichnen

Ich mochte das immer, auf deinem Bett liegen und mein verwaschenes Gedächtnis von dir scharfzeichnen zu lassen. Ich staunte. Du erzähltest mir Geschichten aus meinem Leben, an die ich mich selbst nicht erinnerte. Wie ich mit einer Spraydose deine Hose ruinierte, wo ich meine erste Bloody Mary trank, wie ich Matti im Mokusei eine Ohrfeige gab. Du kannst mir meine Meinung zu Filmen hersagen, deren Handlung ich längst vergessen habe. Du bist nicht nur mein Geliebter, du bist mein Gedächtnis.
Ich frage mich, ob du mich inzwischen besser kennst als ich mich selbst. Ich vergesse so viel. Du könntest mir meine Geschichte verkaufen, wie immer du willst. Ich würde auf deinem Bett liegen und dir glauben. Aber ich liege weder auf deinem Bett, noch bist du da. Bist wahrscheinlich im Feinkostwunderland. Ich habe nur den Geruch deiner Hände in der Nase, Mandelseife, Nudelwasser.
Leise und fern höre ich Hundegebell. Es könnte im eigenen Kopf sein. Meine Zunge klebt im Gaumen wie ein Streifen Löschpapier. Der Schlaf hat mich in einer öden Strandlandschaft ausgespuckt. Ich habe großen Durst. Im Bad schlucke ich Mund um Mund voll Leitungswasser. Es ist ein unbekannter und quälender Durst, der sich nicht stillen lässt. Ein blasser Halbmond hat die Nacht überlebt und schielt im steilen Winkel herein. Ich frage mich, was ich geträumt habe. Beim Frühstück, das aus kaltem Grießbrei und einem Zigarillo besteht, erzählt sich mein Kopf von getrocknetem Seegras, von Sand in den Kleidern,

von salzigem Wind, der mir das Hundegebell zugetragen hat.
Auch mein Verlobter erinnert sich wortgetreu an Formulierungen, die ich einmal irgendwo verwandte. Zuletzt bewies er diese Fähigkeit vor drei Tagen, als wir uns beim Inder trafen. Wörter, sagte er, seien seine Welt. Nur deshalb könne er mir herzitieren, was ich hier und da gesagt habe. Er trug ein Jackett und bezahlte anstandslos die Rechnung für uns beide.
Ich vergesse tatsächlich viel. Ich bräuchte wahrscheinlich vier oder fünf solcher Gedächtnispagen, wenn ich mein Leben einigermaßen vollständig behalten wollte, denke ich. Aber wer will das schon. In vielerlei Hinsicht interessiert mich meine Vergangenheit nicht.
Ich hatte auch vergessen, dass das Badezimmer meines Verlobten akustisch mit einer ganzen Großstadtkulisse auffährt. Aus den Lüftungsschächten dringt Rauschen, Rattern, Scharren, man hört Nachbarn baden, singen und sich streiten. Sobald das Licht im Bad länger als eine Minute brennt, läuft außerdem ein Ventilator an, der über der Toilette in die Wand eingelassen ist. Das Anspringen dieses Lüfters macht einen unheimlichen Tonsprung aus der Tiefe herauf, ein Geräusch, zunächst undefinierbar, das sich von unten ins Bewusstsein schleicht, und ich erschrecke jedes Mal wieder. Die Heizung macht untermalende Keuchgeräusche.
Als ich auf der Toilette meines Verlobten saß, im winzigen Badezimmer des Mannes, von dem ich ein paar Wochen lang glaubte, ihn heiraten zu wollen, bemerkte ich, dass ich es tatsächlich geschafft hatte, in eine Vergangenheit zu reisen, die mich nicht mehr interessierte. Ich schluckte das flaue Gefühl hinunter. Da war keine Selbstverachtung, mir war längst klar, dass ich seine Einladung nur angenommen

hatte, weil sie Ablenkung versprach. Mein Verlobter ist ein angenehmer Gesprächspartner, und ich liebe gutes Essen, sei es indisch oder sonst was. Nur dieses flaue Gefühl, in dieser Badezimmerhöhle nichts mehr verloren zu haben, ließ sich nicht mehr abschütteln. Zum Trost rechnete mein Verstand mir aus, dass es belanglos war, ob ich stattdessen mit Borg ins Kino gegangen wäre oder eine Nacht lang vorm Rechner gesessen hätte. Morgen würde ich den Bassmann treffen und meine Gitarren spielen. Dann wäre diese Nacht so vergangen und egal wie eine Schönschreibstunde meiner Grundschulzeit. Morgen würde alles in Ordnung sein.

Unterdessen wisperten die Surrgeräusche des Ventilators mir dreiste Schmeicheleien zu. Für einen Moment schauderte mir, Gänsehaut, als würden hinter der Abdeckung die fast vergessenen Götter stecken. Ich beeilte mich, meine Hose hochzuziehen. Mit einem gezielten Blick hinters Lüftergitter versuchte ich, den Schacht zu entmystifizieren. Nur Staub und Dunkelheit starrten mir entgegen.

Ich spritzte Wasser in mein Genick und trat wieder zu meinem Verlobten hinaus. Er nippte immer wieder aus einem Sektkelch, hatte mir ebenfalls eingeschenkt. Dass ich anschließend mit ihm schlief, geschah nicht aus Langeweile, eher aus Pflichtgefühl. Das Essen war teuer, und es wäre schäbig gewesen, den Mann unbedient zu lassen. Zumal er gut roch, kein schlechter Liebhaber war und der Sekt eine sorglose Heiterkeit verbreitet hatte.

Ich verabschiedete mich überschwänglich und mit vielen Küssen. Schlüpfte zurück auf die Straße. Meine Schritte auf dem Asphalt klangen wie eine Klaviermelodie in meinen Ohren, andante, stet und fließend. Ich ging auf einem Teppich blaugetupfter Töne.

Es gibt Melodien, die repetitiven, wenig bewegten, in Blaugrün und Abendrot, die klingen wie der Puls der Welt. Als hätten sie immer schon gespielt. Perpetua mobilia, ein Quellen und Quellen, magische Springbrunnenmusik. Eine solche Melodie lag in meinen Schritten, der Mond schwamm im Nebel, ein kalter Milchfleck in der Nacht, und ich fühlte mich scharf umrissen, eine Comicfigur, die daumengroße Heldin in einem Strip für Götter. Meine Nippel rieben an der Bluse, mein Haar wippte locker in seinen Spangen, und die Linien, mit denen meine Beine gezeichnet waren, hatten einen seltenen Schwung. Wenn meine Gedanken zu dir und Damla wanderten, konnte ich sogar die Denkblasen sehen, die hinter mir durch die Nacht schwebten wie ein Bündel heliumbefüllter Ballons.

Mondnelke

In meinem Gesicht sind immer wieder kleine Wunden. Sie tauchen einfach auf, wie die winzige Verbrennung unter meinem Wangenknochen. Kleine Zeichen, kleine Hauträtsel. Sie kommen über Nacht und verschwinden über Nacht. Oft vergesse ich zu essen. Überhaupt gehen einige Routinen flöten.

Blaum teilt wie selbstverständlich seine knappe Zeit mit mir. Er kocht. Er nimmt mich mit aufs Land. Nur wenige Andeutungen genügen, und er weiß, was los ist. Er pflückt mich aus dem Strudel wie ein loses Blatt. Im Stall seiner Schwester streichle ich Pferde. In seiner Küche helfe ich Äpfel schälen. Angefixt, denke ich, von seiner Aufmerksamkeit und Geduld, von zweihundert Quadratmetern Parkett, Eiche Fischgrät, von Gesellschaft, gutem Essen und Wein. Sein Kaffeeautomat schnurrt, seine Rasierseife duftet, seine Azaleenbüsche wachsen mir über den Kopf. Es ist gespenstisch.

Ich wollte Blaum für oberflächlich halten, für verwirrt, für schwach, aber es gelingt mir nicht mehr. Oft, nach den Proben, drücke ich den goldenen Klingelknopf, lächle in die Kameralinse, wenn der Türöffner surrt. Es ist einfach geworden, ja und ja zu sagen, seit du weg bist. Sogar ein eigenes Zimmer lässt mir Blaum, mit Gartenblick und eigenem Bett. Ich darf bleiben und schlafen, während er Geschäftstermine wahrnimmt. Zum Abschied küsst er mich auf die Stirn, manchmal legt er frische Erdbeeren oder etwas Geld auf den Küchentisch.

Er baut einen goldenen Käfig, denke ich, dessen Tür immer offen steht. Ziegenfelle liegen darin und Zigarillos, Satinbettwäsche und bei Nacht Blaums stierschwerer Körper. Es ist nicht der schlechteste Ort.
Zugegeben, Blaum ist keine großartige Nummer. Er ist kein Liebesvirtuose. Er ist ein solides Stück Fleisch, ein Durchschnittsliebhaber. Ein Mann ohne Genie und Eskapaden, dafür voll innerer Bruchstellen und Hohlräume, wie die meisten Menschen. Mit seinem Lasttiernacken drängt er stur geradeaus. Nur wenn er wütend oder traurig ist, schwenkt der Kopf nach links und rechts, peitscht durchs Gras oder nimmt etwas auf die Hörner.
Seine Meeraugen werden langsam zu Heimatgewässern. Die Fältchen drum herum kenne ich auswendig. Ich weiß, dass seine unteren Augenlider sich oft röten, dass seine Haut schnell austrocknet, dass er höllische Sonnenbrände bekommen kann. Die erbsenkleine Narbe auf seiner Wange finde ich blind. Oder die Stellen, wo sein Brusthaar Wirbel hat. Wenn ich mich verliebe, trage ich keine rosa Brille, denke ich, sondern Vergrößerungsgläser.
Blaum redet von Fonds, Fusionen und Mandanten. Blaum redet von Urlaub. Blaum redet von Landhäusern in der Provence und sieht müde aus. Auf dem Tisch stehen leere Weingläser. Der Fernseher ist auf lautlos gestellt. Luftbilder verwüsteter Küstenstreifen. Militärhubschrauber, die Wassermassen über desolaten Reaktorblöcken abwerfen. Ich lausche Blaums Geschichten wie unter Drogen, mit glänzenden Augen, vielleicht noch müder als er. Dann schlafen wir ein, mitten im Gespräch, unter dem Flimmern der Katastrophenbilder. Ich wache auf, als Blaum mich ins Bett trägt. Tauche sofort wieder unter, Löschfahrzeuge, Meerwasserfontänen.

Ich träume von einem seltsamen Wesen, halb Nackthund, halb Echse. Es leckt meine Hände. Seine Zunge ist rau und trocken. Sie ist verzweigt und gefaltet. Genau genommen hat sie die Form einer ledrigen Nelke, die sich öffnet und schließt. Plötzlich stiebt ein Schwarm Kolibris in den Himmel, und ich fliege mit den leuchtenden Vögeln auf. Ich bin nicht nur mitten unter ihnen, nein, die schwirrenden Flügel sind mein Temperament, meine Willenskraft, meine Seele, falls es so etwas gibt. Der ganze Schwarm bin ich. Irgendwann bemerke ich, dass ich meine Vögel nicht länger zusammenhalten kann, der Schwarm stiebt immer weiter auseinander. Ich drohe meine Konturen zu verlieren. Zu zerreißen. Ich wache auf.

Der Morgen ist hell und sonnig. Viel vom Gesumm der Stadt dringt durch Blaums weit geöffnete Balkontür. Er frühstückt Speck und Eier. Mir ist flau, deshalb knabbere ich nur rohe Salatblätter und schnuppere vorsichtig am Kaffee. Blaum beobachtet mich. Unvermittelt beginnt er zu lachen.

»Du erinnerst dich an nichts?«, fragt er.

Ich schaue nur fragend.

»Du hast mir heute Nacht eins übergebraten.«

»Was? Echt?«

»Ja, du hast mir eins übergebraten«, wiederholt er süffisant, »und ausgeschlagen wie ein Wildpferd.«

»Habe ich was gesagt?«

»Nein. Nicht dass ich wüsste. Nur um dich geschlagen. Ich wusste gar nicht, wie mir geschieht.«

Er mustert mich und muss wieder lachen. Danach hätte ich einfach weitergeschlafen. Hätte nicht auf seine verwirrten Fragen reagiert. Ich beiße von einem tellergroßen Salatblatt ab, Kaninchenblick, Unschuldsmiene kann ich gut.

Ich muss nicht in meinem Gedächtnis kramen. Da ist nichts. Nicht die leiseste Erinnerung.
Es ist wie immer. Ich schlafwandle und kriege selbst am wenigsten mit. Blinde Impulse, Machtlosigkeit, Bewusstlosigkeit, das Mondsuchtfräulein. Ich weiß nicht einmal, wie oft es ausgeht. Ich versuche, mir seinen Gesichtsausdruck vorzustellen, vielleicht hat es keinen. Trotzdem, auf genauso blinde Weise, wie es meinen Körper benutzt, vertraue ich dem tollwütigen Dornröschen. Es wird schon wissen, was es tut.
An meine Träume dagegen erinnere ich mich, oft und ohne Anstrengung. Mein Traumleben nimmt einen beachtlichen Teil meiner Erinnerungen ein. Die Orte meiner Träume, weite Landschaften, Stadtteile oder Zimmer, sind mir so vertraut wie die Straße, in der ich wohne. Viele dieser Orte besuche ich mehrmals. Ich kann fliegen im Traum oder reiten oder exzellent mit einer Waffe umgehen. All das fliegt mir im Schlaf zu. Ich bin mein eigenes Abenteuerkino, tauche in die Leinwand, werde Film. Was aber mein Körper macht, während ich schlafwandle, davon habe ich keine Ahnung.
Blaum verputzt die letzten Speckreste und trinkt ein Glas Milch. Aus der Stereoanlage dringt Gesang, Klavier. Ich drehe lauter, Fauré, und schließe die Augen. Ich möchte in einem Wintergarten aus buntem Glas sitzen, denke ich. Das Licht steht wie Pinselstriche im Raum. Palmen und Farne rascheln leise. Zwei Flügeltüren sind weit offen. Ein Pfau schreit. Irgendwo im Traum, irgendwo gibt es diesen Ort.

Stunden aus Glas

Die Zeitfenster, in denen du nicht tun kannst, was du eigentlich tun wolltest, sind oftmals die besten. Diese Zeitfenster des Nichtstuns. Die halben Stunden, in denen du, unvorhergesehen, zur Muße verdammt bist, halbe Stunden aus Glas, transparent und ungefüllt.

An Ennios Musikladen hängt ein Zettel. In dreißig Minuten zurück, steht da. Musik von Fauré wollte ich. Noch mal in die Goldlaube lohnt sich nicht. Ich hole mir einen Pappbecherkaffee und tändle an Schaufenstern und Blumenbeeten entlang. Immer wieder bewundere ich den Bordürendruck auf dem Schwung meines Rocks, meine Kontur in den Schaufensterscheiben, versuche sie zu sehen, als wäre sie nicht meine. Die Kunst, Eigenes zu betrachten, als wäre es Nichteigenes, muss jeder Selbstdarsteller beherrschen.

Meine Sinne lasse ich sperrangelweit offenstehen. Das Leuchten der Wolken. Das seidige Rutschen des Rockstoffs. Der Geruch frischen Gebäcks. Sie lenken mich ab. Lullen mich ein. Lösen mich auf. Wir brauchen einen Hit, sagt der Bassmann in meinem Kopf.

Ich tripple über den Rand eines Blumenbeets. Das Beet treibt als weißes Nelkenschiff auf dem Fußgängerfluss. Es gibt auch Kornblumenboote. Und Beete mit Blumen, die ich Narzissen nenne, auf Verdacht. Lilien, Buschwindröschen, Lupinen, die Blumennamen schwirren wie aufgewirbelte Federn durch meinen Kopf. Freesie und Frauenschuh, mit den Namen von Edelsteinen, Fröschen und Libellen geht es

mir ähnlich. Die Namen haben Farben, Gerüche, ein freches Eigenleben. Vom Nelkenschiff balanciere ich weiter auf ein Narzissenboot, die Leute taxieren mich, Männer und Frauen gleichermaßen. Ich springe von der Reling und schwimme weiter.
Es gibt Tage, an denen mir mein Spiegelbild sagt, dass ich mich schminken sollte, in ein Paar Stiefel schlüpfen und die Einkaufsmeilen hinunterstiefeln, bis ich gefunden habe, was ich will. An solchen Tagen gibt es immer etwas, das ich will. Vielleicht ein Set Absinthlöffel, vielleicht eine gelbe Sonnenbrille. Außerdem gibt es Dinge, von denen man nicht zu viel haben kann, gute Musik zum Beispiel oder geschmackvolle Klamotten. Einkaufen lohnt sich immer.
Ich durchquere die illuminierten Werbewelten. Die Parfümerie, daneben Feinstrumpfhosen und Ringelsöckchen, eine hochglänzende Zeitschriftenwand, Schmuck. Ich lasse mich von trippiger Musik bespülen, von Details, ein Messingknopf hier, ein Spitzenband da. All die Oberflächen, geschliffenes Kristall, gefärbtes Leder, ich sammle Eindrücke. Was mir ins Auge sticht, wird näher untersucht, ich filtere heraus, was taugt. Ich suche nicht sehr detailliert nach irgendwas. Ich frage keine Verkäufer. Betrete ich einen Klamottenladen, verlasse ich mich auf Instinkte. Ich kann Ansammlungen von Sachen überfliegen wie Wörter. Passt etwas ins Raster, riskiere ich einen zweiten Blick, und bleibt die Sache interessant, wird angefasst. Die allermeisten Dinge fallen schon beim Anfassen durch, zu grob, zu leicht, zu synthetisch. Sollte sich, was auch immer, jedoch gut anfühlen, folgt nähere Untersuchung, gegebenenfalls Anprobe. Dabei fliegen noch mal fünfundneunzig Prozent raus. Aber sollte mir tatsächlich etwas in den Kram passen,

voilà, gekauft. Ich vergleiche nicht viel, Ninjashopping, so könnte man das nennen.
Ich bewege mich oft am Rande der Kultur. Suche Musik, die nicht mehr lieferbar ist oder es niemals war. Will Klamotten, die so nicht hergestellt werden, stelle mir Material und Schnitte und Muster vor, die es nicht gibt. Ich wünschte, genug Geld zu haben, mir einen eigenen Schneider leisten zu können, ein eigenes Plattenlabel und am besten einen Nachtclub dazu. Umso aufgeregter bin ich, wenn ich trotzdem finde, was ich will. Es kommt vor, dass mir die Finger zittern, beim Bezahlen des perfekten Pulswärmerpaars oder beim Auspacken einer extra für mich eingeschifften Kompilation.
Ich verlasse das Kaufhaus. Eine Kleopatra in engen Jeans kommt mir entgegen. Ihre Nase glänzt im Sonnenlicht, sie sucht meine Augen. Unsere Wellenlängen kommen in Konflikt, irgendwie, wir funken uns gegenseitig dazwischen, zwei Schlachtkreuzer im All. Ich kann fühlen, wie sich ihre Masse verdichtet, als sie an mir vorbeifliegt. Ich schiebe die Sonnenbrille auf meine Nase. Houston, wir brauchen einen Hit.
Zurück in der Goldlaube, füttere ich die Stereoanlage mit dem neu erworbenen Fauré. Will mein Zimmer mit Pfauenschreien füllen. Will buntes Licht über mein Bett gießen. Mitten im Regenbogen schlafe ich ein.

Portwein

An einem Mittwochmittag bastle ich das Stück für Saskia fertig. Es klingt schlichter, als es ist. Sein englischer Text ist ausgefeilt, ich kann meine Stimme daran geschmeidig reiben, phonetische Seifenschnitzereien, filigran und mundgerecht. Darunter lege ich ein komplexes Pickingmuster, meine Finger wirbeln durch die Saiten, verweben Klangfaden um Klangfaden. Ich werde ein paar Tage üben müssen, bevor es richtig läuft. Aber Saskia hört analytisch. Sie kann Sinfonien zerpflücken, ohne je ein Instrument angefasst zu haben, und besser Noten lesen als ich. Sie wird es zu schätzen wissen.

In der nächsten Woche, nach einer Konversationsstunde zu dritt, lade ich Saskia zu einem meiner Konzerte ein. Ich drücke ihr einen pinkfarbenen Bon in die Hand, mit dem sie kostenlosen Eintritt bekommt.

Sie begleitet mich zur Haltestelle und deutet auf drei Backsteinhäuser gegenüber. Im Dach des mittleren wohne sie, typische Studentenbude, Kochnische, Minibad. Im Hinterhof hänge immer die Wäsche einer fünfköpfigen Familie und die Kinder würden abwechselnd auf einem alten Fahrrad im Kreis fahren. Drei andere Studenten seien am Wochenende eingezogen, die habe sie noch nicht kennengelernt. Sie streicht ihr halblanges Haar hinters Ohr und verabschiedet sich. Ihre schlanke Gestalt steht eine Weile an der Ampel und verschwindet schließlich hinter einer Backsteinecke gegenüber.

Ich erwarte, dass Saskia einen Freund oder eine Freundin

mitbringen, Orangenlimonade trinken und unauffällig im Hintergrund stehen wird. Falls sie überhaupt zu einem meiner Auftritte kommt. Sie hört Musik bestimmt lieber zu Hause, wo es bequemer ist und weniger Störgeräusche gibt, wo weniger Menschen sind. Vielleicht hätte ich ihr statt der Freikarte lieber eine Studioaufnahme des Songs geben sollen. Aber wir haben erst die Hälfte der geplanten dreizehn oder vierzehn Tracks für das neue Album fertig. Es hätte zu lange gedauert. Lieber soll sie schüchtern mit ihrer Limonade in der Ecke stehen.

Ich nehme eine verspiegelte Sonnenbrille aus meiner Tasche. Sie schillert wie Insektenaugen, orangefarben, golden und grün. Ich drehe ihre Gläser ins Licht, schiebe sie auf meine Nase. Ich strecke die Beine von mir, kaue Kaugummi. Spiele Goldkäfer für die drei Jungs, die an der Haltestelle gegenüber auftauchen. Vielleicht sind das die Studenten.

Ich denke an das hübsche Gesicht hinter der Germanistenbrille. Ich bezweifle inzwischen, ob ich Saskia wirklich zur Freundin will. Für echte Freunde habe ich sowieso keine Zeit. Aber sie langweilt mich nicht, und ihre Sortiertheit verlockt mich, sie mir in unsortierten Verhältnissen vorzustellen. Ihre Sanftheit spornt mich beinahe an, ihr einmal unsanft zu begegnen. Ich überlege. Welche Beleidigung sie wohl am härtesten träfe. Wofür sie lebt, wer sie ist. Wie wohl ihr Hals riecht und ob sie verwirrt wäre, wenn ich daran schnüffelte. Oder ist genau das Freundschaft, ohne Verwirrung am Hals des anderen schnüffeln zu dürfen, denke ich. Mit den Augen suche ich den Dachgiebel, unter dem irgendwo ihr Zimmer sein muss. Ich habe keine Ahnung.

Ich linse über die Gläser meiner Goldkäferbrille. Die drei Jungs gegenüber unterhalten sich. Einer raucht. Eine junge Frau im Sommerkleid studiert den Fahrplan. Der Rau-

chende studiert ihr Hinterteil. Außer Saskia gab es schon mindestens drei oder vier andere Frauen, deren Geruch mich interessiert hätte. Die ich gern genauer in Augenschein genommen hätte. Deren kleine Makel mich brennend interessiert hätten. Einmal überkam mich ein solcher Impuls mitten auf der Straße, bei einer wildfremden Frau. Ich folgte ihr einige hundert Schritte weit, obwohl sie nicht meinen Weg ging. Am liebsten hätte ich sie angehalten. Entschuldigung, ich möchte Sie genauer ansehen. Und vielleicht anfassen. Ihr Gesicht, Ihre Hüften und Ihre Brüste betasten. Ich frage mich, ob Frauen auch Frauen ohrfeigen.
Die Frau im Sommerkleid ignoriert den Raucher gekonnt. Sie trägt ein Silberkettchen um den Knöchel und neongelbe Kreolen. Sogar als sie selbst in den Raucherbereich schlendert und nach ihren Zigaretten kramt, bleibt der Raucher Luft für sie. Der Junge schnippt seine Kippe weg und klemmt seine Daumen hinter den Gürtel. Sein Blick schweift auf die Gleise und zu mir. Bevor ich seine Miene richtig lesen kann, schiebt sich eine Stadtbahn zwischen uns.
Hinter den getönten Scheiben herrscht gedämpftes Licht, die Stadtbahntüren schließen sich. Mit einem dumpfen Heulen werden mein Magen, meine Beine, Arme, mein ganzer Körper, und mit mir viele andere Menschen ins Stadtinnere beschleunigt, in das heiße Spätsommerloch hinein. Mein Kopf hängt noch eine Weile bei den Jungs an der Haltestelle. Das Kaugummipapier rollt als Kügelchen aus meiner Hand.
»Geben Frauen auch Frauen Ohrfeigen?«, frage ich Saskia in der nächsten Woche.
Der bunte Baumwollriemen meiner Tasche klebt auf meiner Schulter. Die Sonne rinnt als strahlender Honigtropfen

vom Himmel. Ein Duft wie von Portwein hängt in der Luft. Saskia kramt in ihrer Hosentasche. Sie scheint nicht überrascht über meine Frage.

»Frauen können echt fies sein. Da wird bestimmt auch geohrfeigt.«

»Na ja«, korrigiere ich, »eigentlich meine ich was anderes. Zum Beispiel. Wenn ein Typ eine Frau anfasst und sie es nicht will, fliegt die Hand ja recht schnell in sein Gesicht. Aber wenn ich eine Frau anfassen würde, denkst du, ich würde mir genauso schnell eine fangen?«

»Ich denke, die meisten würdest du damit so aus dem Konzept bringen, dass da nichts passiert. Was verstehst du unter anfassen?«, fügt sie nach kurzem Nachdenken hinzu.

»Gute Frage. Vielleicht erst an der Schulter und dann an der Wange.«

»Kann mir nicht vorstellen, dass du dir damit eine fangen würdest«, sagt sie.

»Also eher Verwirrung?«

»Ich denke schon«, sagt sie nachdenklich. »Sicher gibt's welche, bei denen du dir eine fängst. Aber das Risiko, glaube ich, ist gering. Wie kommst du denn auf so was?«

Sie sieht mich durch ihre Modebrille an, während sie fragt, wischt eine Strähne und etwas Schweiß von der Stirn. Saskia hat eine bestimmte Art, ihr Haar hinter die Ohren zu legen, mit beiden Händen gleichzeitig und sehr sorgfältig, die mich an die Ernsthaftigkeit eines Kindes erinnert, das einer ordnungsliebenden Mutter gefallen möchte. Ich schiebe als Erklärung einen Song vor, an dem ich zurzeit arbeite, was immerhin nicht komplett gelogen ist. Saskia nickt interessiert.

»Darf ich dich auf ein Eis einladen?«, fragt sie.

Wir gehen weiter, bis irgendwo eine bunte Markise auf die Straße hinausragt. Die Eisfahne hängt schlaff in der Sonne. Wir spazieren hinüber.
Eine vielleicht vierzehnjährige Inderin, die eine weiße Kellnerschürze überm Sari trägt, kommt an unseren Tisch. Sie erklärt, dass die Eiskarte im Moment neu gedruckt werde, die alten Karten seien schon weg, die neuen noch nicht da, und beschreibt mit großem Engagement die verschiedenen Eisbecher. Ich beobachte die Bewegungen des schwarzen Flaums auf ihrer Oberlippe, während sie von Mandelsirup, Orangenlikör und Vanille spricht. Ihre Stimme macht kleine Hüpfer mitten im Satz.
»Du hast einen süßen Akzent«, sage ich ihr und bestelle etwas mit Nusskrokant.
Saskia nimmt dasselbe. Passt zu ihren Haselaugen.
Ich stelle ihr die Fragen, die ich jedem irgendwann stelle, Kindheit, Geschwister, Liebesleben. Außerdem interessiert mich, was die Leute sich wünschen und wovon sie nachts träumen. Saskia füttert willig meine Neugier. Sie träumt von Milchseen und Bahnsteigen. Was sie sich wünscht, weiß sie nicht. Ihre Augen weiter studierend, stelle ich fest, dass das sanfte Braun völlig unbehelligt von anderen Farbsprenkeln ist, glatt und weich wie das Fell eines jungen Kaninchens.
Ich riskiere einen überlangen Blick durch ihre Brillengläser. Will herausfinden, ob ich auf ihr glattes Nussbraun neidisch sein muss. Beginne die Sekunden zu zählen, einundzwanzig, zweiundzwanzig, dreiundzwanzig, nach drei Sekunden weicht Saskia aus. Ihre Augen tauchen ins Muster der Tischdecke ab. Nein. Neidisch bin ich nicht. Das Gefühl ist ein anderes.
Saskia nimmt ihre Brille ab und massiert ihre Nase. Sie be-

ginnt über ihren großen Bruder zu sprechen und über dessen Freundin, die auch ihre Freundin ist, und über einen Theaterschauspieler namens Christian, mit dem sie drei Monate zusammen war. Christian spiele wie ein Gott, sei aber jenseits der Bühne ein ziemlicher Hohlkopf. Sie lässt ein paar Anekdoten fallen, nach denen ich befürchte, von ihr ebenfalls irgendwann als Hohlkopf bezeichnet zu werden. Sie holt ein Passfoto aus ihrer Brieftasche. Das sei Pette, ihr bester Freund, aber Pette wohne seit drei Jahren in Brasilien. Die Arglosigkeit, mit der die Geschichten über Saskias Lippen kommen, erinnert mich an Peer, erinnert mich an alle einsamen Wölfe.

»Kennst du das?«, fragt sie manchmal, mitten im Gespräch, wenn ihr etwas besonders wichtig ist.

Wann immer ich kann, steuere ich Parallelen bei. Ich kenne keine Theaterschauspieler, habe keinen besten Freund, auch keinen Bruder mehr. Ich studiere nicht und weiß nicht, wie die Fritten in der Mensa schmecken. Aber vielleicht erzeugt mein Beipflichten etwas Vertraulichkeit, vielleicht kann ich jemand sein, der in ihrem Leben noch gefehlt hat. Ob ihr mein Song gefallen wird, ist mir inzwischen egal, zugegeben. Eigentlich, denke ich, habe ich das Stück nicht für dieses Mädchen geschrieben. Sondern an ihr entlang. Über sie hinweg.

Als die beiden Krokantbecher kommen und Saskia sich über ihren beugt, stelle ich mir vor, sie am Schopf zu fassen. Ihren Pagenkopf in den Nacken zu ziehen. Ziellos, testweise. Ob ihr das gefiele, ist mir ebenfalls egal. Dass sie sich ein wenig winden könnte, gefällt mir sogar.

Später sitzen wir auf der Ufermauer am Fluss. Unter uns wachsen Sumpfdotterblumen. Enten schnäbeln in den Binsen herum. Ich habe meine Schuhe ausgezogen. Die beiden Ballerinas sitzen, Schleifchen mir zugewandt, als warteten sie auf Streicheleinheiten, auf der Mauer. Saskia lutscht an dem Plastiklöffel, den sie aus dem Eiscafé mitgenommen hat. Im Gras liegt ein Filmdöschen. Saskia hebt es auf, aber zu ihrer Enttäuschung ist es leer. Sie hatte sich schon ausgemalt, die fremden Bilder entwickeln zu lassen und einen kleinen Voyeurblick in ein fremdes Leben zu werfen.

»Meinst du, es wäre was Interessantes gewesen?«

»Wahrscheinlich schon. Wer heute noch analog fotografiert, hat sich vermutlich Gedanken über seine Bilder gemacht.«

»Mist«, sagt sie.

Wir schließen eine Wette ab, wie viele Papiertaschentücher in die Filmdose passen. Saskia gewinnt. Sie lacht, fummelt die Taschentücher wieder aus dem Döschen und legt sie ordentlich zusammen. Schließlich steckt sie alles in ihre Handtasche.

»Ich sollte noch ein paar Seiten fürs Seminar morgen lesen«, sagt sie.

Ich packe meine Ballerinas in die Tasche und begleite Saskia zurück in ihr Viertel. Sie schleust mich durch Nebenstraßen und Hinterhöfe, zeigt mir einen kleinen Platz voller Platanen, auf dem ihr Lieblingsbrunnen steht und aus spitzen Mäulern grünes Wasser speit. Vielleicht will sie absichtlich noch ein wenig Zeit vertrödeln. Ich lasse mich treiben. Eine Kirchturmuhr schlägt vier. Durch die Portweinluft schweben großstadtmüde Insekten. Meine Sohlen sind längst schwarz vom Straßendreck. Die Mittagshitze steckt noch im Asphalt, brennt unter meinen Füßen.

Ich ging immer gern barfuß, auch wenn es wehtat. Über

Kieselwege, Stoppelfelder oder gefrorenen Boden. Mit dir ging ich barfuß durch den Schnee, falls du es noch weißt, Fender. Nach anderthalb Stunden waren unsere Füße wie betäubt, und ich glaubte, meine Sohlen müssten bluten. Aber sie hatten keinen einzigen Kratzer. Wir tauten im Schaumbad wieder auf. Falls du dich erinnerst.

»Ich probiere das jetzt auch«, sagt Saskia plötzlich und streift ihre Sandalen ab. Ich muss wohl meine Füße angestarrt haben.

»Ich mag das. So die Welt unter den Fußsohlen fühlen.«

»Hätte nicht gedacht, dass das so heiß ist«, bemerkt sie. Ihre weißen Zehen tapsen über den Asphalt. Sie lacht, macht eine flatternde Bewegung mit beiden Händen und klemmt anschließend wieder ihr Haar hinter die Ohren. Sie sieht glücklich aus. An einer Buchhandlung beginnt sie, Bücherkisten und Regale zu durchstöbern, die der Besitzer im Freien aufgebaut hat. Sie gibt knappe Kommentare ab, während ihr Finger über die Buchrücken fliegt. Sie mag Reiseführer und Ratgeber und hasst Biografien. Dann nimmt sie fasziniert einen russischen Riesenwälzer in die Hand. Den wollte sie immer schon mal lesen. Das Seminar morgen scheint vergessen. Langsam wird mir klar, dass Saskia zum Zeitverschwenden wohl Gesellschaft braucht.

Ich selbst bin selten in Buchhandlungen. Sollte ich mich überhaupt mal dorthin verirren, weiß ich nie, was ich will. Gut gemeinte Beratungsversuche wimmle ich so schnell wie möglich ab. Die Art, wie ich ein Buch aussuche, bewegt sich irgendwo zwischen Spurensuche, Wünschelrutengang und Balztanz. Da will ich nicht abgelenkt werden, will mich voll auf meine Instinkte verlassen. Dass das Cover eine entscheidende Rolle spielt, dass ein Buch, das sich gut anfühlt, wesentlich bessere Chancen hat, dürfte klar sein. Es muss auch gut riechen. Zum Glück riechen die meisten Bücher gut. Anfangs sind da nur die Farben der Buchrücken, ein buntes Teppichmuster, mein Sichtfeld füllend. Ich fokussiere nichts Bestimmtes. Bis sich ein Buch bemerkbar macht. Meine Hand wandert von alleine hin. Vielleicht ist es die Schriftart, vielleicht das gelungene Verhältnis der Buchdicke zur Buchhöhe, vielleicht ein raffinierter Einband. Vielleicht habe ich auch einfach nur festgestellt, dass das Buch hervorragend zu meinem T-Shirt passt. Sollte das Buch gut in der Hand liegen und der Klappentext mich nicht vergraulen, nehme ich eine Nase voll Buch und lese den ersten Satz. Der ist entscheidend. Ist der erste Satz nicht saftig, nicht prall, platzt er nicht und trieft mir beim Hineinbeißen die Lippen voll, ist das Buch für mich gestorben. Hat er nicht die richtige Farbe, welkt kränklich vor sich hin, gibt es keine zweite Chance. Zu viele Kommata, zu viele Eigennamen oder eine Jahreszahl im ersten Satz, das sind Todesurteile für ein Buch.

Saskia würde mich vermutlich auslachen. Sie nimmt ein hässliches altes Buch aus dem Regal und spielt Daumenkino. Sie äugt verliebt in die vergilbten Seiten und bezahlt. Noch auf der Straße steckt sie ihre Nase in die Seiten. Diese Gedichtsammlung habe früher bei ihren Großeltern auf dem Nachtkästchen gelegen. Als Kind habe sie heimlich darin geblättert, ohne ein Wort zu verstehen. Sie spricht noch weiter, ein Lastwagenfahrer und ein roter Lederkoffer kommen vor, aber sobald ihre Stimme verstummt ist, habe ich die Großelterngeschichte vergessen. Himmel, denke ich, was für ein schlechter Liebhaber ich wäre. Plötzlich bleibt Saskia stehen.

»Ich bin irgendwo …«, murmelt sie.

Sie plumpst haltlos auf die Bordsteinkante, nimmt ihren Fuß in die Hand und wird blass. Eine Glasscherbe ragt aus ihrem Fußballen.

»... reingetreten?«, vervollständige ich ihren Satz.

Sie nickt. Lässt ihren Fuß los. Für einen Moment liegt die verletzte Sohle wie ein Fremdkörper auf dem Asphalt. Einseitig ist die Wunde nach innen gedrückt, ein unnatürlich weißer Hautfetzen, auf der anderen Seite klafft ein roter Spalt, wie ein Täschchen aus granatfarbener Seide. Es beginnt sich mit Blut zu füllen.

Saskia will sich die Scherbe nicht sofort herauspflücken. Sie humpelt, nur die Ferse benutzend, bis in ihre kleine Dachwohnung. Ich trage das alte Buch, schließe Türen auf, kicke den Badteppich aus dem Weg. Saskia hinterlässt Blutspuren. Oben angekommen, lässt sie mich an ihre Sohle. Sie hält die Augen geschlossen. Mit spitzen Fingern zupfe ich das Glas aus ihrer Haut, sehe, dass zwei weitere Splitter in der Wunde schwimmen. Saskia versucht, sie in der Dusche herauszuwaschen, vor Schmerz steigen ihr Tränen in die Augen. Die Splitter bleiben stecken. Saskia sinkt zurück auf den Boden.

»Ich habe keine Pinzette«, wimmert sie.

Ich beruhige sie, biete ihr an, mit den Fingernägeln auch die kleineren Splitter herauszuziehen. Saskia nickt. Ich wasche meine Hände. Saskia beißt auf die Zähne.

Als wir die Wunde desinfiziert, die Wundränder, so gut es geht, aneinander gelegt und ihren Fuß verbunden haben, legt sich Saskia aufs Sofa. Sie baut sich einen Kissenberg für ihren Fuß.

»Ich war so lange nicht mehr barfuß«, ihre Augenbrauen wölben sich zu zwei enttäuschten Bögen, »und dann gleich den Fuß aufgeschnitten. Ich dummer Pechvogel.«

»Wenn du willst, koche ich was. Musst du nicht aufstehen. Ist irgendwas da?«
Überm Sofa hängen van Goghs Sonnenblumen, aber ihre gelben Köpfe sind nichts gegen das aufkeimende Strahlen in Saskias Gesicht. Die haselbraunen Brauen entspannen sich, und die Literaturstudentin, die aussieht, als könne sie Hebbels Odaliske zitieren, liegt nun selbst odaliskenhaft da und beschreibt beflissen ihre Essensvorräte. Champignons, Basilikum, Tomaten, Pasta, auch Rotwein bietet sie an. Ich lasse mich dirigieren. Für gewöhnlich werde ich beim Kochen unwillig und ungeduldig, so dass mir nach spätestens fünf Minuten jemand den Kochlöffel aus der Hand nimmt. Unter Saskias Anweisungen jedoch, und ich stelle mich absichtlich dumm, hält meine gute Laune an. Die Studentin muss eine passable Köchin sein, es entsteht tatsächlich etwas Essbares.
»Du gehst morgen nicht in dein Seminar, oder?«, frage ich, als ich die Teller aus der Kochnische balanciere. Sie nickt. Wir trinken zwei oder drei Gläser Wein, bevor ich meine Tasche unterm Tisch herausfische und meiner Pechvogelfrau gute Besserung wünsche.
Draußen ist es kühler geworden. Hinter Verkehrsinselrosen und Parkuhren versinkt der Tag. Meine Gedanken werden zu Rabenflügeln, flattern alle Sonnenblumen aus meinem Kopf. Die gelben Blättchen segeln verdorrt über den Asphalt. Ein Boot voll Gedanken legt ab, die Idioten rudern zu dir. Drei Tauben trudeln aus einer Turmuhr und ich ihnen nach. Ich überquere eine rote Ampel.
Gegenüber steht eine Frau, die mir nicht aufgefallen wäre, mittelgroß, mittelalt, mittelhübsch und gewöhnlich gekleidet. Ich hätte sie sicherlich übersehen, wenn sie nicht wie festgewurzelt dastünde und heftig den Kopf schüttelte. Ihr

Blick spießt mich auf. Sie meint tatsächlich mich. Es ist ein verneinendes Kopfschütteln, kein verständnisloses. Ich lächle nur, ich, die Verständnislose, und gehe weiter. Eigentlich will ich mich umdrehen und fragen, warum ich nicht über rote Ampeln gehen soll. Jeder geht über rote Ampeln, denke ich. Die Frau muss einen guten Grund wissen, es nicht zu tun. Aber ich gehe weiter.

Kormorane

Matti pflückt den Strohhalm aus seinem Wodka Cola und zwirbelt ihn zwischen den Fingern. Lora hat die Augen halb geschlossen und bläst Rauchkringel an die Decke. Borg und sein Bruder sind in ein langsames Kopfnicken verfallen. Der letzte Song versickert im Teppichboden.

»Ich find's gut«, sagt Lora.

Der Bassmann und ich haben die vier als Testpublikum engagiert, das Wohnzimmer der Goldlaube zum Konzertsaal gemacht, Meinungen gesammelt, Kritiken gehört. Der Bassmann bedankt sich und stellt ein paar Rückfragen. Ich kritzle Ideen auf ein Blatt Papier, krumme Minuskeln, die außer mir niemand lesen kann, halte inne, höre zu, kritzle weiter. Dann frage ich, ob wir tanzen gehen. Borg grinst. Sein Bruder hebt die Augenbrauen. Beide haben dasselbe breite Russengesicht. Neben seinem Bruder sieht Borg plötzlich wie ein Schwergewichtsboxer aus.

»Ich brauche jetzt was Heftiges um die Ohren«, sage ich. Das Gefühl von Strom in der Luft, denke ich weiter, der die Härchen auf meinem Körper ausrichtet, Schweißgeruch und stahlgebürstete Tanzflächen, das brauche ich jetzt.

»Break Stuff«, sagt Borg.

Sein Bruder lässt die Augenbrauen erst sinken, nachdem Borg ihm erklärt hat, wovon wir sprechen. Dass man sich im Break Stuff, einer Kellerdisko in der Oststadt, auf die härteren Musikstile spezialisiert habe. Dass seine Mitbewohnerin ein tanzwütiges Ding sei. Ihre Ausraster habe. Ich winke ab.

»Abfahrt in dreißig«, sagt Borg.
Der Bassmann sieht heute zur Abwechslung ganz zufrieden aus, sagt, dass er mitkomme. Borg kippt eine Handvoll Salzstangen in ein Glas. Dann verschwindet der Schwergewichtler im Keller, sucht seine Zigaretten, macht sich ausgehfein. Borgs großer Bruder beginnt sich mit dem Bassmann zu unterhalten. Er heißt Lars, ist Psychotherapeut, und außer dem Russengesicht fällt mir ein Holzpferdchen auf, das er an einem Lederband um den Hals trägt. Es hängt da wie ein einzelner Buchstabe, starr, zusammenhanglos. Er komme nicht jeden Sommer zu Besuch, sagt Lars. Aber dieses Jahr habe er sein Kleinstadtleben, das er zwanzig Kilometer nördlich von hier führe, zurückgelassen, die Praxis ruhe, die Familie habe er zur Großmutter ans dänische Wattenmeer geschickt.
Lars fragt mich, ob er mit seinen Klamotten überhaupt ins Break Stuff reinkomme. Klar, sage ich, schwarz geht immer, mustere sein Hemd und denke an dich. An deine schwarzen Hemden und an die Art, wie du sie ausfüllst. Wie sich dein Thorax unter der feinen Baumwolle spannt, wie dein Wolfsherz darunter schlägt, wie die Knopfleiste in deiner Hose verschwindet. Lars hier hat ungefähr deine Statur.
Wir knabbern die Salzstangen. Aus der halben Stunde werden anderthalb. Schließlich packt Lars seinen Bruder, den Bassmann und mich in seinen Saab. Matti und Lora wollen nachkommen.
Als der Wagen ins Parkhaus rollt, bemerke ich, dass es dasselbe Parkhaus ist, auf dessen Sonnendeck du mich schwindelig geküsst hast, vor Wochen, die mir wie Monate vorkommen. Die roten Stahltüren, die spiralförmigen Auffahrten, die petrolfarbenen Doppelstreifen an der Wand,

kurz ergreift mich Panik. Ich will den Ort nicht wiedersehen. Ich will nicht wissen, wie leer er nun ist, wie anders, wie tot.
Der Basspegel des Break Stuff wummert bis auf die Straße herauf. Borg steckt Lars und mir je ein Paar Ohrstöpsel zu. Ich schiebe die grauen Plugs kommentarlos in die Ohren, nach kurzem Zögern tut Lars es uns gleich. Ins Break Stuff sollte nur gehen, wer ordentlich gegessen hat und einigermaßen ausgeschlafen ist, denke ich. Eine solche Nacht ist der reinste Kampfsport. In der Mitte der Tanzfläche muss man mindestens mit blauen Flecken rechnen. Lars verschweige ich das. Er ahnt sowieso inzwischen, worauf er sich eingelassen hat. Der Bassmann geht gelassen voran.
Die Musik empfängt uns mit einer schallenden Ohrfeige. Crashbecken, Snares, scharrende Gitarren und das rhythmische Flattern in der Magengrube, Bassdrums, wieder und wieder, darunter dreckige Industrials. Überdimensionierte Boxen bringen die Luft zum Vibrieren, elektronische Wetterfronten gehen auf Kollisionskurs. Binnen Sekunden bin ich mitten in der tobenden Menschenmenge, von null auf hundert, verliere den Blickkontakt zu den anderen. Ich tanze wie ein Derwisch. Ein paar Stunden lang werden weder Mattheit noch Schmerz die rasende Musik durchdringen. Mir ist klar, dass ich büßen werde. Ich habe weder gegessen noch geschlafen.
Ich kann die Musik sehen. Sie pumpt Projektile durch den Raum, bleigrau und stahlträgerdick. Sie flicht Drähte durch den Diskodunst, lässt Zahnräder ins Fleisch der Tanzenden beißen, krallt und kerbt. Wer im Break Stuff tanzt, wird schnell zum Zombie, willenlos zerfetzt, oder zur Maschine, zum Cyborg, das macht die Musik. Ich versuche, die Energie jedes Schlags für mich zu nutzen, aus jedem Angriff

mein eigenes Manöver zu machen, in Bewegung zu bleiben. Die Menschen sind elektrifiziert, keine Individuen mehr, sondern eine Masse zuckender Muskeln, zerflossener Schminke. Ich weiche herrenlosen Gliedern aus, versuche mich durch das Räderwerk zu winden, katzenhaft, und reibe mir dennoch die Sinne wund. Am Ende gewinnt immer die Musik.
Selten begegnet mir ein Paar Augen, das nicht zombifiziert ist, nicht blicklos im Nirgendwo hängt. Selten sieht mich überhaupt jemand an, so dass ich irgendwann nach Lars Ausschau halte. Er tanzt leicht abseits, im Schutz einer Betonsäule, eine Bierflasche in der Hand. Ich kämpfe mich hinüber. Da Unterhalten unmöglich ist, bleibt es bei Grimassenschneiden und Zeichensprache. Lars bedeutet mir lachend, dass er heilfroh über seine Ohrstöpsel ist. Ich gestikuliere fragend, ob ihm die Musik nicht gefalle. Er hebt die Daumen, nein, nein, alles in Ordnung. Er bietet mir von seinem Bier an. Ich trinke. Wir tanzen. Aber ich komme an seiner Seite nicht in Schwung und will mir ebenfalls ein Getränk holen.
Plötzlich greift mir jemand auf die Schulter. Ich drehe den Kopf und sehe einen ausgebleichten Haarschopf, der gerade rücklings von einem wandernden Lichtkegel durchleuchtet wird. Es ist Peer. Er muss seine Begrüßung dreimal schreiend wiederholen, bevor ich irgendwas verstehe. Ein Mundvoll Eukalyptus kommt mir bei jedem seiner Schreie entgegen. Peer, Peer, warum bist du immer überall, denke ich. Als hätte er gewusst, wohin ich will, streckt er mir eine bunte Flasche entgegen. Die ganze Nacht lang, wann immer ich Richtung Bar taumle, steht Peer mit einem Getränk für mich da. Er bringt mir Alkopop um Alkopop, rote, sonnengelbe. Ich trinke. Mit Borg und dessen Bruder scheint

Peer sich auch angefreundet zu haben, die drei stehen beisammen und beobachten den Club.
Die Menschenmenge in der Mitte des Clubs wird immer dichter. Ihr Tanz, ihre Spasmen gleichen einer rhythmischen Prügelei, einem Gewaltritual. Ich pralle immer wieder an Hüften und Ellenbogen ab. Das Verschmelzen fällt mir heute schwer. Es sind zu viele Menschen, zu viele Betrunkene. Sie stinken. Sie rempeln und treten. Ich falle aus der Musik und bringe mich in Sicherheit, an eine weniger umkämpfte Stelle, links der Bar. Als ich bemerke, dass Lars mich mustert, gedankenverloren, nicht als Freundin, sondern als Frau mustert, gleite ich wieder in die Musik. Es passiert von allein. Plötzlich passt der Rhythmus, angegossen, ein verloren geglaubter Handschuh. Ich lasse mich fallen, endlich fallen, Lars' Blicke sind das Öl auf meiner Haut, machen alles geschmeidig, der Schmerz vergeht. Die Bässe pulsieren wie Herzschlag. Welcher Herzschlag meiner ist, welcher von der Musik kommt, ich weiß es bald nicht mehr. Ein harter Kern in meinem Inneren beginnt zu zerfallen, löst sich Track um Track in Wohlgefallen auf und alle Vorsicht mit ihm. Dieses Dröhnen gehört zur großen Weltsinfonie, denke ich, genauso wie Beatles und Stones, genauso wie Beethovens Fünfte. In meinen Adern hämmern die Werke anderer Künstler, hämmern stärker als das eigene Blut, ich verliere meine Grenzen, werde weit, weit wie die Luft über der Stadt, will meine Umrisse wieder zusammenkratzen und finde sie nicht. Tanze weiter, als meine Beine längst taub sind. Tanze von Lars zu Lars. Seine sanften Kleinstadtaugen, dein aufmerksamer Rabenblick, Red Russians, Bierflaschen, Peers weiße Hände auf meinen Hüften, es ist alles dasselbe. Borgs Boxerbrust, hässliche Armbanduhren an hässlichen Armen, Saskias Fußfleisch, Sessel-

leder, Damla, kerzengerade, ein Ausrufezeichen im roten Kleid. Bunte Effektstrahler, Hibiskusblut. Mein Bewusstsein mischt Menschen wie Karten. Bricht an allen Sollstellen. Schleudertanz, Daktylus und Akrobatik an bebenden Stahlseilen. Ich falle. Was mich fängt, sind nur weitere Stahlseile. Reißen mich weiter auf.

Als ich schließlich auf dem Boden liege, eine Bierflasche rollt mir an den Kopf, starren mich Menschen an. Aufgereiht, nichtssagende Inkognitogesichter baumeln wie Papierlaternen im Wind. Ich erkenne keins davon. Statt zu raten, wer sie sind, schließe ich lieber gleich die Augen.

Ich erwache in meinem Bett. Es könnte wenige Augenblicke oder ganze Ewigkeiten später sein, mein Zeitgefühl streikt. Eulen, Falken, Möwen, Kormorane, Neuntöter und Eisvögel machen ein Gewölle, tönt es in meinem Kopf, während mein Denken wie durch klebriges Gelee hindurchwatet. Auch ich fühle mich, als müsste ich erst mal einen Klumpen Müll ausspucken, bevor ich wieder atmen kann.

Ich habe geträumt. Von einer Zirkusschau mitten in der Wüste. Die einzige Nummer, die sie hatten, bestand aus einer hölzernen Wand, die verschiedene Schubfächer hatte. Wenn die Schubfächer geöffnet wurden, kamen Körperteile zum Vorschein, Fußknöchel, Nasen, Geschlechtsteile. In der wechselnden Abfolge der gezeigten Körperteile bestand die einzige Unterhaltung bei dieser Show.

Neben meinem Bett finde ich eine Mineralwasserflasche. Vielleicht hat Lars sie hingestellt. Borg muss mich die Treppen hochgetragen haben. Ich schäme mich nicht. Im Gegenteil, die Vorstellung, den Brüdern wehrlos vor die Füße gefallen zu sein, erscheint mir tröstlich. Mir fällt kein Ort ein, wo ich sorgloser hätte in Ohnmacht fallen können als zwischen den Boxerbrüdern. Lars muss sich um mich gekümmert haben, mindestens meinen Puls hat er gefühlt. Meine Lippen schmecken herb. Ich stelle versuchsweise einen Fuß auf den Boden, richte mich auf. Die Welt beginnt sich wild zu drehen, sprüht Sternchen, Übelkeit schwappt hoch. Ich lege mich wieder hin. Durch die Ritzen der Rollläden kommt kaum Licht. Noch kann die Sonne nicht aufgegangen sein.

Ich erwache erneut. Diesmal vom Klingeln des Telefons. Der Ton sickert teelöffelweise durch meine Betrunkenheit. Ich beschließe, dass es besser ist, nicht ans Telefon zu gehen. Ich weiß nicht, ob ich mich auf den Beinen halten könnte. Ich weiß nicht, was ich sagen würde, und vor allem zu wem. Lieber will ich schnell wieder einschlafen. Meine Hand gleitet zwischen meine Beine. Ich knülle einen Bettdeckenhügel unter mich, treibe mich binnen Sekunden in süße Vergessenheit, ein simpler Erstklässlerorgasmus. Muschelsaft, salziges Aroma, Frauenduft, mit einem Finger unter der Nase schlafe ich ein.

Krabbenschwänze

Im Kindergarten hatte ich eine Freundin, die aussah wie Schneewittchen. Sie kam aus Polen, hatte dunkelbraunes, langes Haar und trug rote oder blaue Kleider. Beim Spielen, wenn die dunklen Härchen auf ihrem Arm meinen Arm berührten, bekam ich eine angenehme Gänsehaut. Allein ihre Stimme, wenn sie monoton ein Gedicht aufsagte oder mir eins ihrer Brettspiele erklärte, genügte manchmal für dieses Kribbeln.
In meiner Schneewittchenfreundin steckte ein niedliches Stimmchen. Vermutlich hatte sie die ihren Heldinnen aus amerikanischen Tanzfilmen abgelauscht. Moritz fand meine Freundin albern und mied sie, wo er konnte. Außerdem war sie die einzige Person, vor der ich keine Scham hatte, wenn ich onanierte. Manchmal, beim Spielen, warf ich mich hitzig auf die Matratze. Meine Freundin nahm nie besonderen Anstoß daran. Anfangs war ich enttäuscht von ihrem Desinteresse. Dann entzückte mich ihre Ahnungslosigkeit. Mir wurde klar, dass ich etwas konnte, das sie nicht konnte. Dass ich etwas entdeckt hatte, worauf sie nicht im Traum gekommen wäre. Ich fühlte mich stark. Fast als müsste ich sie beschützen.
Wenn wir spielten, war ohnehin immer ich der Mann, der Prinz, der Räuber gewesen. Ich erfand Spielszenarien, die das Sichwinden auf der Matratze einigermaßen unverdächtig aussehen ließen. Eine Sumpfszene zum Beispiel, in der wir in einen bösen, verschlingenden Sumpf geraten waren und uns in höchster Not zu befreien versuchten. Oder ein

Szenario, in dem unsichtbare Angreifer mich zu Boden drückten und ich nicht anders konnte, als mich hilflos in deren Griff zu winden. Freilich hatte ich wenig Ahnung von irgendwas, hatte keine Worte für mein Tun. Nur dass irgendein Geheimnis an der Sache hing, das wusste ich. Dass es Erwachsene verwirrte, wenn sie mich dabei entdeckten. Dass sie schockiert waren. Mein Schneewittchen war nie schockiert. Höchstens ein wenig ungeduldig, wenn ich allzu lange brauchte, mich aus dem Sumpf zu ziehen. Erst Jahre später wurde mir klar, dass Moritz eifersüchtig auf das Schneewittchen gewesen sein muss. Sie war mir lange nicht so nah wie er. Aber wenn sie mich besuchte, mich mit ihrem Gänsehautstimmchen betörte, war er außen vor und sein Schwesterchen in einen Räuberhauptmann, einen Schweinehirten oder einen Drachentöter verwandelt.
Ich hätte diese Freundin vermutlich vergessen ohne den Traum der letzten Nacht. In meinem Traum war sie erwachsen und trug ihr dunkles Haar kinnlang. Sie schlang sich ihren roten Wollpulli um die Hüften. Wir gingen durch den Central Park und aßen frittierte Krabben aus einer Pappbox. Warum es unbedingt der Central Park sein musste, keine Ahnung.
Wir schlendern also über einen der Fußwege. Ich kann New York nicht sehen. Aber ich höre, spüre die Stadt im Hintergrund. Plötzlich rennt ein kleines Mädchen zu uns. Es hat ein gestreiftes Kleid und zwei braune Zöpfe. Meine Freundin bindet dem Mädchen die Schuhe und lässt es wieder laufen. Meine Tochter, sagt sie. Der Vater ist abgehauen, sagt sie und nimmt sich lachend einen Krabbenschwanz. Als wäre es ihr gerade recht.
Ich wache auf einem bekritzelten Papierstück auf, schäle das Blatt von meiner Backe, streiche es glatt. Das Ideen-

blatt von gestern. Auf der Rückseite ein unfertiger Songtext, den werde ich in Form bringen müssen. Es geht um Alltag, Illusionen und um Karussellpferde. Es geht um Stolz, Verliebtheit und formale Logik. Ich weiß nicht mehr, worum es geht. Enttäuscht schiebe ich die Beine aus dem Bett und trinke die Mineralwasserflasche leer. In Gedanken gehe ich die kommenden Tage durch, Proben, Auftritte, danach ein Besuch bei meiner Großmutter, Flucht. Ich wanke hinüber zum Telefon. Checke das Anruflog. Gestern ein paar unbekannte Nummern. Und der Anruf heute Morgen. Der war von dir.

Unterseelaute

Lars hat mir seinen Saab geliehen. Ich parke das Schiff im Hinterhof des Clubs. Der Club ist eine umgebaute Maschinenhalle, ich war dreimal hier, zweimal als Gast, einmal bei einem Wettbewerb für junge Musiker. Heute, beim vierten Mal, gestalte ich den Abend selbst. Die Veranstalterin kommt mir entgegen, strahlend, trägt Jeans und eine Nadelstreifenweste, Sonnenbrille im Haar, führt mich in ihr Büro. Der Bassmann ist schon da, nippt an einem Becher Automatenkaffee, wir unterschreiben ein Papier und gehen backstage. Ich stecke mit zitternden Händen ein paar Haarsträhnen fest.

Als ich auf die Bühne trete, hallen mir lautes Gerede, Klatschen und Rufen entgegen. Ich trete in die Bühnenmitte, hefte meinen Blick auf den Boden. Stehe reglos, bis sich eine bleierne Stille senkt. Ich kann die Ecken des Raumes fühlen. Der ganze Saal gerät in eine Rückkoppelung mit mir, das Publikum wirft meine Stille ungefiltert zurück. Die Menschen sind ein riesiger Spiegel, ein monströser Reflektor, mein eigenes Lampenfieber tritt mir überlebensgroß entgegen, und für einen Moment befürchte ich, meinen Mund niemals wieder öffnen zu können. Eine Zunge liegt am Grund meines Mundes, als flacher, trockener Kieselstein, unschlüssig, ob sie meine ist.

Die ersten Klänge sind ein Sprung ins kalte Wasser. Sturzbachartig lasse ich Arpeggio um Arpeggio regnen. Meine Stimme schlingt sich um die Regensäulen, lehnt sich gegen den Bass. Mein Luftholen, durchs Mikrofon in den Raum hinein verstärkt, hat einen eigenen Rhythmus, Kontrapunkt, Gegenrhythmus zum eigentlichen Lied. Ich höre all die kleinen Geräusche, ein Lied im Lied. Das Schleifen meiner Finger auf den Saiten, wie der Bassmann auf den Bühnenboden tappt, sogar die kleinen Klicklaute des Speichels in meinem Mund. Ich weiß, dass kein Mensch darauf achtet. Für gewöhnlich gehen solche akustischen Minimalschauplätze in der Musik unter. Für gewöhnlich achte ich selbst nicht auf sie. Hätte ich Drogen genommen, denke ich, könnte ich meine Hypersensibilität auf die schieben. Stattdessen schiebe ich sie auf dich. Auf deine wachsamen Wolfsaugen dort unten. Du bist hier. Dich kann ich riechen wie keinen sonst.

Auch die anderen Menschen rieche ich. Ihre Gerüche sind warme Farbwolken. Sie malen mir ein erstaunlich genaues Bild, scheinwerferblind, wie ich bin. Es sind andere Dinge, die ich über Menschen erfahre, wenn ich sie rieche statt sehe, Elementardaten, markant, irrational, viel schwerer in Worte zu fassen als das Aussehen einer Person. Aber vielleicht, denke ich, passt Riechen sehr viel besser zu meiner Musik als Sehen.

Der Bassmann spielt einen Tick langsamer als sonst. Er spürt meine Vorsicht, spürt, dass ich länger als sonst in der Reserve bleibe. Als müsse ich meine Musik neu kennenlernen, als klettere ich durch unbekannte Schluchten. Der Bassmann spielt entwaffnend gut, therapeutisches Feingefühl, denke ich. Mit der Langsamkeit erscheinen mir die Abgründe zwischen den Tönen, die Leere zwischen den Worten allerdings wie klaffende Mäuler. Die Anstrengung, meine Lieder als sinniges Gefüge zu hören, wird immer größer. Mein unverwandtes Gefühl, dass die Welt ständig im Zusammenbrechen begriffen ist, denke ich, gehört zu meiner Musik. Aber während sie sonst dasjenige Element ist, dass auch im Zerfallen und Zerfließen schön bleibt, dessen Schönheit sogar im Zerfallen und Zerfließen erst entsteht, bröckelt sie mir jetzt unter den Fingern weg, unkontrolliert, formlos. Ich kann meine Gedanken weder abstellen noch klar fassen, die Gitarrenhände, die Stimmbänder laufen auf Autopilot. Würde der Bassmann einen Fehler machen, ich weiß nicht, ob ich reagieren könnte. Aber er macht keinen Fehler.

Einen kopflosen Moment lang halte ich den Bassmann und dich für ein und denselben. So bist du hinter mir, so bist du vor mir, gleichzeitig. Gern hätte ich dich doppelt um mich. Du bist vielleicht das Einzige auf dieser Welt, das mir keine Angst macht. Ein letztes Mal strenge ich die Augen an, will endlich sehen, wo du bist, aber das Licht macht mich blind für alles jenseits der Bühne.

Für die Regisseure meines Kopfkinos ist diese Blindheit ein gefundenes Fressen, oder besser gesagt, die perfekte Leinwand. Ich sehe Rummelplätze, Marktplätze, einen Schulhof, rieche die Orte sogar, Zuckerwatte, Seifenduft und Frühlingsbrisen. Du begegnest mir als krawattentragender Oberstufenschüler, als Kaffeetrinker in der Stadt, als stattlicher Schwanz in der Badewanne. Du reitest als kleiner Junge neben mir auf einem Karussellpferd, bist bei Kindergeburtstagen, bei Abschlussbällen, bei Auftritten, bist da, wenn ich Erfolge feiere, wenn ich Zusammenbrüche erleide. Rückwirkend ernennt dich die Illusionistentruppe in meinem Kopf zu dem Zwillingsbruder, zu dem Intimus, den ich nicht hatte. Sie spielen mit dir wie Kinder mit einer Puppe, anziehen, ausziehen, abrupte Szenenwechsel. Du wärst Ballonfahrer. Du wärst Privatdetektiv. Ich wäre auf der Flucht. Du ein tibetischer Mönch. Ich dein heimlicher

Besuch. Du hättest Fieber. Ich wäre dein Alptraum. Und so weiter und so weiter.
Irgendwo aus den Hirngespinsten kommt eine neue Laune, eine tragfähige Laune, eine Fluglaune. Meine Hemmung platzt endlich ab. Ein Handgriff, die elektronischen Zuspielungen setzen ein, mein Rhythmus wird stabiler. Ich greife tiefer in die Saiten. Der Bassmann geht mit. Allmählich nehmen wir den Saal ein.
Erst als der Bassmann vortritt und sich verbeugt, bemerke ich, dass schon Schluss ist. Die zweite Hälfte des Auftritts verging wie im Flug. Der Bassmann grüßt in die Runde und schlurft auf seinen Platz zurück. Bereitwillig verbeuge auch ich mich, alles schallt und hallt, Beifall, Pfiffe, Stimmgewirr. Die mächtige Geräuschwand, die mir sonst Hochstimmung verursacht, klingt heute anders, Applausrauschen, Krawall, Alpbrausen, denke ich. Ich kämpfe mit Schwindelgefühlen.
Zugabe, Zugabe, höre ich. Küss mich, höre ich. Durchsage, Schellfisch, höre ich. Männerstimmen, Frauenstimmen, Bassgeräusche und Feuerknistern, kein Fiepsen, zum Glück kein Fiepsen, nur diese Wand, anschwellend, abschwellend. Zugabe. Bück dich. So hört sich mein Kopf von innen an. Ich weiß nicht, welche Rufe echt sind und welche er sich dichtet. Mehr Licht, Lustgarten, höre ich, Hundstage. Ich muss von der Bühne, denke ich, schnell. Ich werfe einen beschwörenden Blick zum Bassmann, keine Zugabe, nicht heute.
Er beschwört zurück. Eine muss sein. Er hat ja recht. Noch einmal erspielen wir uns Stille.
Als alles überstanden ist, packen wir die Instrumente ein. Ich berichte dem Bassmann von meiner akustischen Irrfahrt. Ich solle erst mal runterkommen, sagt er, den Rest

schaffe er allein. Ich lege mich auf eine Couch im hinteren Bühnenbereich, höre, wie das Bargeklirr losgeht, Cocktails, Bierflaschen. Vielleicht gehört eins der Klirrgeräusche dir. Mein Puls wird ruhiger. Ich bleibe eine Viertelstunde liegen und mustere die Decke. Ich denke an eine Blume. Die werde ich in mein Haar stecken, bevor ich runtergehe. Ich werde Lippenstift auftragen. Vom Spiegel im Garderobenraum werde ich mir sagen lassen, dass alles in Ordnung ist.

Du empfängst mich an der Bar. Bestellst mir etwas. Um uns herum brandet noch immer eine beachtliche Geräuschkulisse. Die Veranstalter haben Musik auf die Lautsprecher gelegt, aber außer dem Rhythmus kommt nichts durch, die Menschen sind lauter.

Wir trinken und schweigen. Du bist kein lauter Mensch. Vielleicht geschieht deshalb inmitten des Lärms diese seltsame Umkehrung. All der Tumult verstummt. All das Klirren und Reden, all das Lachen und Rufen ebbt ab. Der Lärm wird zu Stille. Zu tiefblauer Stille, denke ich, die uns ozeanisch umschließt. Uns trägt. Unter uns gähnt. Mein Lächeln ist ein Ping, den dein wohljustiertes Sonar empfängt. Ein einziger Ton in dieser Stille. Du sendest einen Ping zurück. Er perlt auf meine Außenhaut. Ohne Zweifel hat dieser Unterseelaut, diese Elementarnachricht, mehr Bedeutung als alles, was wir uns im Verlauf dieses Abends werden sagen können.

Zwischendurch sprechen mich Leute an. Ich lasse mich geduldig verwickeln, antworte höflich, stehe jedoch nie von meinem Barhocker auf. Du beobachtest meine Interaktionen, wortlos, vermutlich hörst du nicht einmal zu. Du bist abgetaucht in deinen Tiefseegraben und wartest dort auf mich.

Erst als sich die Menschentrauben um die Bar herum aufgelöst haben, wechseln wir ein paar Worte. Du machst mir Komplimente über mein Aussehen. Das hast du noch nie getan. Jedenfalls nicht in vollem Ernst. Ich bleibe auf bekanntem Territorium, kommentiere mein Konzert und den Cocktail. Du sagst, du seist in ein neues Projekt eingestiegen. Lässt dich ein wenig über die Kollegen aus. Mehrmals fragst du, ob es mich überhaupt interessiere. Ich nicke. Mir gefallen deine weitschweifigen Beobachtungen über das Rudel von Schreibtischtätern. Ich genieße deine Gesprächigkeit. Deine Wohnung sei fertig eingerichtet, erzählst du weiter, auf dem Balkon stünden nun dieselben Stühle wie auf der Dachterrasse der Goldlaube. Die hätten dir immer schon gefallen. Mit Damla, sagst du, sei alles beim Alten.

»Es ist nicht, wie du denkst«, sagst du plötzlich.

Dein Redefluss hält inne. Wahrscheinlich ist das Damlathema der Grund für dein Hiersein. Ich gehe innerlich in Deckung. Durchwandere deine Kaffeeliköraugen. Ein paar Fragen schreibe ich direkt auf deine Netzhaut. Bist du glücklich, schreibe ich. Und tiefer drinnen: Was willst du eigentlich, Idiot.

»Ich vermisse dich«, sagst du.

In meinen Mundwinkeln sammelt sich Spott.

»Sehr«, sagst du unbeeindruckt.

Du holst Luft. Für einen Moment fürchte ich, du willst mich anbrüllen. Aber du atmest nur tief. In deinem Blick ist keine Drohung, keine Bitte, kein Ausweichen.

»Ich bin«, sagst du, »wieder da. Ich bin wieder da. Für dich.«

Ich lege den Kopf schief. Beiße auf meinen Fingerknöchel. Der Spott geht mir langsam aus.

»Zu deiner Verfügung«, fügst du leise an.

Okay. Ich nicke. Ich nicke im Rhythmus der Musik. Sie haben einen Bossa nova aufgelegt. Eine sanfte Stimme flüstert Spanisches. Ich verstehe nur einzelne Worte. Nacht. Mann. Liebe. Weil ich nicht weiß, was ich sonst tun soll, lasse ich mich einfach weiter von dir ansehen. In einem Film würde ich bestimmt irgendwas Leidenschaftliches sagen. Küss mich, und das Cocktailglas vom Tisch wischen. Gib mir deine Zunge, und dich hinter die Bühne zerren, Pulsrasen, Namenseufzen, Gierficken.

Aber so ist das nicht. Ich will gar nichts sagen. Ich will gar nichts tun. In mir ist es dunkel wie tief unter Wasser. Ich lächle, empfange Pings und sende welche. Du sprichst weiter. Deine Worte sind kleine Neonfische, die um meinen Körper streichen.

Irgendwann frage ich nach Damlas Laden. Ich frage nach ihrem Befinden und nach ihrem Sex. Du antwortest geduldig. Wie auf großer Leinwand malst du mir dein Leben mit ihr. Meine Augen wandern durch das großflächige Opus, verweilen auf Feinkostpartys und Varietébesuchen, auf Fußmassagen, auf nächtlichem Gekicher in Reizwäsche, auf Selbstzweifeltränen, Morgenmarotten und auf Damlas mutterrunden Brüsten. Gegen all die Szenen, die sich in meinem Kopf abgespielt hatten, ist das Bild beinahe harmlos. Ich könnte nicht beschreiben, worin seine Harmlosigkeit besteht, vielleicht ist es seine Farbigkeit, vielleicht der Ton deiner Stimme. Jedenfalls beruhigt es mich, so viel Handfestes über Damla zu hören.

»Wieso willst du das so genau wissen?«, fragst du am Schluss.

»Es tut gut«, sage ich und zucke verlegen mit den Schultern. Jede Wahrheit, denke ich, ist gnädiger als meine Fantasie.

»Und wenn ich dich nicht vermisst hätte? Würdest du es dann auch so genau wissen wollen?«
»Dann vielleicht nicht. Aber dann wärst du auch nicht hier.«
Du deutest ein Kopfschütteln an. Lächelst. In mir wallt Wärme hoch. Als hätte sich meine Realität vergoldet, sehe ich glänzende Auren um die Cocktailgläser, den Barmann, um die eigenen Hände. Wasch deinen Schwanz und komm mit, will ich rufen, will ich lachen, will ich herausblubbern wie ein kleiner Unterwasservulkan.
Stattdessen frage ich nach den Früchten an deinem Cocktail. Ich darf sie essen. Nachdem die letzte Kirsche zwischen meinen Zähnen zerplatzt ist, signalisiere ich Aufbruchsbereitschaft. Ich lege mein Halstuch um. Hole die Gitarren und verabschiede mich von der Veranstalterin.
»Wir sehen uns?«, fragst du.
»Wir sehen uns.«
Ich trete einen Schritt zurück, in jeder Hand eine Gitarre, deute einen kleinen Knicks an und gehe. Küsse dich nicht. Keine Umarmung. Kein Körperaneinanderpressen. Ich bin nicht gierig. Es hat keine Eile mit dir. Ein Instinkt sagt es mir. Ich gehe. Lasse alle Spannung im Raum, sie gehört nun dir. Jetzt darfst du sie eine Weile haben.
Die Halle ist lang. Ich bahne mir meinen Weg durch die Häufchen von Menschen, Bonbonpapieren und Bierflaschen zum Ausgang. Ein paar Leute nicken mir zu. Die Flügeltüren an der Stirnseite des Saals sind weit geöffnet, es wird gelüftet. Draußen dämmert es schon. Du bist klug genug, mir nicht hinterherzulaufen. Allein dafür liebe ich dich. Hinten im Saal legen sie Rausschmeißermusik auf, oder das, was sie für Rausschmeißermusik halten. Drums hämmern ein wildes Intro, Gitarren beginnen infernalisch zu

kreischen. Trent Reznor schreit. Er schreit sich die Lunge aus dem Leib, während ich ins Freie trete. Ich muss dir gar nichts mehr sagen, denke ich. Die Musik tut das für mich. Don't you fucking know what you are?

Feldsalat

Das erste Gefühl, in das mich diese Gegend versetzt, ist Vertrautheit. Ich steuere den Saab über eine geschwungene Landstraße. Sie führt durch verwachsene Obstwiesen, ich sehe einen Bachlauf, eine Brücke, in einiger Entfernung ragt eine Felsnase aus den Hängen. An krummen Apfelbäumen hängen kleine Früchte. Sie werden bald reif sein.

Viele meiner Vorfahren, heißt es, kommen von hier. Aber meine Großmutter ist die Einzige, die von diesen Vorfahren noch lebt. Das Städtchen, in dem sie wohnt, liegt nur noch wenige Kilometer vor mir. Jeden Sommer entfaltet es einen fast südlichen Charme, mit seinen Straßencafés, mit italienisch anmutenden Düften und Geräuschen. Draußen, auf seinen Terrassen, Treppchen und Brücken findet genauso viel vom Leben der Bewohner statt wie im Inneren der Häuser. Im Herbst schiebt sich zwischen die krummen Dächer ein taubenblau und bleiblau melierter Himmel, die Hügel werden regenverwaschen gelb, und die Bewohner drängen in ihre Häuser zurück, machen ihre Kachelöfen an.

Mit meinem Bruder bin ich oft über die Treppchen und Brücken dieser Stadt gehuscht. Wir hatten Eistüten in der Hand oder Tischdecken über die Schultern geworfen. Helden brauchen Umhänge, meine Großmutter wusste das.

Auch du kennst diese Gegend. Bei einem unserer ersten Treffen beschrieb ich sie dir. Wenig später unternahmen wir einen Tagestrip dorthin. Bei meiner Großmutter gab es Kartoffelsuppe, Feldsalat und selbstgebackenes Brot. Danach fuhren wir aufs Land hinaus und gingen querfeldein. Wir balancierten auf moosigen Baumstämmen, gingen barfuß durch Bäche und tranken daraus. Wir kauten auf Grashalmen, vergruben unsere Finger im Farn. Wir waren zwei Großstadtkinder im Wald, spielten Hänsel und Gretel, die Jackentaschen voller Krümel. Sie passe zu mir, diese Landschaft, lieblich, sagtest du, dichtwüchsig. Fabulierprinz, sagte ich, spuckte meinen Grashalm aus und biss stattdessen ins Brot.

Als ich ankomme, steht das Gartentor weit offen. Ich kann den Saab direkt auf der Wiese parken. Gehe ums Haus herum. Aus einem Küchenfenster kommt mir Apfelkuchenduft entgegen. Meine Großmutter tippelt auf der Hinterhofwiese hin und her, hängt Wäsche auf. Sie muss sich recken, um die oberste Leine der Trockenspinne zu erreichen. Sie winkt und lässt sich nicht stören.

Ich lasse meine Tasche auf die Terrasse fallen und gehe hinüber, will mit der obersten Leine behilflich sein. Allerdings bin ich nicht viel größer als meine Großmutter. Wir lachen wie Schulmädchen. Nach einem Rundgang durch den Garten, Gemüsekontrolle, Beetbesichtigung, sitzen wir auf der Terrasse überm Tee.

Während mein Blick über die Blumenbeete wandert und ich die neu gelernten Blumennamen zu memorieren versuche, macht sich eine seltene Leichtigkeit in mir breit. Es passiert mir selten, dass ich von allein ins Erzählen komme. Ich schildere meiner Großmutter mein Stadtleben, berichte von geplanten Auftritten und Wettbewerben, über den Eifer des Bassmanns, über unser neues Album, das hoffentlich bald erscheint.

»Alles, was du tun kannst«, sagt meine Großmutter, »kannst du innerhalb eines menschlichen Lebens tun.«

Sie hat dieses Talent, aus heiterem Himmel einen Satz fallenzulassen, auf den es keine Antwort gibt. Ich höre ihren Satz als Songzeile: Anything that can be done, can be done within one human life. Ich weiß nicht, warum sie nicht einfach sagte: Mach langsam, Kind. Oder was immer sie eben sagen wollte. Stattdessen diesen Satz, über den ich stundenlang nachgrübeln könnte. Ich krame nach einem Bleistift in meiner Tasche, um die Songzeile zu notieren.

Ich verbringe den Großteil des Tages bei meiner Großmutter. Bewundere die Selbstverständlichkeit, mit der sie mich empfängt. Ich werde nicht ausgefragt, nicht als Sensation, nicht als Fremde behandelt. Ich bewege mich über die abgeschabten Orientteppiche, als wäre ich immer hier gewesen, helfe beim Orchideengießen. Nach dem Essen halte ich einen Nachmittagsschlaf auf einer Gartenliege.

Auch der Abschied verläuft ohne viel Federlesens. Meine Großmutter packt mir einen Pappkarton ins Auto, drückt mir einen Kuss auf die Wange, und fertig. Manchmal frage ich mich, wo sie ihre Gelassenheit hernimmt.

Wer wirklich sterben will, der tut es einfach. Auch so ein Songzeilensatz von meiner Großmutter. Als sei Sterben keine große Sache. Ob sie bedacht hat, dass nicht jeder Sterbende auch sterben will, weiß ich nicht. Vielleicht ist es ihre Art, sich über das Krankheitsgefasel alter Leute lustig zu machen. Oder es soll ihren eigenen Lebenswillen betonen. Keine Ahnung. Dass sie nur aus Eitelkeit in Rätseln spricht, kann ich mir nicht vorstellen.

Wolken ballen sich zusammen. Es dunkelt schnell. Die Scheinwerfer des Saab leuchten den Straßenrand nur dürftig aus.

Wer sterben will, der tut es einfach. Unwillkürlich überlege ich, wie es wäre, auf hundertachtzig zu beschleunigen und

den Saab gegen einen Brückenpfeiler zu setzen. Ich stelle mir vor, welches Geräusch es macht, wenn Blech sich faltet wie Papier. Ich weiß, dass sich die Augen vor dem Aufprall schließen, Lidschlussreflex. Ich stelle mir vor, wie sich meine Gedanken entladen, kurz bevor der Aufprall sie mir aus dem Kopf schlägt. Das muss ein neuronales Gleißen und Funkenstieben sein, die Zeit würde so langsam vergehen, denke ich, dass sie auseinanderbricht. Dass ich zwischen ihren Rissen durchschauen könnte. Die Weinflasche, die in dem Pappkarton auf der Rückbank liegt, würde an mir vorbei durch die Frontscheibe fliegen, ein gläsernes Geschoss, und am Brückenpfeiler zerplatzen.
Ein Tier rennt ins Scheinwerferlicht. Die Bremsen jaulen. Ich schmettere die Hand auf die Hupe. Das Tier hastet auf die andere Straßenseite. Sein weißer Hintern verschwindet hüpfend in einer Wiese.
Ich starre dem Irrlichthintern nach. Löse langsam die ins Lenkrad verkrallten Hände. Werfe immer wieder Blicke in den Rückspiegel, um eventuell anrasende Fahrzeuge nicht zu übersehen. Der Großmuttersatz spukt mir noch im Kopf, ich versuche, eine Melodie für ihn zu finden, als Melodie, denke ich, könnte er mir nichts anhaben. Mir fällt nichts ein. Wieder blicke ich in den Rückspiegel.
Als ich losfahren will, betritt ein weiteres Tier die Fahrbahn. Das Reh stöckelt unsicher auf den Asphalt. Mitten im Scheinwerferlicht bleibt es stehen. Seine Augen sind große Kugeln, starr auf mich gerichtet. Ich will aussteigen, den Bambiblick erwidern, dem Tier wortlos versichern, dass alles in Ordnung ist. Das Reh wittert. Es stellt die Lauscher auf. Seine langen schwarzen Wimpern zucken. Natürlich bleibe ich sitzen. Im Rückspiegel noch immer keine Gefahr.

Dafür tauchen hinter dem Reh zwei grelle Lichtkegel auf, kommen rasch heran. Die schwarzen Augen verharren reglos auf mir. Ich will in ihnen forschen, will mit diesen Rehaugen sehen, den Blechkoloss, und kein Wort für Blech, keins für Koloss haben, Tier sein. Ich betätige die Hupe. Mit einem einzigen Satz springt das Tier in die Wiese. Als zweites Irrlicht verschwindet sein Hinterteil in der Dunkelheit. Am liebsten will ich hinterherlaufen, mitfliehen, wegrennen.
Sekunden später rauscht der entgegenkommende Wagen an mir vorbei. Ich fahre ein paar hundert Meter weiter. Nirgendwohin. Nur an den Straßenrand.
Die Motorhaube stößt mit sanftem Schwung ins Gebüsch. Das Motorengeräusch stirbt seufzend ab. Die Scheinwerfer zeichnen das Gestrüpp in hartem Schwarz-Weiß, ein Gewirr aus geknickten Linien, ein organischer Verzweigungsplan meiner Möglichkeiten, denke ich und bohre meinen Blick in seine Tiefe. Ich steige aus. Ich will das Geäst und die Dornen auf meiner Haut, nur einen Moment lang das Unterholz spüren, wie es wirklich ist. Die Wagentür ist noch offen. Mir piepst ein leises Geräusch hinterher, als ich mich rücklings ins Gestrüpp fallen lasse.
Es tut gut, das Moos am Hinterkopf zu fühlen. Ich habe mir zwar ein paar Schrammen zugezogen, und quer unter meinem Rücken verläuft eine knotige Wurzel, aber es tut nicht weh. Ich sacke in den Erdboden wie eine umgekippte Steinfigur. Der Moosgeruch füllt meinen Kopf und meine Lungen. Ein Nachtvogel ruft. Ein kleiner Baum reckt seine Blätter in mein Sichtfeld, ein paar größere Bäume machen singende Geräusche, reiben Äste aneinander, seufzen. Etwas knackt. Etwas flattert. Halme kitzeln mein Ohr. So schlafen also Rehe, denke ich. Die Scheinwerfer des Saab verlieren

an Kraft. Ihr Licht flackert. Das Piepsen verstummt mit ihrem Schein. Es ist wieder still und dunkel.
Als ich wieder zu mir komme, können nur Minuten vergangen sein, es piepst noch, auch die Scheinwerfer sind noch an. Rasch stehe ich auf, reibe mir den Rücken. Ich muss nach Hause.

Sonderprogramm

Eine Reise beginnt oft mit etwas Unspektakulärem. Zum Beispiel damit, dass mein Telefon unterm Clubsessel hervorklingelt.

»Gut, dass du drangehst«, sagt eine sonore Stimme. Es ist der Bassmann. Am anderen Ende wird eine Tür und ein Reißverschluss zugezogen.

»Hast du Zeit? Wir haben ein Angebot bekommen. Ich würd's dir gern bei einer Tasse Tee verklickern. Bin in einer Viertelstunde bei dir. Ist das in Ordnung?«

Wenig später wird der Reißverschluss wieder aufgezogen, der Bassmann wirft seine Sweatjacke auf mein Bett. Dankbar nimmt er den Tee entgegen. Wir seien für drei Wochen auf einen sogenannten Künstlerhof eingeladen. Die Frist beginne allerdings schon übermorgen. Wir seien eingeladen, dort zu wohnen, zu arbeiten und am Schluss ein Konzert für das Künstlerdorf zu geben. Für gewöhnlich würden Gäste dort sechs Monate verbringen, habe die Dame am Telefon erläutert. Wir seien jedoch keine regulären Gäste, sondern eine Art Sonderprogramm. Zwei Zimmer seien kurzfristig frei geworden. Und statt sie leerstehen zu lassen, hole man lieber in der Zwischenzeit begabte junge Leute auf den Hof. Zwar müssten zwei Konzerte ausfallen, sagt der Bassmann, mit dem Aufenthalt sei allerdings ein gewisses Renommee verbunden und eine Finanzspritze, die wir brauchen könnten. Er nennt mir die vierstellige Summe und zeigt mir die Seite des Künstlerhofs im Internet. Auf der Seite gibt es Bilder von Erdbeerbeeten und Backsteinhäusern, von Bildhauerateliers, von Malern, die mit Staffelei und Leinwand auf dem grünen Vorhof stehen, von konzertierenden Cellisten und Popbands, von weiß geschminkten Pantomimen, von Lichtinstallationen und Bücherregalen.

»Was meinst du?«

»Machen wir«, sage ich.

Der Bassmann bleibt zum Mittagessen. Borg macht Spaghetti alla napoletana, die Soße quillt vor frischen Tomaten beinahe aus dem Topf. Wir planen einen Zwischenstopp bei einem Bekannten des Bassmanns ein. Als der Spaghettitopf leer ist, ruft der Bassmann dort an.

Wie er so im Türrahmen steht, im Gegenlicht, das Telefon am Ohr und kerzengerade, wirkt er noch größer als sonst. Mir fällt auf, dass der Telefonhörer in seiner Hand komplett verschwindet. Ich staple die rotverschmierten Teller.

»Hallo Micha«, höre ich.

Dann tritt der Bassmann auf die Veranda hinaus.

Borg kommt mit Espressotassen aus der Küche. Wie lächerlich diese Minitassen auch in seiner Hand aussehen, denke ich und werfe einen Blick auf meine eigenen Hände herunter. Stelle ich mich zwischen Borg und den Bassmann, bin ich ein dünnes Däumelinchen. Vielleicht sollte ich mich einmal mit den beiden fotografieren lassen. Nur um des Effekts willen. Unterdessen tigert der Bassmann durch den Garten, zehn Schritte links, zehn Schritte rechts, mehr Platz ist da nicht. Seine Stimme dringt fetzenweise ins Haus herauf, Wortfetzen, Satzfetzen dessen, was er seinem Bekannten, einem Barbesitzer, durchnickt. Barmann und Bassmann, denke ich, nicht schlecht.

Micha könne uns morgen Abend außer der Reihe auftreten lassen, sagt der Bassmann, als er wieder hereinkommt. Ohne Werbung zwar, nur die üblichen Bargäste, aber wenn wir Lust auf eine intensive Kleinveranstaltung hätten, seien wir herzlich eingeladen. Am liebsten unplugged, publikumsnah, habe Micha gesagt. Zweimal zwanzig Minuten, eine große Pause dazwischen, alles gechillt. Keine Gage, aber eine kostenlose Nacht in einem Drei-Sterne-Hotel.

»Eigentlich könnte ich auch für den Rückweg was anleiern«, sagt der Bassmann, »vielleicht nimmt uns einer der renommierteren Läden da oben kurzfristig ins Programm. So als offizielle Künstlerhofkünstler«, fügt er lachend hinzu.

Seine Worte schlagen über meinem Kopf zusammen wie aufgewühltes Wasser. So wie er auf der Bühne Basskaskaden über meine Songs gießt, überschüttet er mich die restliche Zeit über mit seinem Tatendrang, einer Kraft, die mir so schmerzlich abgeht. Ich will nach Luft schnappen. Sein Wildwasser ausspucken. Stopp rufen. Gleichzeitig möchte ich aufspringen und seine glühende Wange küssen. Ohne den Bassmann wäre ich längst untergegangen.

Es ist bereits nach neun, als ich meine Sachen endlich gepackt habe. Ich liege erschöpft auf dem Bett. Ich möchte morgen einigermaßen ausgeschlafen sein. Denke an dich. Ich könnte dich anrufen. Vielleicht drei Stunden bei dir verbringen. Du würdest unerobert vor mir auf dem Bett liegen, der Rabenprinz, ein fremd gewordenes Land. Meine Finger würden Zentimeter um Zentimeter zu dir zurückfinden. Ich schlafe ein.

Fremde Waschbecken

Pseudoägyptische Skulpturen thronen links und rechts der Rezeption. Zwischen ihnen steht Micha und plauscht mit der Rezeptionistin, deren Bluse, passend zu den flankierenden Ägyptenfiguren, blaue und goldene Streifen hat. Schließlich drückt er uns zwei Schlüsselkarten in die Hand, steckt uns in einen der messingglänzenden Aufzüge, wünscht eine angenehme Nachtruhe und lächelt, bis sein Barmanngesicht hinter den Aufzugtüren verschwindet.

Der Bassmann drückt die Fünf. Ich studiere die Frühstückskarte.

Oben kommt uns ein junger Mann entgegen. Er hastet durch den Hotelflur, seine blauen Augen flackern unsicher. Er kriegt den Aufzug gerade noch. Er trägt ein auffällig bedrucktes Shirt, das eng an seinem Körper anliegt. Sein türkisfarbener Torso bleibt wie ein Sticker in meinem Gedächtnis kleben.

Der Bassmann hat Zimmer fünfnullfünf. Er wünscht mir gute Nacht und verschwindet darin. Ich gehe ein paar Schritte weiter. Ich habe Zimmer fünfnullneun. Stecke die Karte ins Schloss. Für eine halbe Sekunde denke ich darüber nach, dem türkisblauen Mann nachzulaufen. Ich hätte gern gelesen, was auf seinem T-Shirt stand. Es klickt, eine grüne Diode bestätigt mir, dass meine Tür offen ist.

Drinnen erwarten mich hässliche Stühle, hässliche Vorhänge, hässliche Bilder, ein ordentliches Mittelklassehotel. Zugegeben, ich kann solchen Hotels etwas abgewinnen. Gemietete Räume, die keinen Funken Stil haben und doch einen gewissen Komfort verbreiten. Die kleinen Seifenstücke, das gefaltete Klopapier. Mein Parfum und die Zahnbürste an den Spiegel stellen, in ein fremdes Waschbecken spucken, seine Sauberkeit trüben. Ich mag Aufzüge, lange Hotelflure, Frühstückssäle und den Duft des frischen Kaffees jeden Morgen.

Während ich meine Sandaletten abstreife, höre ich, dass im Nachbarzimmer geduscht wird. Trotz dreier Sterne und Pharaonenskulpturen scheint das Hotel nur sehr dünne Wände zu haben. Ich putze meine Zähne und krieche in die Federn.

Die Bilder des vergangenen Abends entwickeln sich wie Polaroids in meine Schläfrigkeit hinein. Sortieren sich vor meinem inneren Auge. Ein Bild von Michas Silhouette vor dunkelroter Tapete. Ein Bild von dem Mann mit dem Abenteuerhut, der fähig war, meine Augen Mal um Mal wieder anzulocken. Ein Bild von meiner Gitarre im Rampenlicht, von meinen Fingern in den Saiten. Ein Bild des gebeugten Bassmannkopfs. Ein Bild der betrunkenen Dame, die nach unserem Auftritt den Bassmann küssen will. Ein Bild von Michas Grinsen, seinem Dreitagebart, spitzen Brauenbögen, ein teuflischer Zug. Ein Bild von den Frauen in der Bar, schönen Frauen, bei denen ich befürchte, sie mit meiner Anwesenheit zu belästigen. Ein Bild, wie diese Frauen an Gläsern nippen oder ihren Pony schwingen. Ein Bild von Micha, der einen Red Russian serviert. Schließlich Bilder von Bassmann und Barmann im Taxi. Wir saßen alle drei auf der Rückbank, ich spüre noch die warmen Flanken der Jungs. So eingeklemmt zwischen ihren Körpern hätte ich die ganze Nacht weiterfahren können.

Ich will einschlafen und kann nicht. Entscheide mich schließlich für eine heiße Dusche, tappe in Richtung Bad.

Mit welch blindem Vertrauen ich ins Dunkel greife. Nach meinen Sinnen zu urteilen, schwebt meine Hand im absoluten Nichts. Dann spüre ich den Türgriff, als wäre er immer da gewesen. Dabei bin ich es, die immer schon da war, und nicht der Türgriff, denke ich.

Unterm heißen Wasser wird meine Haut rot, meine Glieder schlaff, mir schwindlig. Ich taumle aus der Duschzelle. Im beschlagenen Spiegel sehen meine Augen wie schwarze Tuscheflecken aus. Meine Parfumflasche glitzert divenhaft, wünscht mir gute Nacht.

Zurück im Bett, höre ich einen Seufzer hinter der Wand. Eine Frau, ein Körper, klein und süß wie diese Seufzerstimme. Das Nachbarbett, auf dem sich dieser Körper räkelt, muss genau spiegelverkehrt zu meinem stehen. Im Halbschlaf, traumnah, sehe ich meine Nachbarin und mich Kopf an Kopf liegen. Ihr Seufzen ist ein so natürliches Geräusch, so dezent, so zart, als wäre gar kein Mann bei ihr.

Kleine, Miststück, Mondprinzessin, schreibst du. Ich vermisse dich, schreibst du, Künstlerkind. Meine Augen hängen am Bildschirm. Meine Fingerspitzen streichen über die Funktionstasten, über die Nähte meiner Jeans, können nicht still halten. Deine Nachricht sticht wie Stroh, wie Hafer. Ich rutsche auf dem Stuhl hin und her.

Schließlich springe ich vom Schreibtisch auf, einem einfachen weißen Holzgestell, und suche nach dem Probenraum, der uns gestern Nachmittag zugewiesen wurde. Das Frühstück habe ich bereits verpasst. Immer von acht bis neun versammeln sich die Künstler in der großen Scheune, kauen auf Vollkornbroten herum und köpfen ihre gekochten Eier. Sie schlafen in schmalen Betten, teilen Toiletten und Duschen. Als ich über den gepflasterten Hof gehe, werden in der großen Scheune gerade die letzten Tische gewischt, jemand schüttelt ein Geschirrtuch aus dem Fenster. Der Künstlerhof erinnert mich ans Schullandheim.

Fünfeinhalb Stunden tüfteln der Bassmann und ich an neuen Songs. Ich bin fahrig, unkonzentriert, abwesend. Der Bassmann lässt mich nicht auskommen. Immer wieder holt er meinen Heliumkopf zurück auf den Boden. Erdet mein schlingerndes Fahrgestell. Verknotet meine losen Nervenenden mit den Gitarrensaiten. Er holt mich zurück, immer wieder, mit eiserner Konsequenz.

Noch mal, sagt er, noch mal. Bleib unten mit der Stimme. Knie dich rein. Als ich zum ungefähr zehnten Mal meinen Einsatz verpasse, legt er seinen Bass weg. Eine Minute ver-

geht schweigend. Der Bassmann legt sich flach auf den Rücken und atmet. Ein. Aus. Ein. Aus.
»Was ist eigentlich dein Problem?«, fragt er schließlich.
Ich bin so überrumpelt, dass ich nicht antworten kann. Ich habe seine Stimme noch nie so rau und rüde gehört. Er klingt nicht nur wütend. Er klingt verletzt. Würde er nicht auf dem Boden liegen, hätte ich das Bedürfnis, hinter irgendwas in Deckung zu gehen.
»Deine Performance klappt in letzter Zeit so richtig zusammen. Was du hier gerade ablieferst, ist erbärmlich. Ich weiß, ich weiß, ist nur eine Probe. Und du bist heute schlecht drauf. Okay. Aber in letzter Zeit kommst du ja nicht mal auf der Bühne in die Puschen.«
Seine Hand fliegt auf. Öffnet sich hilflos in der Luft.
»Das bist doch nicht du. Miss Perfektionswahn. Miss Hochkonzentriert. Miss Präzisionsmusik.«
Sein Kopf rollt ein Stück nach links und nach rechts. Seine Hand segelt herab. Ich hole tief Luft für meine Antwort.
»Weißt du«, sagt der Bassmann und wirft mir einen schwelenden Blick zu, »ich kriege langsam den Eindruck, dass dir unsere Sache völlig egal geworden ist. Frage mich, ob ich meine Zeit verschwende. Ist nicht so, dass ich nicht bessere Engagements kriegen könnte.«
Das Flackern in seiner Stimme lässt mich innehalten. Seine Freundschaft, seine Musik, seinen Bass habe ich immer für etwas Unverrückbares gehalten. Diesen Fels in seiner Stimme schwanken zu hören macht mich schwindlig, weckt ein Flüstern in mir, das ich nicht hören will. Nein. Nein. Nicht das. Am liebsten würde ich mich auf den Boden legen, gleich neben den Bassmann, und mich am abgewetzten Teppichboden festhalten.
»Nein«, sage ich, »ist mir nicht egal. Überhaupt nicht.«

»Mir ist klar, dass du ein verwöhntes Gör bist. Du klimperst mit den Augen, und Borg füttert dich durch. Oder dein komischer Großverdiener. Oder sonst wer. Aber ich für meinen Teil würde gern mal ohne Pump durchkommen. Ein oder zwei Nebenjobs an den Nagel hängen. Wissen, spüren, sehen, wo das alles hinführt. Mit dir oder jemand anderem. Sänger gibt's genug.«

Ich lasse mich auf den staubigen Boden nieder. Meine Fingerspitzen reiben über verfilzte Teppichknötchen.

»Wir sind doch auf dem besten Weg«, murmle ich.

Er schweigt. Meine Finger wandern und wandern. Der Boden unter mir scheint sich zu winden und zu krümmen. Plötzlich flucht der Bassmann leise.

»Keine Ahnung, was dich plagt«, sagt er, »ist auch scheißegal. Es kann nicht so wichtig sein wie das hier. Wenn's nämlich mit deiner Musik nicht klappt, hast du nichts, gar nichts. Ich hab meine Beziehungen, meine Drähte, ich kann organisieren. Ich kriege das schon gebacken. Aber du ...«

Bei den letzten Worten ist seine Stimme wieder weicher und leiser geworden. Er beginnt heftig zu husten. Reibt sich die Augen.

»... du gehst doch vor die Hunde«, beendet er den Satz.

Ich bekomme keine Antwort zusammen. Muss mich konzentrieren, mir nicht die Fingernägel an den Teppichknoten abzureißen. Minuten vergehen.

Als der Bassmann merkt, dass von meiner Seite nichts mehr kommt, lässt er ein entnervtes Seufzen hören. Er zaust sich das Haar und schließt die Augen. Ich rechne damit, dass er jeden Moment die Muskeln anspannt, aufspringt, weggeht. Wie gelähmt erwarte ich den Augenblick, in dem der Boden unter mir wegbricht. In dem die Decke über mir einstürzt.

»Du hast Talent. Schmeiß es nicht weg. Für nichts.«
Der Aufruhr des Teppichbodens beruhigt sich nur langsam. Ich nicke. Erst drei Sekunden später kommt mir zu Bewusstsein, dass der Bassmann durch seine geschlossenen Lider hindurch mein Nicken nicht sehen kann.
»Okay«, flüstere ich.
An den Fenstern gehen Kinder mit Staffeleien in den Händen vorbei. Ich sehe nur ihre Köpfe, die Haarschöpfe, die wippenden Holzleisten. Ich zähle die Malkurskinder. Neun, elf, zwölf. Die Sonne malt ihnen Goldsterne ins Haar und auf die Backen.
»Und was machen wir jetzt?«, frage ich irgendwann. »Weiterproben?«
»Quatsch«, sagt der Bassmann.
Er dreht den Kopf in meine Richtung.
»Nimm dir den Rest des Tages. Entspann dich. Geh raus. Schau dir die Gegend an.«
»Okay«, sage ich.
Ich packe die Gitarren weg.
»Du machst dasselbe?«
»Denke schon«, sagt der Bassmann.
»Dann bis heute Abend?«
»Ja. Bis dann. Pass auf dich auf.«
Ich gehe auf den gepflasterten Hof hinaus. Ringsum stehen die vier Backsteinscheunen, im Westen liegt das Schlafhaus und ein weißes Verwaltungsgebäude, das ist alles. Dahinter wachsen Binsen und Birken auf flachem Land. Die Kinder mit den Staffeleien sehe ich nicht mehr, sie müssen hinter einer der Backsteinscheunen verschwunden sein. Ich denke, dass die Sonne mir jetzt auch Goldsterne ins Haar malt. Hinter mir geht ein Fenster auf.
»Hey Missy!«, schreit mir der Bassmann hinterher.

Missmutig drehe ich mich um.
»Und lach mal wieder«, ruft er.
Ich versuche ein Lächeln und kriege nur eine Schnute hin.
Bitterblume, Milchmarie, Schmollkröte, sagst du in meinem Kopf.

Kaffeekarussell

Nachmittagsfrühstück ist nichts Seltenes bei mir. Nachmittagsfrühstück kommt häufiger vor als Morgenfrühstück, Nichtfrühstück am häufigsten. Obwohl mein Appetit gegen null geht, beschließe ich, ein solches Nachmittagsfrühstück zu suchen. Vielleicht weil ich weiß, dass die Wahrscheinlichkeit, hier draußen etwas zu finden, ebenfalls gegen null geht. Allenfalls ein Stück Butterkuchen und eine Tasse Kaffee dürften aufzutreiben sein.

Während ich über den Hof gehe, bemerke ich einen hell gekleideten Mann, der dort herumstreunt. Über seinem sandfarbenen Hemd trägt er rote Hosenträger, Individualist, denke ich. Er nickt mir zu. Ich biege ab, betrete ein Gebäude. Unversehens stehe ich vor einem Schreibtisch im Verwaltungsgebäude.

Der Kräutergarten hinter der großen Scheune sei sehenswert. Außerdem gebe es im ersten Stock eine Skulpturensammlung. In zwei Kilometer Entfernung liege ein Dorf, das ein Café und einen Bahnhof habe. Das sagt die Dame hinter dem Schreibtisch. Ich dürfe gern eins der Fahrräder leihen, die im Hof stehen. Ich verabschiede mich dankend von ihren dauergewellten Wipplocken.

Den Kräutergarten hebe ich mir für später auf. Besteige stattdessen sofort ein Fahrrad, ein grünes Damenrad mit Omasattel und Dreigangschaltung.

Das Dorfcafé hat geschlossen. Drei Bistrotische stehen in der Nachmittagssonne, fleckig, angekettet. Ein Zettel mit kindlicher Buntstiftschrift klebt im Fenster, Sommerferien

steht da. Ein winziger Bahnhof ist gleich gegenüber, sein Fahrplan passt auf eine einzige Seite Papier. Nachdem ich ihn auswendig gelernt habe, lehne ich mich an einen Laternenpfahl, atme, blinzle. Die Schienenstränge strahlen Wärme ab. Auf ihren polierten Oberseiten gleißt die Sonne, die dunklen Holzschwellen darunter verbreiten einen kräftigen Geruch. Ich schließe die Augen, lecke Teer und Eisen aus der Luft, bis die roten Regionalbahnwagen heranruckeln.
Auch in der nächstgrößeren Stadt sind Toastscheiben und Rührei nur eine merkwürdige Masse, die ich meinen Hals hinunterwürgen soll. Ich sitze in einem Café, und die Sonne sinkt. Gäste kommen und Gäste gehen. Das Rührei wird kalt. Ich bestelle Tomatensaft. Trinken erscheint mir um ein Haar weniger sinnlos als essen.
Auf einmal steht der Mann mit den roten Hosenträgern an meinem Tisch. Er stellt sich vor, Oliver, Halbamerikaner und Dichter. Er hat graues Haar, obwohl er allenfalls dreißig ist. Er komme öfter in die Stadt. Sonst würde er die sechs Monate im Künstlerkaff nicht überleben. Er lacht.
»Setz dich«, höre ich mich sagen.
Er nimmt die Einladung dankend an. Er schiebt sich breitbeinig auf einen der gelben Klappstühle. Er schenkt sich von meinem Kaffee in die Tasse, aus der zuvor ich getrunken habe, rührt drei Stück Zucker mit hinein. Ich lausche dem Klickern des Löffels, bis es verstummt, bis nur noch die Espressomaschine und das Plappern vorbeilaufender Passanten zu hören sind.
»Milch?«, frage ich.
Er schaut mich an, als hätte ich ihn aus tiefen Gedanken gerissen. Beginnt langsam zu nicken. Erst als ich Milch in seine Tasse schütte, sehe ich, wie sehr das schwarze Getränk noch in Aufruhr ist. Auch als die Oberfläche längst

still liegt, dreht und dreht sich das Kaffeekarussell weiter. Die weiße Flüssigkeit mischt sich wie eine Wirbelwolke unter die schwarze Flüssigkeit.
Plötzlich ist mein Appetit zurück, ich esse mein kaltes Rührei. Oliver bestellt sich Bruschette und gibt mir eine ab.
»Für den Kaffee«, sagt er.
Wir unterhalten uns über Tomatensaft, amerikanische Diners und über seine grauen Haare. Ich frage ihn, ob seine Ausflüge in die Stadt Fluchten seien, vor den anderen Künstlern, vor der Arbeit, vor den eigenen Ideen. Ich frage ihn, was eine Schreibblockade ist. Ob er manchmal auch blaue Hosenträger trage. Ob er religiös sei.
»Du stellst komische Fragen«, sagt er.
Später sagt Oliver, er werde noch ein paar Leute treffen, zieht weiter, und ich beeile mich, den letzten Zug zurück in das Dorf zu kriegen. Beim Anfahren lehne ich meine Schulter an die trübe Fensterscheibe. Die Welt setzt sich in Bewegung, ein Hotel, bunte Kioske, vier mondgroße Bahnhofsuhren schieben sich in die Ferne. Ich sehe Kanäle, Betriebshallen von hinten, einen großen Schrottplatz. Dann rauscht der Zug hinaus aufs Land. In einem Vorort halten wir, mein Blick fällt über einen grünen Lattenzaun hinweg ins Innere eines Hauses, eine Terrassentür gibt gerade die Sicht auf einen Stuhl und die Beine eines Mannes frei. Er steht auf der Sitzfläche. Tauscht vielleicht eine Glühbirne. Ringsum saubere Fassaden, gepflegte Gärten, Kinderplanschbecken. Der Zug fährt an, der Stuhl kippt um, die Beine des Mannes baumeln hilflos in der Luft. Treten ins Leere. Schocksekunde, Augenwinkel, schon weitergerauscht. Ich muss fantasiert haben.
Nach dreißig Minuten und einigen weiteren Zwischenhal-

ten kommt die Bahn quietschend zum Stillstand. Endstation. Das Dorf liegt in der Abendsonne, die gerade beginnt, überm Horizont auszulaufen und ihr Eigelb über die Zuckerrübenfelder zu verschmieren.

Ungeschriebene Briefe im Ärmel, Briefe an dich, bugsiere ich den grünen Drahtesel in Richtung Nacht. Aus meinen Kopfhörern wirbelt Musik der Zwanziger und Fünfziger. Wüsste ich nicht, dass es meine Hände sind, würde ich mich wundern, was für ein Paar kleiner, hübscher Tiere da mit dem Lenker spielt. Ich wippe im Sattel zur Musik. Ich lebe.

In den folgenden drei Wochen versuche ich, beim Essen so oft wie möglich am selben Tisch wie Oliver zu sitzen. In seiner Nähe verliere ich seltener den Appetit. Er stellt mich den anderen Künstlern vor. Eine Fotografin möchte Bilder für eine Portraitserie mit mir machen. Der Bassmann freundet sich mit einem Jazzgitarristen an. Zwei Komponisten haben ein seltsames Gebräu in einer grünen Bügelflasche dabei. Auf dem Etikett steht etwas Handschriftliches, unleserlich. Oliver hält mir lachend die Flasche hin. Die Flüssigkeit riecht scharf, ein bisschen nach Minze, ein bisschen nach Diesel. Was immer es ist, ich trinke es einfach.

Hirschfänger

Heute habe ich geweint. Ich saß draußen auf meiner Wolljacke in einer endlosen Wiese hinter den Backsteinscheunen. Weinte, weil die Raben Angst vor mir hatten. Sie umhüpften mich, krächzten und knarzten, aber keiner kam auf meine Wolljacke. Keiner kam zu meiner Hand.
Ich will kein Mensch mehr sein. Ich will das Friedliche von einem Büffel am Wasser. So dass ein Rabe ganz ohne Scheu auf meinen Knien landet. An meinem Rocksaum nestelt. Den Lauten aus meinem Mund lauscht. Den Kopf ganz schräg macht vor lauter Lauschen. Den Bissen vor meinem Mund beäugt und vorsichtig den Schnabel danach reckt. Ich möchte verwandelt werden. Nicht so sehr. Nur gerade so viel, dass die Raben merken, dass ich kein Mensch mehr bin.
Hier, an diesem Schullandheimfenster, kommt mich nur immer diese Elster besuchen. Meist noch morgens, bevor ich ans Waschbecken getrottet bin. Sie trippelt auf dem Fensterbrett, einmal nach links, einmal nach rechts. Sie schielt mich an, fliegt weg. Ich solle aufpassen mit den Elstern, sagte mir meine Großmutter als Kind. Die hätten es auf mein glänzendes Haar abgesehen. Wollten mich klauen. Natürlich führte mich meine Großmutter nur an der Nase herum. Aber beim schiefen Blick der Elster könnte ich tatsächlich glauben, dass sie es auf mich abgesehen hat. Nur wie sollte sie. Wenn sogar der große Rabe Angst vor mir hat.
Ich vergrabe meine Hände in den Taschen. Ich will, dass ein

Rabe auf meiner Schulter sitzt, ein Rabe oder ein Fink oder ein Sperling, denke ich, ein Regenpfeifer oder ein Kolibri. Völlig egal. Ich will umschwirrt werden. Nicht allein sein. Statt des Raben setzt sich eine Fliege auf meinen Arm. Betupft mich mit ihrem Rüssel. Bewegt sich ruckartig, schreibt fremdartige Buchstaben auf meine Haut. Ich öffne das Fenster und lotse sie in die Nacht hinaus. Ich wasche mein Gesicht, trinke Leitungswasser, gurgle. Anschließend verharre ich übers Waschbecken gebeugt. Meine Ruhe und mein Ebenmaß sind in Wirklichkeit eine Fläche siedend heißer und todeskalter Punkte. Meine stille Haut schreit nach Berührung. Ich richte mich auf, obwohl ich lieber umfallen würde. Lieber an deiner Brust liegen. Ich könnte dich anrufen. Ein kleines Mädchen in mir weint nach dir. Sie will Mondprinzessin sein. Ich könnte dich anrufen und Gefahr laufen zu stören. Moment, könntest du sagen, lass uns morgen reden. Nein, Mondprinzessin, stören möchten wir nicht.

In nichts als ein Handtuch gehüllt, tappe ich durch den Korridor. Die Duschen sind nachts meist unbesucht.

Immer wieder wringe ich das Wasser aus meinem Haar, als ließe sich so mein Kopf leerspülen. Als ließe sich die schmerzliche Schärfe der Bilder auflösen, Bilder von zärtlichen Raben, Schmetterlingsflügeln, Männerhänden. Die Sehnsucht läuft in breiten Streifen an der Duschkabine herunter.

Ich trete zurück auf den Korridor. Schaum knistert zwischen meinen Zehen. Von irgendwoher dringt das Murmeln eines Radiogeräts. Aber statt meines Zimmers steuern meine Schritte die Treppe nach draußen an.

Der Hof liegt im Dunkeln, keine Laternen. Die meisten Fenster sind ebenfalls dunkel. Nur in zweien oder dreien ist noch Licht. Alle Vorhänge sind zugezogen, außer meinen. Plötzlich stehe ich vor Olivers Fenster. Ich erkenne es an der schwarzen Rakuschale, die auf seinem Fensterbrett steht. Ich bemerke einen leichten Schimmer aus dem Vorhangspalt. Wohl wissend, wie kindisch es aussehen muss, klemme ich mir das Handtuch fester unter die Arme, stelle mich auf die Zehenspitzen. Durch den Spalt erkenne ich Olivers nackte Füße, weiter hinten seine Schultern, dazwischen Bettdecke. Er liest.

Ich sinke zurück auf den Boden, fühle erst jetzt den spitzen Splitt unter meinen Sohlen. Ich starre auf meine lackierten Fußnägel. Sie lassen meine Füße wie Puppenfüße aussehen. Nicht weit von meinen Zehen wächst Mohn aus einer Bodenritze. Die Blüte ist schwarz. Sollte sie nicht rot sein, denke ich. Ein Nachtvogel ruft.

Die Wolken reißen auf. Ein bauchiger Mond schifft ins Freie. Schwellmond, Hellmond, Volltrottel, denke ich. Was für ein dummes Kind ich bin. Noch einmal stelle ich mich auf die Zehenspitzen, beobachte Olivers gekämmten Hinterkopf. Die langsamen Bewegungen seiner Füße versetzen mich in Unruhe.

Ich eile zurück in mein Zimmer. Grabe ein Blatt Papier und ein Federmäppchen aus meiner Reisetasche. Finde sogar meinen alten Füllfederhalter darin. Muss die Feder auswaschen, die ganz verkrustet ist, lange nicht benutzt wurde. Es dauert eine Weile, bis die Tinte wieder fließt. Ein Brief ist nie nur ein Brief, schreibe ich. Nie nur Worte, Worte, Worte. Unter meiner Hand tanzt die blaue Linie. Ich mag das Gefühl.

Vielleicht riechst du den Rest Lavendelseife, schreibe ich, der beim Schreiben an meinen Fingern klebt. Vielleicht riechst du das Ledrige aus meiner Reisetasche. Vielleicht

den Wachsgeruch. Hier riechen alle Zimmer nach Wachs, der Boden ist das. Und draußen, schreibe ich, riecht alles nach Birkenrinde. Du merkst wahrscheinlich auch, schreibe ich weiter, wie stark meine Schrift sich heute neigt. Sie fällt dir entgegen. Wärst du hier, würde ich dich durch den Kräutergarten führen, dir Pfefferminze pflücken, dir die Skulpturen zeigen, vor allem den sterbenden Hirsch, um den Oliver und ich oft herumstreunen. Oliver ist Halbamerikaner und Dichter. Hat eine kaputte Ehe, und fünf Bücher veröffentlicht. Keine Kinder.
Heute habe ich geweint, schreibe ich. Beim Frühstück schlug ein Jazzgitarrist dem Bassmann vor, mit ihm nach Kiel zu ziehen, er habe ein sehr erfolgreiches Ensemble dort. Er könne noch einen Basser brauchen. Ich rannte hinaus. Heulte. Wenn der Bassmann geht. Dann ist es aus.
Wärst du hier, schreibe ich. Hart anfassen müsste ich dich. Gegen die Wand werfen. Müsste hören, wie dein Schädel gegen das Balkenholz schlägt, um zu glauben, dass du wirklich da bist. Sei froh, schreibe ich, dass du nicht da bist.
Eigentlich sollte ich schlafen, schreibe ich.
Es ist Nacht, schreibe ich.
Dann schreibe ich nichts mehr. Meine Gedanken schlingern. Bunte Bilder flirren über die innere Leinwand, Collagen, Filmschnipsel, deine blutig gebissene Lippe, mit Kolibris, mit Mehlstaub und Backsteinpulver unterlegt. Ein Priester tappt durchs Bild, und sogar die Dame mit dem Hermelin kommt vor. Sie lässt das Hermelin unter die Priesterkutte kriechen. Ich überlege, ob sie wirklich von da Vinci gemalt wurde. Ich sehe Absinthgläser, Brombeersaft, Möwen und Kormorane, ein Pudel im Spitzenkostüm trippelt vorbei. Durch den barocken Bilderwust erkenne ich

kaum das schlichte Zimmer wieder. Irgendwo muss mein Bett stehen.
Nur an der Gitarre klärt sich die Welt. Nur beim Spielen finde ich Prägnanz und Ordnung. Meine Songtexte schreiben sich wie von selbst. Aber sobald ich einen Stift in die Hand nehme, auch nur einen kleinen Fetzen meiner Geschichte aufschreiben möchte, verwirrt sich alle Ordnung. Kein Stift. Keine Tinte. Ein Messer vielleicht, denke ich. Meine Geschichte müsste ein Messer sein. Eine Klinge, die durch die Zeit sirrt, immer genau da, wo meine Gedanken sind, wo ich bin. Eine Klinge, die eine Form herauslöst, aus allem, denke ich. Diese Form könnte vielleicht als Beweis dienen, dass es mich gegeben hat. Diese Form könnte ich dir schicken. Statt eines sinnlosen Briefes. Ein Waldmesser, ein Hirschfänger, ich könnte Gefahr laufen, dass die Klinge stumpf ist. Oder dass ich abrutsche. Wenn am Schluss einer blutet, einer stirbt, ist es meine Schuld. Okay, denke ich, meine Geschichte, mein Risiko. Das Handtuch rutscht mir auf die Knie. Mir ist kalt.
Ich werfe den Füller zurück ins Mäppchen, falte das Papier. Ich muss schlafen. Das Handtuch werfe ich übers Bettende. Lasse warmes Wasser über meine Handgelenke rinnen. Wasche meine Füße. Dann und wann quellen noch Tropfen aus meinem Haaransatz, kitzeln mich. Keine Raben, denke ich, keine Raben, keine Prinzen, keine Briefe. Ich starre dem Leben ins Gesicht. Aus dem Spiegel starrt es zurück, ein kleines Adelsgesicht, nass, blass und hart.

Stachelbeeren

Ich wache am Rand eines Moores im Birkenschatten auf. Ein grüner Schillerkäfer pendelt in mein Sichtfeld. Ich pflücke ihn von seinem Grashalm. Er umkrallt meinen Finger, sein Goldgrün wie ein Schmuckstück auf meiner Haut. Er klettert an die Spitze meines Fingers, ganz langsam, und pumpt sich voll, nimmt sich alle Zeit, die er braucht. Mit einem tiefen Brummen fliegt er davon.
Ich höre Schritte. Bald darauf sieht Oliver mich an, von oben, mit einem diebischen Grinsen.
»Wohl gut geschlafen«, sagt er und hält mir eine Handvoll Stachelbeeren hin.
Es ist der Vormittag des Tages, an dem der Bassmann und ich für die Künstler spielen werden. Der Bassmann selbst hat vorgeschlagen, sich erst nachmittags zu treffen, den Morgen in der Sonne zu verbringen. Er liegt nur wenige Meter entfernt im Gras und liest eine Biografie von McCartney.
Trotz Birkenschattenschlaf und Thermoskannentee, trotz meines Wissens um ein verhältnismäßig kleines Publikum heute Abend fühle ich, dass das Lampenfieber sich anschleicht, wie immer. Es breitet sich in meiner Magengegend aus. Auch die Stachelbeeren richten da nichts aus.
Später, als ich meine Nägel neu lackiert habe, purpurrot, mich umgezogen, Jeans, Millefleursbluse, und in den Probenraum gehen will, mich warmspielen, rufst du an.
»Hast du auch heute Nacht noch Zeit?«, frage ich.
Deine Stimme klingt rau. Wir schweigen mehr, als wir reden. Verabreden uns schließlich für ein Nachtgespräch.

Um Mitternacht stehle ich mich weg. Lasse den Bassmann, die anerkennenden Blicke, mein Wasserglas und Olivers schwelgendes Weingesicht zurück. Ich pflücke ein paar Klammern aus meinem Haar. Ich war gut. Endlich wieder gut. Der Bassmann ist zufrieden. Selbst die Götter wären zufrieden gewesen, denke ich, als ich zum Schlafhaus hinübertrabe und einen fröstelnden Blick in die Sterne werfe.

Dein Anruf kommt keine drei Minuten später.

Eigentlich wollte ich dich über den Sommertag beschwärmen, über Goldkäfer, Stachelbeeren, Birkenrauschen, über Musik und meine Begeisterung fürs Leben, die nach gelungenen Auftritten immer am größten ist. Über Dichterlob und Künstlerhöfe. Darüber, dass das Wetter nichts Banales ist. Über Götterglück.

Aber das Gespräch trudelt rasch auf Damla zu. Ein kalter Schauer rieselt durch meinen Körper, überrinnt die Begeisterung, kühlt sie auf Normaltemperatur herunter, bleibt dann liegen. Eine dünne Schicht Ernüchterung, die binnen Sekunden erstarrt. Ich stehe in der Mitte des kleinen Zimmers, lausche in den Hörer. Du seist auf dem Balkon, sagst du, und Damla liege zwei Zimmer weiter und schlafe. Du habest ihr gesagt, dass ich übermorgen wieder im Lande sei. Dass du entschlossen seist, mich wiederzusehen. Sie habe es diesmal mit Fassung getragen, sagst du lachend, dann plötzlich nicht mehr lachend. Ich höre deinen Atem. Er ist schwerer als sonst.

»Ich weiß nicht, was ich mehr vermisse, das Alleinsein oder dich«, sagst du nach einer Pause.

»Wie meinst du das?«

»Damla übernachtet ziemlich oft hier.«

Ich lasse mich in den Schneidersitz sinken. Falte meine Flügel. Bin selbstgenügsam, ein Schmetterling, ein Nachtfalter, sage ich mir, der außer seinen Blüten nicht viel braucht. Damla braucht Input, braucht den baumelnden Wollfaden deiner Aufmerksamkeit. Ich will nur mich brauchen. Mache mir selbst Komplimente, Moornixe, Purpurfalter, Millefleursmarie.

»Aber du willst sie ja.«

»Ich will sie.«

»Auf Dauer? Ist das dein Leben?«

»Nein«, sagst du.

»Wieso machst du es dann?«

Ich höre, wie du Luft einsaugst, den Hörer so fest packst, dass es knackt.

»Willst du Blaum? Auf Dauer? Seine Dinnerpartys? Businesswelt mit Stock im Arsch?«

Ich atme aus, was du eingeatmet hast, meine Stirn sinkt aufs Knie.

»Ich weiß nicht. Wahrscheinlich nicht. Nein.«

»Also. Könnte ich dich genauso fragen.«

»Aber du bist nicht ich«, sage ich vorsichtig, nachdem ich deine Antwort abgewogen, ihr Gewicht für zu leicht befunden habe.

»Ach ja, Mademoiselle«, deine Stimme fliegt im hohen Bogen auf mich zu, sirrt, wird lauter, ihre gehärtete Spitze bleibt zitternd im Boden stecken, »und was ist, wenn ich mal du sein will?«

Ich schweige.

Plötzlich will ich dich fragen, ob Damla Kinder will. Ob du sicher bist, dass du der potentielle Vater fetter Feinkostsäuglinge bist. Will das Gespräch aufreißen. Sein zivilisiertes Gesicht verwüsten. Dir unterstellen, dass du nicht selber denken kannst. Dich an die Wand stellen. Mit Messern werfen. Ich sehe Damlas rundes Schulterfleisch. Ich sehe

deine sehnigen Hände im Genickfell der Katze, die nicht auf Bäume klettert. Du hast sie ganz im Griff.
»Bist du noch dran?«, fragst du in meine Flauheit hinein.
Ich wische die Damlabilder weg. Bleibe bei deiner Stimme.
»Bist du noch da?«, wiederholst du.
»Ja«, sage ich.
»Oder hab ich dich verloren?«
Das Raue deiner Stimme reibt an mir. Ich bin da. Denke ich. Ich bin da. Das Sagen fällt schwerer.

Laufmasche

Ob du das kennst, frage ich mich. Eine fixe Idee zu haben. So sehr von ihr bestimmt zu sein, dass du, solltest du sie vergessen, noch stundenlang in die Leere starrst, die sie hinterlassen hat. Dass du nichts tun kannst als starren und starren, in deinen Kaffeebecher, aus dem Wagenfenster. Immer wieder die Überlegung, dass die Idee verdammt gut gewesen sein muss, wenn sie sogar vergessenerweise solchen Einfluss auf dich hat.
Die Idee hatte etwas mit meinem Leben zu tun. Mit der Musik, mit dir, den Göttern. Es war eine gute Idee. Ich vermisse sie. Hänge ihr nach. Fahnde nach ihr, überall, was in diesem Fall nicht weit ist. Wo soll ich eine Idee schon suchen. Bleibt ihr verwässerter Nachgeschmack. Ich kann nur weiter über die Leere nachgrübeln, als hätte ich eine Laufmasche im Kopf.
Als mich der Bassmann in der Goldlaube abliefert, stoße ich die Haustür auf und sauge den holzigen Geruch des Treppenhauses ein. Das Sichauflösen meiner Gedanken muss ein Ende haben. Die altmodische Kristallschale, in der Borg seine Schlüssel sammelt, glitzert mir entgegen. Oben, denke ich, wartet meine Teelöffelsammlung auf mich, mein Weltuntergangszimmer, mein Zwölfkissenbett.
Borg röstet etwas Brot, wärmt mir einen Teller Suppe auf und begleitet mich auf die Dachterrasse. Er streift einen grauen Troyer über. Der Wind ist kühler geworden. Borg stellt mir Fragen, hört sich ein paar Künstlerhofgeschichten an und zwirbelt an den Enden eines Schifferbarts, den

er sich wachsen lassen will. Er berichtet, dass Lora sich mit Matti gestritten habe und ausgezogen sei. Eines Nachts seien Gläser geflogen.
Als ich in der Küche die Teller wegräume, Tee koche, hält mir Borg ein grünes Stofftier unter die Nase. Er lässt es wippen und tanzen. Es seien wieder einige auf Halde, sagt er, die müssten bald ausgetragen werden. Er habe neue Kunden in einem Gebiet, das eigentlich jemand anders beliefere, deshalb dürfe keiner davon Wind kriegen. Ich müsse das machen. Ihn kenne man inzwischen zu gut. Ich nicke.
Später beginnt die Nachmittagssonne die Wolken zu perforieren. Ihr Licht siebt in feinen Fädchen auf die Stadt herunter. Ich mache mich auf den Weg. Husche von Sonnenfleck zu Sonnenfleck. Bringe zwei grüne, zwei blaue und ein rotes Stofftier an ihre Bestimmungsorte. Balanciere auf Bordsteinkanten. An einer Straßenecke bleibe ich stehen und pflücke die Musik aus meinen Ohren. Ein satter Bassloop klingt in meinem Kopf nach, wiederholt sich alle elf, zwölf Schritte, als ich weitergehe. Ich gehe nicht direkt zu dir, flaniere weiter Richtung Norden, überquere die Bahnlinien statt des Bachs. Nicht einschlafen, Laufmaschenkind, murmle ich, barfuß, immer barfuß, und anderes wirres Zeug. An den windigen Kreuzungen meines Lebens führe ich Selbstgespräche, Schritt für Schritt für Schritt, murmle ich weiter, federleicht, Schwanzschwester, ich komme. Ein Hund heftet sich an meine Waden, schnüffelt, ein herrenloser Schnauzer. Den lächle ich an, freundlicher als jeden Menschen.
Das Messingschild in der Paradiesgasse vier ist frisch poliert. Feinkost Dilber. Ich lehne an einem verrosteten Fahrradständer gegenüber, meine Augen streifen über die

Auslagen links und rechts der Eingangstür, braunrot schillernde Essigflaschen, getrocknete Pilze und Kirschkonfitüre. Drinnen hängen Kronleuchter und Kräutersträuße von der Decke, eine Frau mittleren Alters bedient eine Kundin.
Der Hund ist immer noch mit meinem Rocksaum beschäftigt. Manchmal stupst seine nasse Schnauze an mein Bein, ich mag das Gefühl. Sein schwarzer Zottelkopf, ich strecke die Hand danach aus. Vergesse darüber beinahe den Feinkostladen. Als ich wieder aufblicke, wird drüben eine große Papiertüte über die Ladentheke gereicht. Die Kundin bezahlt, lacht, bleibt auf ein Schwätzchen. Sie nickt beim Zuhören unentwegt. Streicht mit zehn goldberingten Fingern über die Papiertüte. Das Stupsen an meinem Bein hat aufgehört. Sattgeschnüffelt und schneller, als mir lieb ist, tappt der Schnauzer davon.
Die Kundin mit den Goldringen verlässt den Laden. Ich gehe über die Straße. Das Kopfsteinpflaster nimmt meine Schritte hart entgegen. Keine Ahnung, was ich hier will.
Als ich über die Schwelle trete, bemerke ich, dass in der Weinecke zwei weitere Kunden stehen, der eine trägt einen Fotoapparat, der andere eine Schildkappe, Touristen. Eine junge Frau betrachtet die Einmachgläser mit Oliven und Pesto. Der Geruch von Kaffee, Petersilie und frischem Fisch hängt in der Luft.
»Ich schau mich mal um«, sage ich, als die Verkäuferin mir erwartungsvoll entgegenblickt.
Mitten im Raum steht ein Tisch, auf dem verschiedene Silberbestecke ausliegen. Wahrscheinlich verkaufen sie die auch. Ausgefallene Salatsorten lagern in einem Kühlregal. Zwischen Limetten und Zitronen flammt mir signalfarbenes Pink entgegen. Drachenfrüchte, aufgestapelt in einem Korb, ich berühre ihre wildwüchsige Schale. Schließlich

studiere ich die Form des Verkaufsraums, seinen fleckigen Linoleumboden, die Kronleuchter. Während ich so tue, als würde ich die Beutelchen mit Saatgut durchsuchen, linse ich durch die Tür hinter der Ladentheke. Außer einem gefliesten Flur, in dem Pappkartons, Holzstühle und ein Telefontisch stehen, kann ich nichts erkennen. Der Duft von Mandelseife steigt mir in die Nase. Instinktiv greife ich zu.

Der Quader lässt sich bequem in einer Hand drehen. Er ist mit braunem Seidenpapier umwickelt, eine lindgrüne Banderole verrät in kalligrafischer Schrift den Inhalt. Ich gehe damit zur Kasse. Die Verkäuferin berät gerade am anderen Ende des Ladens, zwei Weinflaschen in der Hand, das Touristenpaar. Ich warte und drehe ein paar Münzen in den Fingern.

Im Flur hinter der Ladentheke werden plötzlich Schritte laut. Noch bevor ich ihren Umriss sehe, weiß ich, dass es Damla ist, erkenne den beschwingten Gang. Sie kommt mit gesenktem Kopf durch die Tür. Hebt mit professioneller Freundlichkeit den Blick. Gefriert.

Ich lege die Seife vorsichtig auf die Ladentheke. Daneben die Münzen. Sie sind abgezählt. Damla rührt sie nicht an. Dreht auf dem Absatz um und klappert im Staccato davon.

Eine Weile bleibe ich stehen und starre in den Flur, in dem Damla verschwunden ist. Die Tür dorthin fällt allmählich zu. Erst sehe ich die Pappkartons nicht mehr, dann verschwinden die Holzstühle, zum Schluss der Telefontisch. Die Tür quietscht nicht beim Zufallen, knarrt nicht, sie schwingt widerstandslos zu, vielleicht ist es ein Luftzug, der sie zuzieht. Ich bezwinge den Impuls, hinter die Ladentheke zu laufen, die Tür aufzufangen, meinen Fuß in den Spalt zu stoßen.

Bleibt die Mandelseife, die mich anduftet. Das Rankenmuster auf der lindgrünen Banderole beginnt vor meinen Augen zu tanzen. Ich sollte gehen. Ich frage mich, ob ich auf die Verkäuferin warten soll. Sie ist immer noch mit den Touristen beschäftigt. Schließlich nehme ich die Seife, lasse das Geld einfach liegen und gehe.
Ich passiere die Türschwelle, das Messingschild, den Fahrradständer und erwarte, dass mich gleich jemand von hinten anschreit, mich aufhält. Aber nichts dergleichen geschieht. Unbehelligt verlasse ich das fremde Territorium. Meine Zunge tippt noch immer von hinten an die Zähne, wie um Damlas Namen zu sagen. Vielleicht hätte ich ihr nachrufen sollen, nur was, frage ich mich. Wie schnell sie weg war. Hätte nicht ihr kräftiges Parfum die Petersilienluft, den Fischgeruch, den Mandelduft durchschnitten, hätte ich die Erscheinung vielleicht für ein Hirngespinst gehalten, hätte ich vielleicht bezweifelt, sie wirklich gesehen zu haben.
Ich weiß nicht, warum der Feinkostladen mich angezogen hatte wie ein überreifer Apfel die Amseln. Bestimmt vermutet Damla eine Absicht hinter all dem, eine Intrige, einen Plan. Ich habe keinen. Mein Besuch passierte mir genauso wie ihr. Ich verlangsame meine Schritte, bemerke, dass ich immer noch die Mandelseife umklammere. Lockere meinen Griff. Wie Regen, denke ich, wie Wind, wie Wetterleuchten. Ich bin wie ein Sturm, nicht für oder gegen jemanden.
Die Sonne bricht durch die Wolken. Durch einen goldenen Mückenschwarm hindurch überquere ich den Bach. Die Luft riecht nach Freibad, nach Flipflopgummi. Nach Pappbecherkaffee, nach dir, nach der fixen Idee von heute Morgen. Ich beginne zu laufen.

Dschungelfalter

Wie immer, wenn wir eine Brücke überqueren, bleiben wir in der Mitte stehen. Ich stelle meine Füße zwischen die Geländersprossen und lehne mich über den Fluss hinaus. Heute ist er milchgrün, wie Gletschereis oder Pfefferminzglasur, täuscht Gebirgsnähe vor. Bis ich zwölf Jahre alt war, hatte ich die Berge nicht einmal gesehen. Vielleicht ist ein Unwetter flussaufwärts für die kalte Farbe des Flusses verantwortlich. Ich vermisse seine goldene Tiefe, sein dunkles Sommergrün. Morgen oder übermorgen, sagst du, sei es bestimmt zurück. Dein Haar ist lang geworden, es berührt beinah deine Schultern, wenn sich nicht gerade der Wind in den schwarzen Strähnen zu schaffen macht. Um die Augen frei zu bekommen, schüttelst du den Kopf.

»Du warst bei Damla?«, fragst du.

»Sie hat dich angerufen?«

»Sie hat mich gleich angerufen.«

»Ich scheine ja Eindruck gemacht zu haben.«

»Das kannst du laut sagen. Sie war ganz außer sich.«

»Ich habe nur was eingekauft. Wollte mal den Laden sehen. War neugierig.«

Du lachst. Tippst meinen Handrücken an. Mein Blick bleibt an deinen sehnigen Fingern hängen, ich hatte vergessen, wie groß deine Hände sind.

»Wohin?«, fragst du.

»Da lang«, sage ich und springe von den Sprossen des Brückengeländers.

Wir gehen im Menschengewimmel unter, in der Fußgängerzone, tun so, als wären wir eins der tausend Paare, die hier nach Staubsaugern, Kaffeemaschinen und Doppelbetten suchen.

»Warte mal«, sage ich, als wir an einer Nebengasse voller Nachtclubs vorbeikommen.

Hier ist alles verrammelt, die Läden machen erst gegen zehn Uhr abends auf. Ich finde den Hintereingang desjenigen Clubs, den Borg mir beschrieben hat, klingle. Komm rein, sagt eine Mittvierzigerin mit violettem Lidschatten und nimmt mir die zwei Stofftiere ab. Zwei glattrasierte Typen sitzen an der Bar. Denen reicht die Lidschattenfrau die beiden Plüschhasen. Weiter hinten stehen zwei weitere Männer. Die Typen an der Bar reißen die Stofftiere auf, prüfende Blicke, schließlich nicken sie. Ich bin froh, es hinter mir zu haben, die letzten diesen Monat, und laufe zurück zu dir. Auf deine Fragen antworte ich mit harmlosen Antworten. Gehe kein Risiko ein. Arm in Arm schlendern wir zurück in die Fußgängerzone, die Menschenmassen sind weiter angeschwollen, Feierabend, Hochbetrieb.

Schließlich nehmen wir Zuflucht in einem Café. Seine Kunstledersessel haben dieselbe schmutzige Türkisfarbe wie der Fluss. Ich bestelle eine Bloody Mary. Du auch.

Die Tür des Cafés steht halb offen, in ihr spiegelt sich das Leben draußen, zumindest die untere Hälfte davon. Rote Stöckelschuhe, blaue Hosenbeine spazieren die Straße entlang, Hunde und Kinder trapsen vorüber, mit baumelnden Schnüffelköpfen, mit Spielzeug, das auf dem Gehweg schleift. Ich beobachte alles. Eine Frage stemmt sich in mir auf, legt sich wie eine Zeltplane über den Rest meiner Gedanken. Wenn die Spiegelung in dieser Tür alles wäre, was ich fortan sehen dürfte, mein ganzes Leben lang, ob es genügen würde, denke ich, die Welt in einer Spiegelung, als

winziger Teil ihrer selbst. Wie viel Detail ich wohl über die Zeit hinweg in dieser Spiegelung entdecken würde, frage ich mich weiter.
Erst als unsere Bloody Marys kommen, kann ich mich von der spiegelnden Glastür loseisen. Du nimmst einen Schluck und nennst mich ein verrücktes Ding. Eine Pfefferstute. Ein Kapriolenkind. Du bist der Einzige, der manchmal so redet, wie ich denke.
Gegenüber sitzt ein junger Mann und starrt uns an. Immer wieder klettern seine Augen an unseren Beinen hoch. Er ist einer der Jungen, die fraglos attraktiv sind, sich jedoch mit der Unsicherheit junger Vögel durch die Welt bewegen. Und wie Vögel beginnen, sich verlegen zu putzen, wenn man sie zu lange anstarrt, beginnt er mit seinen Schlüsseln zu spielen, als du sein Taxieren erwiderst. Er würde in meine Sammlung komischer Käuze passen, vor allem, denke ich, wenn er mal zehn Jahre älter ist. Wenn das Leben ein paar Kerben in ihn geschlagen hat.
»Entschuldigung«, sagt er irgendwann und kichert.
Er zieht einen Pappschuber aus seiner Umhängetasche, der an einen Luftpostbrief erinnert.
»Ich finde das total witzig. Die habe ich gerade gekauft. Würdest du die signieren?«
Was er mir unter die Nase hält, ist mein Album, das erste und einzige bisher, ungefähr anderthalb Jahre alt. Er schiebt seine Bierflasche beiseite, lächelt ein vogelscheues Lächeln. Ich nicke, klar, gern, und der Vogeljunge reicht mir einen Kugelschreiber und die Papphülle.
Von außen sieht das Album wie ein vergilbter und bekritzelter Luftpostbrief aus. Innen klebt ein Heftchen mit Fotos. Auf der jeweils linken Seite sind Stillleben heruntergekommener Sachen zu sehen, das Innenleben baufälliger

Häuser oder schrottreifer Autos. Auf der rechten Seite wiederholen sich die Fotos, allerdings mit dem Unterschied, dass rechts der Bassmann und ich mit im Bild sind. Aus Stillleben werden Portraits. Auf einem kniet der Bassmann auf einer zerfetzten Matratze, und ich lehne an einem Regal voller Einmachgläser, auf einem anderen halte ich mich an einem schiefen Lenkrad fest, während der Bassmann auf dem löchrigen Beifahrersitz schläft, auf dem dritten lache ich über zerbrochene Tassen hinweg, der Bassmann hat einen Löffel im Mund, macht einen finsteren Blick. Die Luftpostoptik für die Hülle hat sich Borg ausgedacht. Die Kritzeleien auf dem vermeintlichen Umschlag sind von mir.

In das Tassenbild schreibe ich meinen Namen. Das Autogramm sieht unprofessionell, zu klein, verschnörkelt und verloren aus. Ich habe keine Übung. Der Vogeljunge wünscht uns einen schönen Abend.

Wir lassen uns vom quasselnden Menschenstrom zurück in die nachtaktiven Teile der Innenstadt schwemmen, wo der Clublärm auf die Straßen schwappt, wo die Leuchtstoffröhren blinken.

»Passiert dir so was öfter? Autogramme und so?«, fragst du mit einem süffisanten Lächeln.

»Auf Konzerten schon. So in der Öffentlichkeit war's das erste Mal«, sage ich.

Ich mache mich von dir los. Trabe ein paar Schritte voraus. Wie durch eng stehende Bambushalme schlängle ich mich durch die Partygänger. Ich verdränge einen Gedanken an Damlas runde Hüften. Wo immer der plötzlich herkommt. An das seidige Braun ihrer Haut. Dabei habe ich diese Hüften nie gesehen. Es ist ein Fantasiebraun, eine Fantasiehüfte, die mir da vorschweben.

Letztlich landen wir im Fairy Club. Mein Körper geht sofort in Symbiose mit der Musik, es ist, als würde ich ein paar Pfund leichter, als hafteten meine Sohlen hier besser als in anderen Clubs. Mein Blick schweift an den Reihen aufgespießter Schmetterlinge entlang. Ich mag sie, auch wenn sie nicht mehr flattern. Immer wieder peilst du mich über deinen Drink hinweg an. Vielleicht war dir entfallen, wie obsessiv ich tanze. Wie sehr ich mich beim Tanzen vergesse. Mich zu vergessen scheine. In Wirklichkeit bin ich mir jedes Dehnens und Spannens, jedes Zuckens und Flatterns meiner Muskeln bewusst. Ich inszeniere dein persönliches Staatsballett, bin deine Zirkusballerina, springe, falle, die Musik fängt mich auf. Sie trägt mich, bebt, ich turne an ihren schwirrenden Stahlseilen. Im Grunde ist alles wie immer.
Ich pflücke dich von der Bar, als ich außer Atem bin. Wir gehen nach draußen, wo es kühl ist. Gehen den Weg zum Bahnhof, bleiben auf der sechsspurigen Brücke stehen, genau in der Mitte, betrachten die Gleise, die Stahlstreben der Bahnhofshalle, die altmodischen Laternen. Ich erzähle dir vom Künstlerhof, von Oliver, von der Fotografin, die Portraits von mir machen will, vom Bassmann und wie er mich zurechtgewiesen hat.
Wir schlendern weiter an den See. Ich setze mich ans Ufer und streife meine Sandalen ab. Jede dritte Pappel am anderen Ufer hat rotgoldene Blätter vom Straßenlaternenlicht. Auf unserer Seite ist es dunkel. Ich vergrabe meine Zehen im Sand, im Schlick, im Dreck. Du setzt dich ebenfalls. Deine Hand nähert sich meiner, ein vorsichtiges Krokodil. Irgendwann beginnt es, mit meinem kleinen Finger zu spielen, mit meinem Ringfinger. Ich lasse es in meine Handfläche kriechen. Eine der Laternen am anderen Ufer

flackert. Vom See plätschert es leise. Zittergras berührt meine Schenkel. Hin und wieder ein musikalisches Plopp, wenn ein Fisch aus dem Wasser springt.
Deine Finger sinken wie eine Reihe langer Zähne in meine Hand, gleiten in die Kuhlen zwischen meinen Mittelhandknochen. Ich erwidere den Druck. Will es hinter mich bringen. Will wissen, ob ich den Damlaficker noch ficken kann. Ob ich es genieße. Ob du noch du bist. Und vor allem, ob ich noch ich bin.
Dein Schwanz schwillt mir entgegen. Ich nestle am Knopf deiner Hose. Du wirfst einen Rundumblick und befindest den Ort für dunkel genug. Du knöpfst deine Hose vollends auf. Ich zerre meinen Slip unterm Kleid hervor. Die lindgrüne Spitze landet auf einem Holzstück, dem Teil einer Obstkiste. Naranjas de sangre, Blutorangen, steht darauf.
Bevor du mir erlaubst, deine pralle Nachtlatte ins Nimmerland zu versenken, greifst du nach meinen Hüften, hältst mich auf Abstand, in der Schwebe. Du suchst meine Augen. Du forschst darin, sammelst Anhaltspunkte. Ich weiß nicht, wofür.
Schließlich lässt du los. Irgendwo im Gebüsch raschelt einer der fetten Großstadtfüchse. Ich senke mein Becken mit einer langsamen Bewegung auf dich herab. Stoße dich stückweise in mich. Deine Augen öffnen sich weit und starren mich an. Fallen wieder zu. Stattdessen öffnet sich dein Mund. In mir ist derselbe ädrige Schwanz, denke ich, mit dem du Damla gefickt hast.
Ich beginne, mein volles Gewicht zu benutzen. Die Reibung zwischen deiner Prallheit und meiner Enge erzeugt etwas Lichterlohes, Rotierendes, eine Kugel heißen Lichts, die Vorbotin aller explosiven Höhepunkte. Ich gehe ihr eifrig nach. Derselbe Schwanz, denke ich, mit dem du noch

andere Frauen, die Anjas und Sandras dieser Stadt und die kleinen Japanerinnen aus dem Mokusei, auf diesem Höhepunkt versammeln wirst. Vielleicht schon bald. Wo du sie zusammentreiben wirst wie eine Herde verschreckter Schafe. Auf dieser Hochebene voller Leuchtfeuer und Vulkane, auf sich windenden Gipfelwegen, die weder dir noch mir gehören, und auch nicht ihnen.
Der fette Großstadtfuchs steckt seine Nase für etwas Schnüffelei aus den Büschen. Deine Hand wandert, verweilt an den Öffnungen meines Kleides. Wir vögeln langsamer. Der Fuchs schmatzt, hat etwas zu fressen gefunden. Unter halb geöffneten Lidern beobachtest du mich, gebannt, so dass ich wünschte, mich für ein paar Sekunden mit deinen Augen betrachten zu können. Stattdessen sehe ich dich, dein Geblinzel und das Funkeln in den Fuchsaugen hinter dir.
Du stößt einige Male kräftig zu, stimmhafter Atem quillt über meine Lippen. Meine Lust wächst, lockt, fordert. Ich zügle das Tempo absichtlich weiter, ritardando, denke ich, irgendwann wieder schneller, andantino. Begierig hältst du dagegen.
Ich gleite an deinem Schwanz auf und ab, auf voller Länge, Basis, Schaft und Kapitell. Mit diesem Prunkpfeiler fickst du mich also. Wie Damla. Wie irgendeine. Mit dieser Mondmöse, dieser sprunghaften Quecksilberspalte ficke ich dich zurück. Wie die anderen Männer. Wie Blaum. Wir ficken sie alle. Wir ficken die Damlas, die Anjas, die Olivers und meinen Verlobten. Wir ficken Geschäftsfrauen, Mäuschen und Möchtegerns. Wir ficken Mauerblumen, Bardamen und einsame Wölfe. Und immer wieder uns gegenseitig.
Mein Inneres ist voll weißen Feuers. Meine Knie drücken zwei tiefe Mulden in den Sand. Den Falter, der meine Ohren

umschwirrt, die springenden Fische und schnüffelnden Füchse höre ich nicht mehr. Nicht mehr im Einzelnen. Das Seufzen der Bäume und unseres, Atemstöße, das Geräusch verglühender Egos, das Seegeplätscher, Entengeschnatter und das Surren der Stadt, alles verschmilzt, alles tanzt, alles versinkt in der Musik des Augenblicks. Die Gräser knistern. Kieselsteine knirschen im Takt.

Unsere Lippen sind es, die schließlich den Schlussakkord provozieren, ein Kuss, der plötzlich über unsere hartgefickten Sinne fließt. Unter der unerwarteten Wucht der Zartheit verlieren wir die Kontrolle. Mein gleißendes Feuer zerbirst, Funkensprühen, ich zittere. Du kommst in gewaltigen Wallungen, wirfst mich beinahe ab. Ich verkralle mich in einem Grasbüschel und in deiner Flanke. Mein Zucken verebbt nur langsam, ein Goldregen, ein Schauer himmellanger Sternschnuppen. Die unendliche Weichheit deiner Lippen, verdammt, murmelst du, nachdem dein Kopf nach hinten in den Sand gesackt ist.

Als die Nacht ihre Dunkelheit wieder zurückerobert hat, fliegen ein paar Glühwürmchen vorbei. Oder vielleicht sehe ich Sternchen. Ich lege mein Ohr auf deine Brust. Der Erdboden ist zutraulich geworden, hospitabel und weich. Wir gehören jetzt ihm, wie der Dreck, wie das Schilf. Wir könnten hier schlafen. Aber irgendwann pflücke ich doch meine Unterhose von der Blutorangenkiste und stehe auf.

Unter dem geschwungenen Vordach des Fairy Club zeigen wir unsere gestempelten Handgelenke vor. Wir tauchen in den Bauch der alten Villa zurück. Es fühlt sich an, als hätten die aufgespießten Schmetterlinge und Peter Pan auf uns gewartet. Wir schweben durch die Clubräume wie zwei frischgebackene Geister durch ihr Schloss. Alles ist altbekannt, um uns Gefolgschaft, Getreue, alte Freunde, aber

sie erkennen uns nicht, jetzt, wo wir tot sind. Ich möchte jeden Einzelnen umarmen, an mich drücken, flüstern, dass ich wieder hier bin. Sicher wären die Clubbesucher nur verwirrt.
Mir fällt auf, dass heute eine jener Nächte ist, in denen alle Menschen schön aussehen. Der Mann, der mir entgegenkommt, hat Rehaugen und die Silhouette eines Gentlemans. Im Vorbeigehen tippt er seinen imaginären Hut an. Ein androgynes Wesen lümmelt auf der Treppe, streckt seiner blonden Gesprächspartnerin schlanke Beine und scharf umrissene Wangenknochen entgegen. Im Lächeln des Barchefs steckt heute eine kantige Wildheit, eine dunkle Lebenslust, ein ständiges Luchsen. Die Studentin an der Garderobe dagegen hat Augen wie Sommerhimmel, strahlt damit die Gäste an.
Ob auch wir heute schön sind, frage ich mich. Oder von welcher Art unsere Schönheit sein könnte. Vielleicht ist es die Gespensterschönheit zweier transparenter Schmetterlinge. Ein grauhaariger Mann mustert uns. Der könnte es mir eventuell sagen. Bis vor kurzem hielt ich deine Hand, irrlichterndes Geistergespann, totes Prinzenpaar, denke ich. Weil ein Track beginnt, der spannend klingt, segle ich hinüber auf die Tanzfläche. Du lässt dich in ein Clubsofa fallen. Ich spüre, dass der Blick des Grauhaarigen mir folgt.
Schon der übernächste Track weht mich zurück zu dir. Die Lederkissen knarren und knautschen.
»Meine venezianische Kurtisane, mein Fuchsfohlen, meine süße Schwester«, murmelst du in mein Ohr.
Das letzte Wort lässt mich aufhorchen. Als wenig später dein Kopf in meinen Schoß sinkt, über uns ein Glaskasten voller grüner und goldbrauner Dschungelfalter, taste ich

heimlich deine Rippen nach Brüchen ab. Ich suche nach dem Riss, den ein verkohlter Balken in deinen Schädel geschlagen hat. Von der Bar her riecht es nach Zitronensaft, Kerzen und Rum. Natürlich ist da nichts, kein Ruß, kein Blut, nur ein Rest vom Seesand in deinem Haar. Der Blick des Grauhaarigen hält uns fest.

Stehfrühstück

Ich erwache in deinem Bett. Von irgendwoher sickert Sonnenlicht. Durch einen Staubschleier, den ich mir vielleicht nur einbilde, tripple ich ins Bad. Mit beiden Händen schöpfe ich Wasser in mein Gesicht. Reinige und trockne es. Dann krieche ich zurück ins Bett.

Du liegst da und schnarchst. Du siehst aus, als hättest du im Schlaf fünf osmanische Heere besiegt. Für ein paar Sekunden schlägst du die Augen auf. Du hättest viel geträumt, sagst du, Reitpferde, Koppeln. Aber bevor du dein Nachtabenteuer zu Ende erzählen kannst, nestelst du den Kopf an meine Schulter und schläfst wieder ein.

Auch ich habe geträumt. Der Traum handelte vom Haus meiner Eltern. Es stand kurz vorm Einsturz. Mächtige Risse durchzogen die Wände. Alle Böden waren schief, und nicht jede Treppenstufe trug meine Schritte, als ich nach draußen floh. Im Traum weinte ich, halb aus Angst, beim Einsturz begraben zu werden, halb aus Erleichterung. Ich hastete unter brechenden Balken und rieselndem Putz hindurch. Und obwohl ich wusste, dass es mich mein Leben kosten könnte, fühlte ich mich unendlich befreit, dieses Haus in Schutt und Asche fallen zu sehen.

Als ich erneut erwache, riecht die Luft nach Vanillezucker. Ein Fenster ist geöffnet. Deine Finger kreisen auf meiner Haut. Zentimeter für Zentimeter spreize ich die Beine. Ich frage nach deinen Träumen. Du erinnerst dich nur an Reste davon.

Später, mir wird flau vom vielen Liegen, ein unbändiger Bewegungsdrang macht sich breit, klettere ich auf die Balustrade des Balkons und rauche einen Zigarillo auf die Stadt hinab. Unten auf der Straße wandern die Schatten eiliger Frauen vorbei. Ein Auto gondelt mit laut aufgedrehter Musik um den Block. Vielleicht einer der letzten Sommertage, plärrt der Sprecher im Autoradio über die Musik hinweg, bevor das Auto hinter einem Obstlaster verschwindet. Eine der Frauen lässt eine Einkaufstüte fallen, flucht in einer fremden Sprache.

Schließlich schleife ich dich an den Beinen aus dem Bett, was mich einige Mühe kostet. Lachend und mitsamt beiden Bettdecken gleitest du auf den Boden. Wir tappen in die Küche, kochen Kaffee, lehnen in verschiedenen Ecken, am Türrahmen, am Geschirrspüler, am Fensterbrett, und stecken unsere Traumköpfe in deinen Kühlschrank.

Eier gibt es, Honigmelone und Milch. Wir diskutieren unsere Zukunft, deine geschäftliche, meine musikalische.

»Ich liebe dich«, sagst du unvermittelt.

Ich esse die letzten Bissen meines Stehfrühstücks. Ich küsse deine Mandelseifenhände und mache mich aus dem Staub. Tage, die so perfekt anfangen, machen mich immer skeptisch.

Tempranillo

In der Goldlaube finde ich Saskia. Mit einem Monalisalächeln sitzt die Studentin im Wohnzimmer. Der rote Sofastoff leuchtet im Kontrast zu ihrem Haselkopf. Plötzlich kommt Matti ins Zimmer und gibt ihr einen Kuss. Wie angewurzelt bleibe ich im Türrahmen stehen. Habe ich mich verguckt, oder hat sich der alte Windhund tatsächlich an meiner Freundin vergriffen. Zwei Sekunden später ist er wieder in der Küche verschwunden. Saskia begrüßt mich freudig.
Sie sei vor vierzehn Tagen hier vorbeigekommen. Habe nur kurz klingeln wollen. Hallo sagen. Ich sei nicht da gewesen, aber Matti habe ihr aufgemacht, Kaffee angeboten und so weiter. Sie hätten sich dann noch zweimal getroffen, und na ja. Aus ihrem Unschuldslächeln schließe ich, dass die Geschichte mit Lora völlig an ihr vorbeigegangen ist. Ich halte die Klappe. Nur hin und wieder, wenn Saskia nicht hinschaut, schiele ich stirnrunzelnd auf Mattis Arsch in der Küche. Der Mistbock rührt in einem Topf und tut, als wäre nichts.
Hat er sich diesmal ja ein richtiges Goldstück geangelt. Sanft und lieb und süß wie eine Mandarine. Hat sie mir vor der Nase weggeangelt, denke ich. Nicht dass ich spezielle Pläne mit Saskia gehabt hätte, aber irgendwie gehörte sie mir. War meine Entdeckung, meine Mandarine. Lora war eher eine Limette, weniger süß, aber zu viel zu gebrauchen. Streng genommen war Lora auch meine Entdeckung. Matti frisst mir die Frauen aus der Hand, denke ich. Frisst sie mir

weg und spuckt ihre ausgelutschten Teile irgendwo im Großstadtdschungel wieder aus. Dass Saskia sich so einfach fressen lässt, verblüfft mich allerdings. Unter ihrer Hornbrille leuchtet eine närrische Begeisterung. Wo ist ihre Vorsicht, denke ich, der Bedacht, die vornehme Odaliskenhaltung hin.
Matti trägt ein dampfendes Etwas ins Zimmer.
»Hast du ja fein hingekriegt. Meinen Besuch abschöpfen, während ich weg bin.«
»Schicksal«, sagt er und lacht.
Saskia lacht auch und wirft mir einen verschwörerischen Blick zu. Ich lasse die beiden allein. Wird eben Matti ihren Kopf am Haselhaar fassen. Und nicht ich. Wird eben Matti herausfinden, welche Beleidigung sie am härtesten trifft. Wofür sie lebt, wer sie ist. Falls ihn das überhaupt interessiert.
Ich stolpere die Treppen hoch, nehme zwei Stufen auf einmal, vorbei an Loras Exzimmer, vorbei an Mattis Liebesnest. Ich denke an Mandarinen und Limetten und dass ich vielleicht die Blutorange bin. Naranja de sangre. Energisch schließe ich die Tür hinter mir ab.
Ich rufe Blaum an. Er klingt überrascht, sein angenehmer Bariton, Muskatnussstimme. Wie geht es dir, fragt er, wo warst du. Kann leider nicht lange reden, sagt er, Verabredung, neue Kollegin in der Personaletage, Doktorandin aus der Schweiz. Na gut, sagt er. Freue mich, sagt er. Bis bald. Ich schiebe das Telefon zurück an seinen dunklen Fleck unterm Clubsessel.
Meine Gitarren warten schon auf mich, die Rote empfängt mich mit eifriger Bereitwilligkeit, die Schwarze bekommt frische Saiten. Ich spiele die neuen Songs rauf und runter. Wie eine Besessene übe ich, halsstarrig, wie in meiner

Schulzeit. Wenn etwas geklappt hat, spiele ich es noch mal, wenn ich einen Fehler mache, beginne ich von vorn. Ich vergrabe mich so tief in den Saiten, dass ich nicht bemerke, dass plötzlich jemand vor mir steht. Die schwarzen Augen funkeln, ich schrecke auf. Es ist Lora. Ob ich wieder bei diesem Typen gewesen sei, diesem Fender, fragt sie. Ich bejahe. Sie schneidet eine Grimasse, während sie ihr Haar zu einem straffen Zopf bindet. Ihre Züge verziehen sich ein Stück zu weit, die Augenwinkel rutschen nach hinten. Irgendwas stimmt mit ihrem Gesicht nicht. Was soll die Scheiße, sagt sie, das ist emotionaler Selbstmord. Ich will mich nicht rechtfertigen. Irgendwas sagen will ich trotzdem. Ich will fragen, was sie hier will, warum sie sich in mein Zimmer schleicht. Aber bevor ich den Mund aufbekomme, verschiebt sich Loras Grimasse noch weiter. Genauer gesagt zerteilt sie sich. Loras Gesicht spaltet sich einmal quer und einmal längs. In vier Fleischklumpen fällt sie auseinander. Es sieht schlimm aus.

Bevor ich ernsthaft die Nerven verlieren kann, klingelt das Telefon, zerreißt meinen Alptraum. Ich blinzle. Fische das Gerät mit fahrigen Fingern wieder unterm Sessel hervor.

»Hallo?«

Eine rauschunterlegte Stille bohrt sich in mein Ohr. Rauschen, Stille, Rauschen, vier Sekunden, fünf, sieben. Irgendetwas sagt mir, dass es diesmal nicht mein liebgewordener Terrorist ist, nicht der zweiminütige Telefonatmer, der einsame Wolf, diese Stille klingt anders. Schriller. So schrill eine Telefonstille eben klingen kann.

Ich versäume es, mein zweites Hallo zu sagen, mich im Bett niederzulassen oder mich sonst wie in diesem Schweigen häuslich einzurichten. Ich wäre ohnehin nicht dazu gekommen. Mein Gegenüber legt schnell wieder auf. Ich be-

trachte die Wirbel der Gitarre. Wer immer am Telefon war, hat sich entweder verwählt oder wollte wissen, ob ich zu Hause bin. Endlich weg von dir. Ich berühre die roten Hüften des Instruments. Für gewöhnlich beruhigen mich seine vertrauten Formen wie die Anwesenheit eines Freundes. Heute funktioniert es nicht.
Ich sehe mich um. Die viergeteilte Geisterlora ist verschwunden. Und die echte Lora, denke ich, fährt per Anhalter nach Berlin. Matti steckt Paprikastreifen in Saskias Mund und aus Versehen seinen Finger gleich mit. Damla klappt ihr pfirsichfarbenes Handy zu, legt Parfum auf und eilt zu dir. Mit trotzigem Schlafzimmerblick stellt sie sich deinem Türspion und klingelt. Ich sehe alles wie im Film. Wie einen Film kann ich es vorspulen, zurückspulen, in Zeitlupe oder im Schnelldurchlauf schauen. Nur abschalten kann ich es nicht. Auch wenn mein Kopf mir sagt, dass es tausendmal keine Rolle spielt. Ob Lora ihre Schuhe abstreift. Ob Matti unten dreckig lacht. Ob du Damla aufmachst oder nicht.
Die Griffhand sinkt in meinen Schoß. Ich habe keine Rolle in diesem Film. Das sollte ihn sogar außerordentlich langweilig machen. Warum ich trotzdem nicht wegschauen kann, sogar gierig, süchtig diese Bilder aufsauge, Lora, die einem Lastwagenfahrer ihre Beine aufs Armaturenbrett streckt, Matti, der Saskias Schenkel knetet, Damla, die dir gleich bei der Garderobe einen bläst, wird mir erst langsam klar. Es ist wie im Fernsehen, belanglose Scheiße, meist meilenweit von der Realität entfernt, und trotzdem schaut man hin. Meine Stirn senkt sich der Gitarre entgegen. Das Bewusstsein, dass mich dieser Mist Stunden, Tage, Wochen und einen Sack voll Kraft gekostet hat, kosten wird, trifft mich wie ein Schlag in die Magengrube. Ich knicke ein

Stück weiter ein. Zu meiner Verteidigung, denke ich, läuft dieser Film nicht in einer primitiven Flimmerkiste, bei der ich nur den Ausknopf finden muss. Das Kino im Kopf ist wesentlich schwerer in den Griff zu kriegen.
Mir fällt ein, dass ich als Kind einen Alptraum hatte, der sich einige Male wiederholte. Ich träumte von einem Fernseher, der sich nicht abschalten ließ. Ich drückte den Ausknopf, immer wieder, immer heftiger. Nichts geschah. Dann versuchte ich, wenigstens die Lautstärke zu verringern. Nichts. Das Gerät wurde sogar noch lauter. Als ich schließlich den Stecker aus der Wand riss und die Kiste weiterflimmerte, bekam ich es mit der Angst zu tun. Das Gerät war ein lebendiger Dämon geworden. Jedes Mal rannte ich in mein Zimmer, wollte mich verstecken. Aber auch dort konnte ich die Stimmen, den Lärm und das hochfrequente Piepsgeräusch hören.
Wem immer ich das heute erzähle, schmunzelt darüber. Fernseher, die ich seit Jahren nicht mehr beachte, die nicht mehr piepsen, suchen mich schon lange nicht mehr heim. Als Kind jedoch war der Fernsehtraum ein echtes Stück Horror. Erst als Teenager hatte ich die Idee, nicht vor dem Monstrum wegzulaufen, sondern mich hinzusetzen und zu schauen, was es mir zu sagen hat. Bezeichnenderweise erinnere ich mich nicht, was in dem Traumfernseher eigentlich lief. Es muss furchtbar banal gewesen sein. Von diesem Tag an hatte ich den Alptraum nie wieder. Ich wünschte, all meine Probleme hätten sich so leicht in Luft auflösen lassen.
Vielleicht ist es mit meinem Kopfkino dasselbe, denke ich, vielleicht sollte ich einfach nur schauen. Ich lege die Gitarre beiseite und fokussiere die Leinwand. Sofort flimmert eine Szene in der Halbtotale über mein Blickfeld. Damla

poliert dir ordentlich den Schwanz, zusammen mit ihrer Paillettenfreundin, zum Beweis, dass sie nicht zimperlich ist. Die Frauen wechseln sich ab, knutschen, lecken, schlucken, machen niedliche Ächzgeräusche, wie in Hentaifilmen. Von dir ist außer Atmen nichts zu hören. Die Bilder sind kontrastreich und detailgewaltig. Bravo, denke ich, dieser Unfug hätte allenfalls eine Randnotiz im Bewusstseinsstrom verdient. Warum lässt er mich nicht los. Was da läuft, ist nicht mein Film, warum sollte ich meine Hauptrolle gegen eine miserable Nebenrolle in diesem Fickfilm eintauschen. Ich will meine eigene Story. Bin die junge Musikerin, das Mondsuchttalent, die Sammlerin einsamer Wölfe, bin gut in meiner Rolle. Für den Moment mag ich allein sein, mit meinen Gitarren und meinen Göttern, aber ich werde es nicht lange sein. Da draußen warten Leute, Begierige, Nachtmenschen, Musikjunkies wie ich. Deren Applaus wird mich tragen, wie immer, sage ich mir. In deren Neugier werde ich baden. An deren Blicken werde ich hängen wie eine Marionette.
Aber die Bilder wollen nicht aufhören. Als hätte ich noch nicht genug geschaut, tritt mitten in meine Gedanken hinein eine Frauengestalt, diesmal nicht Lora, sondern kleiner, breiter. Sie legt eine rosige Patschhand auf meinen Schreibtisch, betont langsam, selbstbewusst. Hallo Damla. Sie befiehlt, dass ich mich hinlegen soll. Wie um den Befehl zu unterstreichen, treten drei Männer aus der Wand. Falls du nicht parierst, sagt Damla. Auf den Bauch. Die Unterhose runter. Den Rock hochschieben. Ich gehorche. Hinter den Männern taucht eine weitere Gestalt auf, die Schweizer Doktorandin, will zuschauen.
Damla tritt ans Bett. Mit der Linken stützt sie sich auf mein Becken, drückt mich gegen die Matratze, während

ihre Rechte nach unten greift. Sie bringt eine Weinflasche zum Vorschein, die neben dem Bett stand, Castillo de Vagos, ein roter Spanier. Schlampe, sagt Damla. Deine Möse fass ich nicht an. Gefickt wirst du trotzdem.

Irgendwann ist es vorbei. Mit klopfendem Herzen zerre ich die Bettdecke über meinen bloßen Hintern. Die Weinflasche rollt an den Bettrand. Etwas Dunkles schwappt über mir zusammen, Schlaf, Tempranillo, eine Ohnmacht.

Als ich die Augen wieder aufschlage, ist die Sonne etwa fünfzehn Grad weitergewandert. Ich rieche das Myrtenbäumchen. Mein Kopf ist leer. Dort sind Teelöffel im Bett. Ein mit Memos bekritzelter Pappbecher kullert auf den Boden. Da ist die Gitarre, ich ziehe sie in meinen Schoß, ihre weißen Wirbel, und das klackende Geräusch meiner Fingernägel auf dem Korpus.

Ich beginne zu singen. Zu improvisieren. In meinem Kopf resoniert ein desolates Stückchen Welt. In meinem Kopf hausen hartherzige Männer und langbeinige Frauen. Von denen singe ich. In meinem Song wird geliebt, gehurt und geheult. Whiskyflaschen, Windschutzscheiben und Wolkenkratzer gehen zu Bruch.

Früher, als meine Klassenkameraden mich ignorierten und die Lehrer mich geradebiegen wollten, floh ich in die Musik. Es war ein bisschen wie jetzt. Das Alleinsein. Der Schmerz, erinnere ich mich, dauerte nie sonderlich lange. Nach kurzer Zeit passierte etwas in mir. Als entzündeten die Götter eine Fackel für mich, eine Waffe, ein sternhelles Feuer. Etwas brannte weg, etwas schmolz, etwas verfärbte sich. Wie eine chemische Reaktion. Danach war es immer sehr still. So wie jetzt.

Man muss schon eine bemerkenswerte Maschine sein, um den ganzen Mist umwandeln zu können. In etwas, das nicht

schadet. In etwas, das weiterträgt. In Musik zum Beispiel. Wie früh ich gelernt habe, den ganzen Müll als Motor zu nutzen, Einsamkeit, Enttäuschung und all die Angst. Ab in die Zylinder damit und volle Fahrt voraus. Ich war die Königin dieser Disziplin. Vielleicht bin ich es immer noch.
Als ich weiterspiele, packt mich meine Musik, packt mich an all den kleinen Härchen auf meinem Körper. Ich werde Rhythmus, atme Akkorde. Die Arpeggien gehen wie warme Sommerschauer auf mich herab. Ich lache ein lautloses Lachen. Es passiert nicht oft, dass ich mir selbst eine Gänsehaut spielen kann.

Weiße Wimperntusche

Ich esse Sushi. Ich trage weiße Wimperntusche. In einem Birnholzkasten führe ich meine eigenen Hashi mit. Die Stäbchen sind aus demselben Holz geschnitzt. Um ihr oberes Ende schlingt sich eine filigrane Bemalung, Schriftzeichen. Mir gegenüber sitzt ein schlitzäugiger Mann, er trinkt Lotustee, ich Litschilimonade. Wahrscheinlich sind wir im Mokusei. Nur eine Handvoll Gäste sitzt in dem weitläufigen Raum verteilt. Regen nieselt an die Frontscheibe des Ladens. Überall stehen weiße Kerzen und verleihen dem Raum etwas Unwirkliches. Gegen meinen Stuhl gelehnt steht ein Schirm bei Fuß.

Der Japaner an meinem Tisch unterhält sich mit mir. Dabei öffnet er weder seine Lippen, noch benutzt er seine Zunge. Unsere Zwiesprache geht von Hirn zu Hirn, ungehindert, wie die Blicke von Auge zu Auge fliegen. Es ist eine äußerst effiziente Art der Kommunikation, so schnell, dass ich außerstande wäre, die verzweigten Impulse, die komplexen Gedankenmuster in Worte zu fassen. Wir malen uns gegenseitig mit weißer Tusche Federgrafiken ins Hirn, zehn Dutzend feinster Striche pro Sekunde. Ich bin fasziniert von dieser Art der Unterhaltung und frage mich, warum ich nicht schon früher damit begonnen habe.

Plötzlich fliegt im hinteren Restaurantteil ein Vorhang beiseite. Eine Frau stürmt auf unseren Tisch zu. Der Mann mir gegenüber hebt die Augenbrauen. Meine weiß geschminkten Wimpern huschen mir beim Blinzeln durchs Blickfeld. Auf halbem Wege bleibt die Frau stehen. Es sieht

aus, als fürchte sie, sich in unserer Nähe zu verbrennen, an der Tischkante, an der Luft, die wir atmen. Ich strecke eine Hand nach ihr aus, will sie an den Tisch einladen. Sie schreit mich an. Wer bist du, schreit sie. Was bist du. An meiner statt antwortet der schlitzäugige Mann. Er antwortet in unserer Kopfsprache. Ich bin die Krücke, sagt er, der Handschuh, die Maske eines eitlen Gottes. Ein hohles Gebrauchsding. Ich werde aufgerieben, abgenutzt, verbraucht. Ich bin ein Docht, der willig glüht.
Die Frau rennt nach draußen und verschwindet im Regen. Ich glaube nicht, dass sie uns verstanden hat. Von ferne werden Sirenen laut. Ich wache auf.

Taubenmist

Laut Kalender war vor knapp zwei Wochen Herbstbeginn, aber heute ist der erste Tag des Jahres, der sich wirklich wie ein Herbsttag anfühlt. Am Morgen hing Nebel überm Fluss. Mittags war das Licht silbrig statt golden. Auch der Nachmittag behält sich in seinen Schatten und Winkeln eine gewisse Kühle vor. Feinkost Dilber, das Messingschild ist heute nicht poliert, sondern von einem feinen Oxidationsschleier überzogen.

Mit einer Hand umklammere ich eine Weinflasche, die ich aus Borgs Sammlung genommen habe. Sie schien mir die exotischste, Zinfandel, California, steht auf dem Etikett. Außerdem hatte Borg sechs Flaschen davon gelagert, also kann der Wein nicht so schlecht sein. Ich will mich schließlich nicht blamieren. Die andere Hand spielt in der Manteltasche mit zwei Stücken Buntpapier.

Im Vorbeigehen werfe ich einen Blick in das spiegelnde Schaufenster, letzter Optikcheck. Mein Haar scheint in Ordnung. Ich bringe meine Schritte auf die richtige Länge, bugsiere mein Ego in die richtige Position. Taste die innere Landkarte ab. An der Stelle, wo meine Seele sitzen sollte, tummelt sich ein Jahrmarkt der Eitelkeiten.

Ich betrete das Feinkostgeschäft, den kalifornischen Wein wie ein Schutzschild vor mir hertragend. Beinahe bleibe ich an einer Auslage kandierter Erdbeeren hängen. Eine andere Verkäuferin als beim letzten Mal eilt durch den Laden. Eine gut gekleidete Kundin studiert die Schokoladen. Sonst ist niemand da.

Ich stelle mich vors Weinregal und studiere die Etiketten. Mein Kalifornier ist erwartungsgemäß nicht dabei. Bald kommt mir die Verkäuferin zu Hilfe. Ich halte ihr die Flasche hin, das sei der Lieblingswein eines Bekannten, ob sie den für mich bestellt kriege. Sie überfliegt das Etikett.
»Den hatten wir noch nie. Einen Moment. Da muss ich die Chefin fragen«, sagt sie.
Ich erschrecke ein bisschen. Die Chefin. Mein Plan funktioniert. Die Verkäuferin verschwindet in der Tür hinter der Ladentheke. Weil sie die Tür hinter sich offen lässt, kann ich sehen, dass alles unverändert ist, gefliester Flur, Pappkartons, Telefontisch. Es dauert nicht lang.
»Chefin kommt gleich«, sagt die Verkäuferin beflissen.
Sie lässt meine Weinflasche auf dem Ladentisch stehen und wendet sich der anderen Kundin zu. Mit halbem Ohr verfolge ich ihr Gespräch über Kakaosorten und Gewürze. Ich streife unruhig durch die Regale. Bin so nervös, dass ich aufpassen muss, die zwei Buntpapiere in meiner Manteltasche nicht zu zerknittern. Es ist dasselbe pinkfarbene Papier, das ich vor einigen Wochen Saskia in die Hand gedrückt habe. Ich will Damla zwei Freikarten schenken.
Endlich bewegt sich hinterm Tresen wieder was. Eine etwa fünfundfünfzigjährige Frau kommt in den Verkaufsraum. Sie hat weder blondes Perserkatzenhaar noch Patschefinger, stattdessen rot gefärbte Locken und große Klavierhände. Nur die schwingenden Hüften hat sie mit Damla gemeinsam. Die rotlockige Matrona tritt dicht an mich heran, begrüßt mich direkt auf die Nasenspitze zu, gehört offensichtlich zu den Menschen, die immer einen halben Schritt zu nahe kommen. Menschen, deren Wohlfühlradius ein Stück verkürzt ist.

»Sie sind die junge Dame, die wegen des kalifornischen Weins hier ist?«, fragt sie.
Ich nicke. Verwirrt versuche ich zu erkennen, ob ich Damlas Mutter oder Tante gegenüberstehe. Weil sie so dicht vor mir steht, fällt es mir schwer, ihre Erscheinung zu sortieren. Sie hat einen wachsamen, sich immerfort bewegenden Blick. Die Fältchen um ihre Augen und ihren Mund nehmen alle paar Sekunden andere Formen an.
Ich hangle mich an dem Gespräch über den Kalifornier entlang. Es stellt sich heraus, dass ich mir tatsächlich einen Exoten ausgesucht habe. Sie wolle ein paar Lieferanten befragen und mich in ein paar Tagen anrufen. Es könne durchaus sein, dass die Zustellung mehrere Wochen dauere. Ich lehne höflich ab. Den Preis will ich gar nicht wissen. Es fällt mir schwer, mein Spiel weiter glaubhaft zu verkaufen. Ich fasle immer mehr Unfug.
Mit jeder Sekunde kommt mir meine Freikartenidee hirnrissiger vor. Alles, was ich schenken kann, ist meine verdammte Musik. Warum sollte Damla von allen Geschenken der Welt gerade dieses annehmen. Warum sollte sie überhaupt Geschenke von mir annehmen.
»Ist eigentlich Damla da?«, höre ich mich fragen.
Verwundert schaut die Muttertante mich an.
»Wie nett. Ihr kennt euch?«
»Wir sind Bekannte.«
»Damla freut sich bestimmt. Moment. Ich schicke sie runter.«
Die Rotgelockte schwingt sich zurück durch die Tür hinter der Ladentheke. Wieder stehe ich ratlos zwischen den Feinkostsachen herum. Zweifle langsam an meinem Verstand. Bestehe darauf, irgendeine Art von Kontakt zu Damla zu knüpfen. Und sei es nur die Ohrfeige, die ich irgendwann bekomme, wenn ich so weitermache.

In diesem Moment geht bimmelnd die Ladentüre auf, und eine hochgewachsene Frau tritt ein. Ein paar unentschlossene Sekunden lang hängt mein Blick in ihrem Gesicht. Dann erkenne ich sie. Es ist die Paillettenfrau, die dich und Damla begleitete, als ich euch zum ersten Mal im Fairy Club sah. Heute trägt sie keine Pailletten, sondern eine Wildlederjacke und Turnschuhe. Sie grüßt mich mit einem kühlen Nicken und verschwindet ohne Zögern in der Tür hinterm Ladentisch. Es wird immer besser, denke ich und setze mich mit großer Vorsicht auf einen bunten Hocker. Weglaufen werde ich ja doch nicht. Die gut gekleidete Kundin hat sich inzwischen für zwei Schokoladen entschieden und verlässt stöckelnd das Geschäft. Ich blicke ihren Stiefelabsätzen wie einem langsam davonwippenden Rettungsboot hinterher.

Von draußen fällt ein dünner Streifen Herbstlicht ins Ladenfenster, die Luft bleibt silbern wie die neben mir drapierten Bestecksets, selbst der Abend macht den Himmel nicht mehr richtig rot. Ein Hund schreckt einen Schwarm Tauben auf, vielleicht der Schnauzer von letzter Woche. Vier, fünf Vogelwölkchen ergießen sich in den Silberhimmel.

»Was willst du von Damla?«

Ich drehe mich um. Die Paillettenfrau tritt mit raschen Schritten heran, hält das Kinn leicht erhoben, die Oberlippe wie beim Anblick einer verdorbenen Speise geschürzt. Ich kenne noch nicht einmal den Namen dieser Frau. Die Feinkostangestellte schaut besorgt herüber, beschließt dann allerdings, die Auslagen auf der kleinen Fischtheke zu sortieren, ein paar Eiswürfel nachzulegen.

»Ich wollte ihr die hier schenken«, sage ich und hole die Freikarten aus der Tasche.

Damlas Freundin wirft einen flüchtigen Blick auf die Papierchen.
»Lass sie in Ruhe. Damla will dich nicht sehen. Weder hier noch auf der Bühne. Meine Güte. Und ich dachte, du hättest den Anstand, endlich aus ihrem Leben zu verschwinden.«
»Ich bin nun mal auch da. Ich will ja nur, dass sie weiß, dass ich ihr nichts wegnehmen will. Nicht Fender und nichts sonst.«
»Der Macker. Meine Güte. Der gehört kräftig in die Eier getreten, wenn du mich fragst. Aber das kann ich Damla nicht antun.«
»Ich weiß nicht. Er war nie der Typ für klassischen Beziehungskram«, sage ich.
Am liebsten will ich einen Vortrag halten. Über Liebe. Über Freiheit. Natürlich finde ich kein einziges Wort. Nur ein leidenschaftlicher Funke springt aus meinen Augen auf die Paillettenfrau über. Sie leitet ihn mühelos ab. Lässt mich abblitzen wie einen ungewollten Lover.
»Meine Güte. Es reicht. Raus hier.«
Ihre Stimme ist schneidend geworden. Sie ragt einen Kopf über mich hinaus und gibt einen guten Bodyguard ab. In ihren Augen spiegelt sich das kalte Silberlicht von draußen.
Über glitschiges Kopfsteinpflaster und Taubenmist stapfe ich zurück nach Hause. Die zwei pinkfarbenen Papiere in meiner Tasche reiben aneinander. Zwischen meinen Fingern verlieren sie Festigkeit und Form.

Rotkehlchen

Ein gemessenes Hallo dringt aus dem Hörer und kriecht direkt in meine Magengegend. Ich war gerade, einen Gitarrenkoffer in jeder Hand, die Stufen zu meinem Zimmer hochgepoltert, als das Telefon klingelte. Die Männerstimme am anderen Ende versetzt mir unvermittelt einen Stich. Ihre Tiefen, ihre kleinen Rauheiten und die Erinnerung an all die anderen Worte, die mir diese Seemannsstimme schon gesagt hat, streichen wie ein Knäuel schnurrender Kater um die Beine.

»Rotkehlchen«, brummt Blaum durchs Telefon.

Mir ist, als könnte ich in seine Meeraugen sehen, den Geruch seiner Hemden atmen, den feinen Hosenstoff fühlen, mein Bein über seines legen. Ich murmle seinen Namen in die Sprechmuschel und korrigiere mich schnell. Der Breitnacken mag es nicht, wenn ich ihn beim Nachnamen nenne. Er ahnt nicht, wie viel vertrauter mir sein blaumiger, flaumiger Familienname ist, blau wie seine Karohemden, bauchig wie sein Dekantiergefäß.

»Rotkehlchen«, sagt er nochmals und diesmal in völlig anderem Tonfall, schnell und bestimmt. Mit wenigen Worten lädt er mich auf einen Rehbraten ein, den er eigenhändig zu machen gedenke. Er habe keine Lust, den mit seinen Kollegen, mit seiner Schwester und ihren Bälgern oder mit der Doktorandin aus der Personaletage zu teilen. Obwohl er sich sicher sei, dass zwei Drittel übrig blieben, wenn er mich einlade, und er den Rest wegwerfen oder einfrieren müsse, wolle er lieber mir beim Vogelpicken zusehen, als

sonst irgendwelche Mäuler zu stopfen. Mehr aus Verworrenheit als aus Rehbratenlust nehme ich die Einladung an.
»Das freut mich«, sagt Blaum.
Ich überschlage die Wochen, in denen ich Blaum nicht gesehen habe. In denen ich ihn vergessen habe wie eine alte Dose Thunfisch, die ins hinterste Eck des Kellerregals gerutscht ist. Ich kann nicht sagen, ob es vier, fünf oder sieben Wochen waren, der kurze Anruf letztens war der einzige Kontakt seither. Bestimmt hat der einsame Stier in meiner Abwesenheit ein paar Nutten beschäftigt, denke ich, und Sehnsucht klatscht wie ein platzender Wasserballon gegen die Innenwände meines Körpers. All das Vermissen, das ich in diesen vier, fünf oder sieben Wochen nicht gespürt habe, sickert kühl und langsam auf meine Herzhaut durch. In der Leitung knirscht etwas.
Drei Tage später streune ich die mit Buchsbäumen flankierte Auffahrt hoch. Eine Amsel torkelt über den Grat einer weinumrankten Mauer, hat offensichtlich zu viele überreife Früchte intus. Ich grüße sie mit einem leisen Pfiff. Sie gurgelt ein verwirrtes Vogelwort.
Ich drücke den goldenen Klingelknopf. Binnen Sekunden tönt dasselbe gemessene Hallo aus der Sprechanlage, das mich schon vor drei Tagen verführte. Aus dieser Stimme, denke ich, würde ich mir gern einen Morgenmantel schneidern. In meinem Bauch flattert ein Libellengeschwader, als ich meine Hand auf den goldenen Türknauf lege. Sachte, sachte, sage ich mir. Ich werde die kommende Nacht im Mantel dieser Stimme verbringen. Niemand nimmt sie mir weg. Der Türöffner surrt.
Oben empfängt mich Blaum mit einem Glas Kir Royal. Er hat Handtücher und Badeöl bereitgelegt, für später, und

aus der Küche dringt bereits der nussige Wildgeruch. Nichts, denke ich. Ich habe nichts von alledem verdient. Mein Zwerchfell flattert. Meine Mundwinkel verzerren sich unkontrollierbar nach oben. Ich kämpfe gegen einen hysterischen Lachanfall an. In Notwehr klaue ich einen von Blaums kräftigen Zigarillos und verschwinde auf dem Balkon. Das Lungengift beruhigt mich ein wenig.

Auf der Straße springen die altmodischen Weststadtlaternen an. Sie tauchen die Häuserfassaden in ein unwirkliches Licht, das sie gegen den nüchternen Herbsthimmel abhebt, eine käsegelbe Theaterkulisse. In den Vorgärten und Hofeinfahrten, wo sich Laub zu sammeln beginnt, sitzen violette Schatten. Irgendwo unter mir raschelt es. Die betrunkene Amsel pickt weiter nach Beeren. Sie wird weitermachen, denke ich, bis sie von der Mauer fällt.

Vogelbeeren

An Blaum sattgepickt oder einfach so erschöpft, dass ich meine Sehnsucht vergessen habe, verlasse ich gegen fünf Uhr morgens die Weststadtvilla. Nicht Kälte oder Übermüdung, sondern ein Anflug von Euphorie schüttelt meine Schultern. Sie keimt grundlos an der Wurzel meiner Wirbelsäule auf, rankt sich an dieser nach oben, kriecht ausschweifend nach links und nach rechts. Zwischen meinen Schulterblättern beginnt sie seltsame Blüten zu treiben, ein Paar wildwüchsiger Flügel.

Die Luft kringelt sich in kleinen Spiralen in meine Lunge. Ich sauge sie literweise ein. Schon höre ich meine Krautschwingen rauschen, schon hebt es meine Fersen vom Boden. Zumindest fühlt es sich so an.

Ein plötzlicher Ruck rammt mir die Luftspiralen aus den Lungen. Unerwarteter Schmerz macht sich dort breit, wo noch vor kurzem meine Flügel saßen. Ich lande unsanft auf dem Asphalt. Das Rauschen geht über in ein Raunen und Schlurfen. Melonengroße, beschlagene Schuhkappen stampfen vor mein Gesicht. Ich rapple mich auf, denke, jemand hat mich aus Versehen angerempelt, von hinten über den Haufen gerannt.

Geblendet durch das Licht einiger heranrollender Autos sehe ich zunächst nur Umrisse. Zwei Wollmützen, zwei hochgeschlagene Kragen, vier stämmige Beine. Keine zur Entschuldigung ausgestreckte Hand. In den Schuhen spiegeln sich die Scheinwerfer der Autos, die vorbeirollen und verschwinden. Zurück bleibt nur das käsegelbe Laternenlicht. Als ich mich komplett aufrichten will, die Gesichter der Gestiefelten suchen, tritt eine der Schuhkappen mir unvermittelt in die Seite. Ich keuche überrascht. Taumle zurück Richtung Boden.

»Kleine Bitch«, sagt einer der Typen, »kommt mal wieder vom Ficken. Haste auch paar Pillen geschmissen?«

Hastig stemme ich mich auf die Beine, bewege mich so schnell ich kann. Zwei, drei Herzschläge lang wird mir schwarz vor Augen, meine Hände fahren haltsuchend durch die Luft. Ich bekomme eine Zaunlatte zu fassen, langsam klärt sich meine Sicht. Einer der Typen grinst, der andere hebt die hässliche Gorillafaust. Schwarzes Leder fliegt auf mein Gesicht zu. Das Wegducken gelingt mir nur halb.

Ich bin ein Mädchen. Ich bin noch nie verprügelt worden. Der Boden unter mir fühlt sich wirklicher an als sonst, echter, fester. Ich schlage mit den Knien, den Händen, den Wangen darauf auf, ich lasse mein Blut auf den scharfen Steinchen des Asphalts und nehme im Gegenzug ein wenig des Straßenstaubs auf. Blutsbrüderschaft mit der Straße, rote Spuren gegen das schmutzige Grau. Ein weiterer Hieb schleudert mich gegen die Betonrampe einer Garageneinfahrt, kostet mich die Haut an den Handballen. Die blauen Linien an der Innenseite meiner Arme tun weh, mehr weh als die Schläge, wenn ich mir vorstelle, wie der giftige Stadtstaub in mich eindringt. Wie er die Schultern hochkriecht, sich im Körper verteilt. Ich springe auf, stemme meine Füße fest auf den allgegenwärtigen Boden, stoße mich ab, hierhin, dorthin, beginne mit den Schlägen zu tanzen. Der Schmerz lehrt mich, nicht mehr zu fallen, und verstummt.

Stattdessen fühle ich den Faden, der durch die Finger meiner Schicksalsgöttin haspelt. Mir wird bewusst, wie sehr ihre Handflächen von dem Mistfaden schmerzen, wie wundgerieben ihre Fingerglieder sind. Der Faden läuft nicht gerade, er schlingert. Mein ganzes Leben schon schlingert das verdammte Ding. Ich kann ihr nicht übelnehmen, wenn sie langsam Lust auf die Schere bekommt.

Zwei breite Schulterpaare drängen mich in eine Nebengasse. Der Prügler packt mich am Arm. Der Grinser hat aufgehört zu grinsen. Plötzlich höre ich das metallische Aufschnappen eines Messers. Butterfly, Butterfly, wispert es in meinem Kopf, der kleine Gegenstand verleiht mir wieder Flügel. Diesmal sind meine Flügel nicht aus Blüten, diesmal sind es echte Flügel, mit Federn groß wie Palmblätter, weiße Sehnen, rotes Muskelfleisch, mächtige Albatrosschwingen. Ein Gottesgefieder, Prachtfittiche, die einen Hänfling wie mich binnen eines Lidschlags in die Höhe reißen. Mit einer Kraft, von der ich nichts wusste, schlagen sie mich frei. Der Prügler stößt einen überraschten Ruf aus.

Das Rauschen meiner Schwingen betäubt alle anderen Geräusche. Ich höre nicht, ob die zwei Gorillas mir folgen. Ich laufe und laufe. Ich laufe, bis das Blut in meinen Adern zu flüssigem Blei geworden ist. Laufe weiter, bis das Blei sich in Salpetersäure verwandelt hat, und weiter, bis die Salpetersäure als Kerosin in Flammen aufgeht. Beinahe wäre ich weitergerannt, nur um zu sehen, welche weiteren Metamorphosen mein Blut durchmachen kann.

Ich lasse mich in das Gebüsch einer Verkehrsinsel fallen. Mein Puls sprengt mir fast den Schädel. Alle paar Minuten fährt ein einzelnes Auto vorbei. Es beruhigt mich, dass da Menschen sind. Unter mir liegen die erschöpften Schwingen, zerzaust, schmutzig, und verwachsen langsam mit dem Boden. Über meinem Gesicht baumelt eine Dolde Vogelbeeren. Ich pflücke eines der roten Bällchen und taste mit der Zunge seine runzlig gewordene Oberfläche ab, den harten Blütenrest an seiner Unterseite, ein bisschen Gift schadet mir jetzt auch nicht mehr. Als mein Puls sich einigermaßen beruhigt hat, hieve ich mich in die Hocke. Die Schwingen bleiben am Boden liegen, abgelöst, welker Unrat.

Durch die Blätter des Busches spähe ich in alle Richtungen. Keine Gorillas weit und breit. Ich überquere die dreispurige Fahrbahn. Von hier aus, überschlage ich, ist es ungefähr gleich weit zu dir wie zurück zu Blaum. Ich bleibe stehen. Wie ein dummer Esel zwischen zwei gleich großen Heuhaufen. Die Beere schlucke ich ungekaut. Ich will losrennen, aber ich weiß nicht wohin.

Unter einer Straßenlaterne krame ich meinen Taschenspiegel heraus. Meine Hände zittern. Vom Handballen schmiert etwas Blut an meine Jacke. Vorsichtig bewege ich meine Finger, wie ich sie zum Gitarrenspielen bewegen müsste. Wird schon gehen, denke ich. Ich nehme den Spiegel hoch. Mitten in meiner Unterlippe klafft ein breiter Riss. Das daraus hervorgequollene Blut ist in einer seltsamen Knospe geronnen. Mein Kinn und mein Halstuch haben Flecken. Auch die Haut unter meiner linken Augenbraue sieht seltsam aus, unterlaufen, verdächtig dunkel im Vergleich zu meiner hellen Haut. Ich packe den Spiegel weg.

Was wollten sie von mir. Ich glaube nicht, dass die zwei Gorillas mich ernsthaft verletzen wollten. Kein einziger Knochen ist gebrochen, nicht mal eine Rippe. Darauf hatten sie es nicht abgesehen. Ich blute hier und da. Werde die nächsten vier Wochen mit blauen Flecken herumlaufen. Aber alles hätte wesentlich schlimmer sein können, wenn die beiden es gewollt hätten. Da bin ich mir sicher. Hätten

mir die Typen an die Wäsche gewollt, hätten sie nicht erst ihre Prügeltour durchgezogen. Hätten sie Geld gewollt, hätten sie nicht vom Ficken gefaselt. Angst wollten sie machen. Vielleicht sind die zwei Gorillas auf dem Misthaufen gewachsen, den Damla und ihre Paillettenfreundin hüten. Was für eine krasse Scheiße das wäre, denke ich, das Fickgericht, die Sittenpolizei.
Dass sie mich bei Blaum abfingen und nicht vor deiner Wohnung. Bestimmt, denke ich, um das faule Ei nicht allzu offensichtlich zu legen. Offensichtlich für mich, aber sonst für keinen, vor allem nicht für dich. Ich starre auf die blauen Linien an der Innenseite meiner Arme. Für ein paar Sekunden werden sie weiß wie meine Haut. Dann kehrt das violette Blau zurück, stärker als vorher, und die Venen schwellen an. Mein Blut tut merkwürdige Dinge.
Langsam beginnen auch meine Handgelenke, mein Kopf, meine Knie und andere Körperteile zu schmerzen. Ich werde den Dreck aus meinen Schürfwunden pflücken müssen, so wie ich aus Saskias Sohle die Glassplitter pflückte. Widerwillig trotte ich Richtung Goldlaube. Die gelegentlichen Autos, die mir vorher Gesellschaft und Trost gespendet hatten, kommen mir jetzt wie leere Raumkapseln vor. Mit toten Augen starren mich die Fahrer an, viele bemerken mich überhaupt nicht. Ihre Gesichtszüge sind schlaff, als würden sie alle noch schlafen. Einzig die Ampeln sind schon wach und schalten einsam von Rot auf Grün.
Plötzlich huscht ein Fuchs über den vierspurigen Straßenbelag. Ich möchte ihm hinterherlaufen. Sehen, wo er haust. Schlafen, wo er schläft. Selber Fuchsfrau werden, in einer Bauruine, einem Schrebergarten oder irgendwo hinter einer Friedhofsmauer. Da würde ich mehr hingehören als irgendwo sonst, denke ich.

Ich gehe weiter. Kamille und Mohn wächst aus den Ritzen der Stadt, die sich nicht zwischen Tag und Nacht entscheiden kann. Als Fuchsfee möchte ich leben, streunend, mich durchfressend, oben auf den Dächern, in den Salons und Wintergärten, und unten, in den vielen Bäuchen der Stadt. Aus denen schwappt das Rauschen der Züge und die Reste einer Musik, die bis tief in den Morgen hinein nicht verstummt. Dort unten haben sie sich abgeschottet, kein Licht dringt dort hinein, sie wissen nicht, wann es Tag wird. Oft taumeln die Nachtvögel erschrocken zurück, wenn sie die Clubs verlassen und das Morgenlicht in ihre Augen sticht.
Ein alter Mann kommt mir entgegen. Mitleidig betrachtet er mein geschundenes Gesicht. Hinter ihm kommt ein Jagdhund angewetzt. Der Hund dampft in der Morgenkühle. Im Vorbeitraben schnüffelt er nach meinen blutigen Händen.
Die Goldlaube schläft noch. Niemand sieht mich, niemand stellt Fragen. Ich entferne die Steinchen aus meinen Schürfwunden, dusche, verbinde meine Handballen und eins meiner Knie. Ich beiße die Zähne zusammen. Jetzt, wo der Schock nachlässt, tut es erst richtig weh. Auf meinem Schreibtisch liegen noch zwei Dutzend pinkfarbener Freikarten. Mit zittrigen Fingern stecke ich zwei davon in einen Umschlag, adressiere ihn, Paradiesgasse.
Ich richte die Fernbedienung auf die Stereoanlage. Ein paar einfache Riffs purzeln ins Zimmer, Akustikgitarre, sonst nichts, und der Sänger lässt sich Zeit. Ich lege mich flach auf den Boden. Beruhigt, dass er mich trägt und keins meiner Körperteile noch irgendwohin fallen könnte, genieße ich die Festigkeit, die Schlichtheit, die Härte der Holzdielen. Der Sänger beginnt von Lavendel, von verspäteten Zügen, von einem Glück aus Porzellan zu singen. Die Musik ge-

winnt an Fülle. Mir schießen Tränen in die Augen. Es hat nichts mit der Musik zu tun. Ich fließe einfach über. Die Tränen rinnen über meine Wangen, hinterlassen glänzende Streifen, rinnen mir ins Ohr. Auf meiner Zunge ballt sich ein salziges Schluchzen, ein lautloser Schrei. Schwappt über meine zersprungenen Lippen hinweg. Es klingt filmreif. Ihm folgen weitere. Es ist wie Sichübergeben. Bis ich leer bin. Es ist wie anrollende Wellen. Wie stürmischer Regen. Ich bleibe liegen und werde nass.

Mein blaues Auge blüht wie schwarzer Mohn. Ich schminke meine Augen besonders dunkel, so dass es nicht auffällt. Genau genommen sieht das Hämatom wie ein Wasserfarbenfleck aus, beinahe harmlos, keine Schwellung, nur ein leichtes Blau unter der Haut, ein dunkles Lila, und die Ränder sind ein wenig grün.
Der Bassmann hört die Geschichte von dem Überfall an, schüttelt den Kopf, will zur Polizei. Ich wimmle ab. Auch Blaum will seine Register ziehen, mich nach meinem nächsten Besuch wenigstens nach Hause zu fahren. Ich streite mich mit ihm.
»Vergiss es. Lieber will ich zehnmal verprügelt werden als nicht mehr frei in der Stadt herumlaufen können. Kommt nicht in Frage.«
Sein schwerer Ochsenkopf schnellt in die Höhe. Er rupft die Manschettenknöpfe, die er eben in seine Ärmel gefummelt hatte, wieder heraus und beginnt zu argumentieren. Ich lasse nicht locker. Irgendwann murmelt er nur noch. Murmelt irgendwas von Wildfang, Widerborst und Leichtsinn. Er senkt sein stoppeliges Kinn auf die Brust, lässt mich gewähren.
Ich schlittere also weiter meiner Wege, spiele Rockstar, gebe Interviews für lokale Szeneblätter. Mache mit dem Bassmann drei neue Songs fertig, spiele bei einem Talentwettbewerb, solo, und gewinne. Schnorre Geld und Futterrationen von Borg. Besuche meine alte Französin und lasse mich zu grünem Pudding und komischen Kräuterschnäp-

sen überreden. Ich gehe alles etwas langsamer an als sonst und werde, zumindest für die nächsten anderthalb Wochen, nicht mehr verprügelt.
Du rufst an. Damla habe sich bei dir ausgeheult. Dass sie sich bedrängt fühle.
Für einen kurzen Augenblick will ich losfluchen. Den Telefonhörer an meiner Schreibtischkante zertrümmern. Fragen in die Welt schreien. Warum sie mir das nicht persönlich sagen kann, zum Beispiel. Stattdessen setze ich mich in den Clubsessel, gebe zu, dass ich übertrieben habe. Ich verspreche, Damla nicht mehr zu besuchen, ihr keine Freikarten mehr zu schicken.
»Freikarten?«, fragst du. Offensichtlich hat Damla sie nicht erwähnt. Sie müssen vor vier Tagen in ihrem Briefkasten gewesen sein. Vermutlich hat sie die pinkfarbenen Papierstreifen kommentarlos weggeworfen.
Zu meiner Überraschung findest du die Freikartenidee sogar gut. Wir kommen überein, dass ich dir die zwei Karten schicken soll und du sie Damla mit ein paar passenden Worten überreichen wirst. Dann könne sie ja immer noch entscheiden. Mir wird schlecht von der ganzen Kommunikation über Eck, aber ich packe sofort zwei neue Papierchen in ein Kuvert.
»Wie geht es dir?«, fragst du endlich.
»Ich wurde verprügelt.«
»Was? Wieso?«
Ich schildere dir alles. Ich zitiere auch, was der Schlägertyp sagte, bevor sein Kumpan begann, auf mich einzutreten. Deute an, dass ich niemanden kenne, der ein Interesse daran hätte, mir einen derartigen Schuss vor den Bug zu geben, außer vielleicht Damla. Für drei Sekunden ist es totenstill in der Leitung.

»Jetzt drehst du aber durch«, sagst du.
Ich schweige. Halte meine Worte mit Gewalt im Mund. Unbedacht beiße ich mir auf die Lippe. Mit einem scharfen Stich springt die Wunde wieder auf.
»Ach fuck«, sage ich.
»Nein, ehrlich, da spinnst du rum«, erwiderst du.
»Nein, nein«, beeile ich mich zu sagen, »nicht deswegen. Ich hab mir nur gerade die kaputte Lippe wieder aufgebissen.«
Das folgende Gespräch ist eine Aneinanderreihung von Ausweichmanövern. Wir steuern einen Vermeidungskurs durch Nebelfelder. Unsere Stimmen sind ein unheimliches Echo ihrer selbst. Es fällt mir schwer, dem Gespräch zu folgen. Einmal versuchst du, einen Haken zu mir herüberzuwerfen, fragst, wann ich dich wieder besuche. Aber ich weiß es nicht, will es nicht wissen, und wir driften weiter galant aneinander vorbei. Hängen in den Seilen des Gesprächs wie erschöpfte Seemänner. Irgendwann legen wir auf.
Ich werfe einen Blick auf meinen Kalender. Eigentlich ist dieser Kalender nur ein zusammengeklebtes Etwas aus vier karierten Blättern Papier. Mit zwölf Spalten für die Monate, die wiederum in Tage unterteilt sind. Das ergibt zwei auf acht Kästchen, vier Quadratzentimeter, für jeden Tag. Die meisten Tage sind bekritzelt, Termine, Notizen, nicht vergessen. Diese Kritzeleien eilen mir im Kalender voraus wie eine Bugwelle. Der Wunsch, in eine unbekritzelte Zeit einzutauchen, überfällt mich immer öfter. Ich fahre mit dem Finger über die nächsten Tage. Verwische ein paar Bleistiftkrakel. Immerhin, denke ich, sind in den nächsten zwei Wochen keine Konzerte geplant, und wenn ich die unwichtigen Termine streiche, bleiben nur ein Gastauftritt

beim Uniradio und ein Mittagessen mit dem Grafiker übrig.
Ich zögere nicht lang. Ich tippe zwei Nachrichten. Es ist so weit, Anker lichten, jetzt oder nie. Ein paar Jeans, Shirts und Pullover sind schnell in einer Reisetasche verstaut. Ich habe noch nie so Knall auf Fall gepackt.

Treibstoff

Meine Geschichte riecht nach Benzin, denke ich, als mir ein Schwall Treibstoff über die Hände rinnt. Und nach Moos und nach Männerhemd. Rasch pflanze ich den Hahn tiefer in die Tankklappe, drücke zu und höre der Zapfanlage beim Summen zu. Ich bin allein auf der kleinen Insel aus Neonlicht. Fast allein. Der Tankwart ist über einer Zeitung eingenickt.

Ich habe nie jemandem erklären können, warum der Geruch von Benzin mich beruhigt. Jetzt würde ich es gern dir erklären, aber du bist nicht da. Nein, halt. Ich bin es, die nicht da ist.

Vielleicht waren es die Tankstopps, wenn mein Vater in kurzen Hosen an der Zapfanlage stand, nach dem Bezahlen manchmal Eis oder Frühstück mitbrachte, den Motor wieder anließ, um seine Familie in den Urlaub zu schaukeln. Mein Vater schlief und ruhte nicht, bis sich irgendein Meer vor uns auftat, bis die salzige Luft und das Geschrei von Möwen in unsere bis zum Anschlag aufgekurbelten Fenster drang.

In einem dieser Urlaube, zwei Jahre nach Moritz' Verschwinden, fand ich einen Freund. Er hatte kohlschwarze Knopfaugen, seine Hände waren in ständiger Bewegung, er schwang krumme Stecken, die er aus dem Treibgut zerrte, warf Steine ins Wasser, rupfte hartes Ufergras. Er war einen Kopf kleiner als ich und hegte ständig Kriegsfantasien. Also spielten wir Krieg, immer wieder Krieg, mal fochten wir auf derselben Seite, mal gegeneinander.

Eines Nachts, unsere beiden Elternpaare saßen Wein trinkend in einem nahen Restaurant, trotteten mein Freund und ich gelangweilt am Strand entlang. Der knopfäugige Junge drehte Kronkorken und alte Kippen zwischen den Fingern, machte mit den Lippen immer wieder halblaute Explosionsgeräusche. Schließlich legten wir uns in dem Lager, das wir hinter einem toten Baumstumpf gebaut hatten, auf die Lauer.
Dann sagte mein Freund, er müsse den Strand nach Munition absuchen. Ich machte mich an der Rückwand des Lagers zu schaffen, besserte das Geflecht aus Treibholz aus. Als ich mich wieder umdrehte, war der Strand leer, mein Freund verschwunden. Zumindest dachte ich das. Bis ich seinen Kopf sah, draußen im Meer, ein winziger Schopf, der sich kaum von den dunklen Wellen abhob, darunter schemenhaft sein schmächtiger Rücken, schon halb im Wasser verschwunden. Im selben Moment drehte mein Freund sich um. Für eine halbe Sekunde nur, zu kurz, um zu winken, um fragend meine Arme in die Luft zu werfen. Er ging einfach weiter. Wie versteinert hockte ich im kalten, groben Sand, beobachtete, wie sein kleiner Körper im Wasser verschwand. Bald tauchten auch die dünnen Schultern unter. Ich konnte seinen Kopf in der Dunkelheit kaum mehr erkennen. Meine Augen schmerzten vor Anstrengung. Irgendwann war er ganz verschwunden.
Ein Schauer überlief mich. Wie aus einer umgestoßenen Flasche gluckerte eine Faszination über meinen Nacken, in meinen Schoß, eine dunkle Flüssigkeit, ein Gemisch aus Panik und dem Wissen, dass ich nichts tun konnte, nur schauen. Noch mindestens fünf Minuten kauerte ich da. Der kleine Munitionssucher tauchte nicht wieder auf. Ich

rannte zur Ferienwohnung meiner Eltern und kroch tief unter meine Bettdecke.

Dass mein Freund mich am nächsten Tag quicklebendig, ein paar Muscheln jonglierend und mit blitzenden Knopfaugen angrinste, nahm der Nacht nichts von ihrer Bedrohlichkeit. Zwiespältige Gefühle, Bedrückung, etwas Schuld, eine unbändige Freude, nicht selbst im Meer versunken zu sein, und die kalte Faszination für die Unumkehrbarkeit der Dinge. Ein bisschen von derselben Faszination packt mich, wenn ich daran denke, wie du langsam aus meinem Leben verschwindest. Wie mein kleiner Freund marschierst du zielstrebig an einen Ort, wo ich nicht leben kann. Nicht leben will. Was ich für so selbstverständlich hielt, deine Bewunderung, den Sex, deine Hingabe, und meine Begeisterung für alles, was du tust, geht zentimeterweise, schrittweise mit dir verloren.

Eigentlich wollte ich ans Meer fahren. Wollte schon in den frühen Morgenstunden losfahren. Aber die Züge waren teuer, und einen Wagen, den ich zwei Wochen lang hätte behalten dürfen, fand ich nicht. Ich kann von Glück sagen, den alten Toyota überhaupt aufgetrieben zu haben. Der gehört Matti. In fünf Tagen will er ihn zurück. Im Kofferraum liegt neben der Reisetasche eine abgewetzte Akustikgitarre. Ich will nicht ganz ohne Übung bleiben.

Seit etwa einer Stunde bin ich unterwegs. Die Vororte haben der Toyota und ich hinter uns gelassen, die Industriegebiete, den staubigen Speckgürtel der Stadt. Neben der Bundesstraße huschen nur noch gelegentliche Raststättenlichter oder trüb beleuchtete Lagerhallen vorbei. Langsam wird mir klar, dass ich keine Ahnung habe, wo ich schlafen werde. Oder wohin ich will. Hätte ich einen Mitfahrer, würde ich es wie mein Vater machen, nicht schlafen, bis Sand unter den Reifen knirscht und ich das Meer riechen kann. Aber ohne Zeugen sind solche Heldentaten nur halb so episch. Mir selbst muss ich nichts beweisen. Im Notfall muss ich auf der Rückbank schlafen, denke ich. Schon beim Gedanken daran beginne ich zu frieren. Beim Losfahren, triumphale Klaviermusik flutete das Innere des Wagens, hatte all das keine Rolle gespielt.

Ich nehme die nächste Ausfahrt. Der erste Ort, den ich durchquere, ist eine Ansammlung von Bauernhöfen und Exbauernhöfen. Der zweite Ort hat immerhin eine Bushaltestelle. Ich steige aus und versuche aus dem kleinen Zonenplan schlau zu werden. Erst als ich endgültig durchgefroren bin, komme ich auf die Idee, in Mattis Handschuhfach nach einer Karte zu suchen.

Ich klettere zurück in den Toyota. Im fahlen Licht der Deckenlampe falte ich eines der drei zerfledderten Papierbündel auf, die ich unterm Beifahrersitz finde. Ich werfe einen Blick auf das Datum der Drucklegung. Neunzehnhundertneunzig. Die grüngelben und zartroten Markierungen verraten mir, dass der Landstrich, in dem ich mich befinde, tagsüber eine schöne Gegend zum Wandern und Radfahren ist. Oder es zumindest neunzehnhundertneunzig war. Ansonsten finde ich keine Inspiration in den kolorierten Flächen, den winzigen Symbolen und Schriftzügen. Ich weiß auch nicht, was ich erwartet hatte.

Ich lasse ein Stoßgebet an die Götter los, dass ein ausgerissener Teenie ums Eck kommt, mit Sack und Pack auf dem Rücken, den ich in den Wagen setzen und ans Meer schaukeln kann. Dessen ungläubigen Blick ich langsam in ein zutrauliches Lächeln verwandeln könnte, der mich abgefahren findet und dessen Lippen nach Pfefferminzbonbons und Zigaretten schmecken. Weitere zwanzig Minuten sitze ich sinnlos herum. Langsam wird es auch im Inneren des Wagens kalt. Es kommt natürlich keiner.

Fliegenfüße

Ich knipse die Leselampe meiner Großmutter an. Das sanftgelbe Licht fällt auf die Sessellehnen, die früher Pferde waren, zwei espressobraune Araber, einer für Moritz, einer für mich. Im Orchideendschungel auf der Fensterbank abenteuerten damals unsere Playmobilfiguren, draußen im Garten wir.

Letzte Nacht, mein Stolz hatte sich geschlagen gegeben, es hatte nichts geholfen, ich brauchte einen Unterschlupf. Da mochte der Wagen noch so vollgetankt sein und die Meersehnsucht groß. Von der Bushaltestelle aus brauchte ich ungefähr eine halbe Stunde zu meiner Großmutter, die immer eine offene Kellertür und frisch bezogene Gästebetten hat.

Bereits nach vierundzwanzig Stunden unter diesem Dach hat sich das alte Gefühl des Zuhauseseins wieder eingestellt. Zwar bin ich nicht mehr das Vorschulkind von damals, bediene den Herd wie selbstverständlich selbst, gehe ohne Ankündigung aus und ein, bin zum Frühstück nicht anwesend und putze meiner Großmutter auch mal die Dusche. Aber alles andere ist gleich geblieben. Die Gewissheit, hier wohnen, mich mit meinen Siebensachen vom Keller bis in den Dachboden ausbreiten zu dürfen. Bleib, solang du willst, sagt meine Großmutter immer, nimm dir, was du brauchst.

Sie ist bereits ins Bett gegangen. Ich hole mir Tee und Früchtebrot aus der Küche. Ich stelle mir vor, wie du Damla vielleicht gerade im Moment die Freikarten unter die Nase

hältst. Stelle mir vor, du zu sein, ihre Bedrängung zu lindern, ihren Nacken zu massieren. Ich frage mich, ob sie sich küssen lässt, während der pinkfarbene Schandfleck auf ihrem Nachttisch liegt.
Ich fische den Teebeutel aus der Tasse. In der Liebe kann man sich nicht lächerlich machen, denke ich. Nur unglücklich. Ich beiße in das Früchtebrot. Unglücklich bin ich nicht.
Anschließend hole ich die alte Akustikgitarre aus dem Toyota, stimme sie und spiele ein paar Routinen rauf und runter. Als ich damit einigermaßen zufrieden bin, beginne ich in den Büchern meiner Großmutter zu blättern. Wieder eine Idee, auf die ich als Kind nicht gekommen wäre. Die Buchrücken, teils zerlesen, teils goldbedruckt, waren ein Teil der Tapete für mich gewesen. Heute haben die Bücher zum ersten Mal bedruckte Seiten, ein Innenleben. Historienromane, Erbauliches, Pflanzenbestimmbücher. Ich nehme ein dickes grünes Gartenbuch aus dem Regal. Kletterhortensie, lese ich, Feuerbohne, Duftwicke, Passionsblume, und sehe mir die Bilder an.
Als ich das Buch zurückstelle, erwacht eine Fliege, die an der Wohnzimmerwand geschlafen hat. Sie schwirrt träge durch den Raum und landet auf der Alufolie, die das Früchtebrot umhüllte. Es ist so leise im Haus, dass ich das Tippeln der Fliegenfüße höre. Filigran, unendlich leise, Fliege auf Alu, mein neues Lieblingsgeräusch, denke ich.
Plötzlich tritt Moritz aus meiner Vergangenheit ins Lampenlicht. Er hat kleine Turnschuhe an, ein gelbes Polohemd und sonst nichts. Seine Schenkel ragen darunter hervor. Er trägt den Kochlöffel meiner Großmutter in der Hand, den wir früher als Zepter, als Schwert, als Gerte benutzten. Bevor er wegrennt, streckt mein Bruder ungläubig das Küchen-

gerät in meine Richtung, lacht. Ich verbringe die Nacht mit den kleinen Drogen, Schokolade, Wein, ein kubanischer Zigarillo. Ein kurzes Saugen klingt wie ein Kinderkuss.

Kurkumagelb

Im Moos steckt noch ein Rest Nachtfrost. Durch die Kniestücke meiner Jeans dringt kalter Tau, als ich mich niederlasse, um die letzte Gartenblume zu betrachten. Sie ragt aus einem krautigen Beet wie eine niedrig stehende Herbstsonne. Ich möchte klein sein, denke ich, so klein, dass ich mich auf einer Landkarte verirren könnte. So klein, dass dieser Blütenkorb als Bett dienen könnte.

Von drinnen ruft meine Großmutter. Ich wische notdürftig die nassen Knie ab und trabe hinüber zum Haus. Mit Verschwörermiene steht meine Großmutter in der Terrassentür.

»Besuch für dich«, sagt sie.

Hinter ihr ragen zwei breite Schultern auf, ein dunkelrotes Hemd, ein schwarzer Rabenschopf. Du hast hier nichts verloren, denke ich. Du stehst auf ihren Perserteppichen wie ein orientalischer Dieb.

»Macht es euch bequem«, sagt meine Großmutter, »hier ist Tee. Ich komme später ein bisschen zum Plaudern. Die Jacke kannst du mir geben.«

Ich lausche dem Knautschen des Leders, als meine Großmutter deine Jacke im Flur aufhängt. Dann dem Knarzen der Holztreppen, als sie im oberen Stockwerk verschwindet. Ich setze mich auf eins der espressobraunen Araberpferde.

»Was willst du hier? Wie lange bleibst du?«

»Solange du willst. Ich habe Urlaub.«

Ich streife meine Schuhe ab, gleite auf die Sitzfläche und schlage die Beine unter.

»Solange ich dich aushalte«, sage ich.
Du setzt dich spiegelverkehrt zu mir auf den Boden. Rückst dicht an den Sessel. Du studierst mein blaues Auge, den frisch verheilten Riss in der Lippe. Um deine Mundwinkel zuckt etwas. Du lässt den Kopf gegen meine Schienbeine sinken. Von oben höre ich meine Großmutter singen und summen. Der Tee dampft unberührt vor sich hin. Meine Hand wandert in deinen Nacken, ganz von allein, an die stoppelige Kante deines Kinns. Du lässt dich kraulen wie ein Hund.
Worte kommen erst einige Minuten später. Du schlägst dein Hiersein, dein Bleiben, in die Formen rauer Satzbrocken, sprichst wenig, aber bestimmt. Ich nicke nur. Als wir später meine Großmutter fragen, ob du ein paar Tage bleiben darfst, sieht sie nicht einmal überrascht aus.
»Mit euch komm ich klar, solange ihr mit meiner Witwenrunde am Freitag klarkommt«, antwortet sie und schmunzelt in unsere fragenden Gesichter.
Ihre Mädchenaugen leuchten, und es würde mich nicht wundern, wenn sie gleich einen ihrer Songzeilensätze anbringt. Stattdessen tippelt sie in die Küche und holt einen Sack Karotten. Sie schält und reibt. Du bietest deine Hilfe an. Sie schüttelt den Kopf, die jungen Leute sollten sich ruhig mal ausruhen.
Beim Zurücklehnen fischst du ein Kissen hinter deinem Rücken hervor. Ich sehe aber kein Kissen, sondern einen grünen Samtturban. Du legst ihn in deinen Schoß. Mein Bruder hat den Turban oft getragen, als Sultan, als Maharadscha, als Schah von Persien. Meine Großmutter fragt nach deinem Job und deiner Wohnung. Ich hocke auf einem abgeschabten Orientteppich, halte mich an seinem Fran-

senrand fest, als könne er jeden Moment losfliegen. Palastgeschichten, Basardüfte, kurkumagelber Wüstensand. Als wäre ich zurück in den Ferien.

Heißgewässer

Wie immer, wenn wir eine Brücke überqueren, bleiben wir in der Mitte stehen. Meine Hand umschließt ein moossprenkeliges Geländer. Es ist nur ein kleines Rinnsal, das den Sonnwendweg, in dem meine Großmutter wohnt, vom Lorettoweg trennt. Sonnwendseitig liegt ein Streifen Wiese, der seine Süßgraspinsel ins Wasser dippt, darunter, auf sandigem Grund, glitzert der Glimmer. Einzelne Laubblätter haben sich im Sand festgesetzt, sind schwarz geworden, liegen da wie ölige Flecken.

Auf irgendwelchen Wegen gelangen wir zurück zu den Endlosgesprächen, die wir im letzten Winter führten. Wir kreuzen Meinungen wie Schwerter, nicht um zu verletzen, sondern aus Freude am Klingensirren, am Kräftemessen, aus Lust an der Beweglichkeit. Alles gehört dazu, das Schweifen der Hände, das Schwingen der Mäntel. Der Augenblick ist rund. Wie wir das Manöver zurück in die alten Gewässer geschafft haben, weiß ich nicht. Die Zeit erscheint mir lange her. Vielleicht sind es auch neue Gewässer. Ganz neue.

Ein Brunnen steht ein Stück weiter die Straße hinunter, ein Sandsteintrog, rotgrau und sarggroß. Aus seinem Kupferrohr fließt ein gleichmäßiger Strahl in den Trog. Als Kind beschloss ich, dass dieser Brunnen aus allen Brunnen der Welt nun meiner wäre. Sein schmuckloser Korpus reizte mich mehr als die goldlasierten Springbrunnen in den Parks und Stadtmitten. Außerdem hingen die Stadtbrunnen immer voller fremder Kinder, eisessender und sabbernder Kinder, und voller abgenagter Apfelgehäuse und Müll. Besonders das Pflaumenlaub hatte es mir angetan, wovon jeden Herbst etwas auf dem Steintrog schwamm, genauer gesagt die Tropfen, die auf den Pflaumenblättern liegen blieben, jeden Herbst. Sie trieben als silberne Perlen auf den Blätterschiffen hin und her. Wie die Unterseite der Tropfen auf der Blattoberfläche anlag, eine glänzende Haut, wie geädertes Quecksilber, ich erinnere mich genau. Als wir den Brunnen passieren, muss ich nachsehen. Die Silbertropfen sind auch heute da.

Solche Wasserperlen gab es auch im Hof meiner Grundschule. Dort wuchs Frauenmantel auf den Begrünungsinseln, auf seinen Blättern ließ sich der silberne Tau besonders gut einfangen. Ziel war es, möglichst große Wasserperlen zu sammeln, sie nicht zu verlieren, nicht zwischen den Fingern verrinnen zu lassen. Man musste wissen, wann man aufhören musste, ab einer gewissen Größe war das Zerfließen unvermeidbar.

Wir folgen dem Bachlauf bis hinaus auf die Felder. Eine Bisamratte schlängelt sich durchs Wasser. Irgendwann fährt deine Hand in die Manteltasche. Du betrachtest dein Mobiltelefon. Mit einem Stirnrunzeln gestehst du mir, dass Damla dir in den letzten vierundzwanzig Stunden sechs Nachrichten hinterlassen hat. Du würdest ihr gern antworten. Nur kurz. Ich nicke. Ich gehe ein paar Schritte zur Seite, lutsche an meiner Zunge und schweige. Zum ersten Mal löst die Erwähnung deines Perserkätzchens nicht diese innere Panik aus. Da ist nur stilles Registrieren. Meine Augen verfolgen den Bisam, mit seinem nassen Rattenfell, den robusten Schnurrhaaren, seinen quirligen Glitschbewegungen am Ufer entlang. Ich möchte zu ihm ins Wasser gleiten, pudelwohl, und mitglitschen.

Gegen halb fünf biegen wir wieder in den Sonnwendweg ein. Ein Schwarm Sperlinge räubert die letzten Samen aus den Vorgärten. Das flach einfallende Herbstlicht flirrt über den Lack eines schief geparkten Coupés. Ohne die blitzende Reflexion hätte ich den Wagen wahrscheinlich nicht einmal bemerkt, den dunklen Lack, die ledernen Sitze. Aber das Gleißen rammt sich wie ein heißer Sporn in meine Brust. Das glänzende Blech vorm Haus meiner Großmutter, ich kenne den Anthrazitlack, ich kenne die Nummer, das ist Blaums Wagen.
Meine Hand wandert an deinen Ärmel. Fieberhaft tasten meine Augen das Innere der Karosse ab. Niemand sitzt darin. Deine Augen folgen meinen. Verständnislos. Was denn los sei. In knappen Worten kläre ich dich auf. Ich habe keine Ahnung, wieso Blaum hier ist, woher er überhaupt die Adresse meiner Großmutter hat. Eine deiner Augenbrauen rührt sich, ein Rabenflügel, mitten im Schlag eingefroren.
Ein Hund trabt mit einem Tennisball im Maul über die Straße. Eine Sippe Enten flappt schwerfällig über unsere Köpfe. Dass Blaum irgendwo in den Büschen hockt und uns beobachtet, kann ich mir nicht vorstellen. Dass er bei meiner Großmutter sitzt, noch weniger. Weil alle Spekulationen nichts helfen, greife ich nach meinen Schlüsseln. Wir werden reingehen.
Im Flur schon rieche ich Blaums Aftershave. Wir hängen unsere Mäntel an die Garderobe, wo bereits eine von Blaums marineblauen Wochenendjacken baumelt. Ich glaube zu träumen. Spitze die Ohren. Meine Nackenhaare stellen sich auf wie bei großer Kälte. Ich höre die vergnügte Stimme meiner Großmutter. Ich tappe ins Wohnzimmer.
»Du hast Besuch«, meldet die alte Dame.

Blaum nickt erst mir und dann dir vielsagend zu. Er sitzt über einem Glas Holunderlimonade und einer unberührten Scheibe Früchtebrot.

»Der nette junge Mann hier hat sich Sorgen um dich gemacht.«

»Da ging es ihm ja ähnlich wie mir.«

Zu meiner Überraschung machst du einen Schritt auf Blaum zu und hältst ihm die Hand hin. Er nimmt sie, Könnerhändedruck. Die beiden Hände so ineinander zu sehen, Blaums blonder Männerflaum, deine sehnige Räuberhand, versetzt mich in helle Aufregung, Begeisterung. Ich will mich hinbeugen und diesen Handknoten beschnüffeln. Will meine Wange daran schmiegen. Ich will eine Silbermünze sein, in der Kuhle zwischen euren Händen gefangen, will den Besitzer wechseln, hin und her und zurück.

»Ich hab dem Herrn bereits berichtet, dass du kerngesund bist.«

Ein Satz weicher Großmutterfinger an meiner Schulter unterbricht meine Fantasien.

»Hast du niemandem gesagt, wo du hingehst?«

»Na ja. Zwei oder drei wussten es schon. Borg. Matti.«

»Sonst hätte ich sie ja nicht gefunden«, fügt Blaum hilfsbereit hinzu.

»Derselbe Sturkopf wie als Kind«, sagt meine Großmutter. Mit spitzen Fingern fasst sie ihr Limonadeglas, nennt mich Lausmädchen, Zuckerschnecke, während sie Kindheitsgeschichten über mich zu erzählen beginnt. Selbstgezimmerte Holzschwerter, zerdepperte Frühbeete, aus dem Boden gezogene Karotten, ich sitze auf ihren fliegenden Teppichen, und meine Großmutter breitet die Geschichten über meinen Kopf hinweg aus, als wäre ich gar nicht im Raum. Als wären sie irgendwelche Märchen, wichtige Nach-

richten, Allgemeingut. Ein belustigter Rabenblick hüpft über den Wohnzimmertisch, du amüsierst dich über meine Großmutter und darüber, wie ich mich unter ihren Verniedlichungen winde.
Blaum lauscht, weit offene Meeraugen, den Mund zu einer Seemannsschnute verzogen. Er muss als kleiner Junge einer der niedlichen Blondschöpfe gewesen sein, denke ich, die man auch für Mädchen halten könnte. Sein heutiger Stiernacken täuscht darüber hinweg, aber seine feine Nase und die glatte Haut verraten es. Blaum muss gewusst haben, dass du hier bist. Von Borg oder von Matti. Er kam trotzdem. Eine Quelle, warm und prickelnd wie Frühjahrssonne, steigt in meiner Wirbelsäule auf. Ihre Heißgewässer sprudeln hinter meinen Schläfen durch. Lassen meine Sicht verschwimmen. Ich will aufspringen und auf Zehenspitzen trippeln. Will den Orchideendschungel einatmen. Will mit einer Hand dich und mit der anderen Blaums blonde Pfote packen, mit euch in den Garten stürmen.
Um wenigstens einen kleinen Teil der aufquellenden Energien loszuwerden, gehe ich Kaffee kochen. Durch die geöffnete Küchentür höre ich weiter den Gesprächen zu. Du und Blaum tauscht euch über eure Berufe aus, ein raues, aber friedliches Hin und Her von Worten, wie Klassenkameraden, die sich zehn Jahre lang nicht gesehen haben und jetzt ein wenig angeben wollen. Meine Großmutter stellt neugierige Fragen.
»Mein Enkelchen sollte öfter bei mir Ferien machen«, höre ich sie sagen.
Mit fliegenden Fingern fülle ich den Wasserbehälter. Falte einen Papierfilter. Schütte Kaffeepulver hinein und daneben. Später trage ich alles auf einem großen Tablett hinüber. Um die Tassen anzurichten, knie ich vor euch auf den

Orientteppichen, die Kaffeesklavin, will am liebsten eure Hände küssen. Milch, Zucker, ich weiß genau, wie jeder seinen Kaffee haben will, Großmutter, du und Blaum. Beim Einschenken spritzt mir ein Tropfen Milch ins Auge. Ich rühre, blinzle und bleibe auf den Knien.

Endzeitstille

Erst spricht eine bürstenraue Männerstimme. Dann meldet sich ein besorgter Mezzosopran zu Wort. Ich verfolge die Sendung nur mit halbem Ohr. Sie jonglieren mit Begriffen wie Abschwung, Aufruhr und Zusammenbruch. Wie immer, wenn jemand den Untergang des Abendlandes prophezeit, steigen Bilder in mir auf, und mein persönlicher kleiner Endzeitfilm läuft ab.

In diesem Film besitze ich ein Sortiment Gewehre und mache das Haus meiner Großmutter zu meinem Hauptquartier. Wer überleben will, meidet die Großstadt, dort herrscht Krieg, und die Mieten in den sichereren Vierteln kann sich ohnehin keiner mehr leisten. Hier draußen hingegen wachsen Karotten, Kürbisse, Äpfel und Kirschen im Garten, einige Schuppen und Gewächshäuser gibt es auch. Erbsen und Gurken und anderes Grünzeug, essbar oder nicht, wuchern bis über die Zäune. In diesem Film steht ein Klavier im Haus und jede Menge Betten, auch in den Gartenhütten sind welche verteilt, so dass ich schlafen kann, wo immer ich will. Ich muss nur umfallen. Eine Handvoll einsamer Wölfe hat sich um mich geschart, ein Häufchen Überlebenskünstler, Übriggebliebener. Ich lasse sie in meinem Haus wohnen, sie arbeiten im Garten, kochen, beschützen mich, ein paar lieben mich auch. Das Nötigste rauben und sammeln wir zusammen oder bauen es selbst. Blaum ist da, reinigt Waffen, Saskia repariert zerbrochenen Hausrat, du und andere. Wir leben. Haben Zeit. Dass die Welt zusammenbricht, hat endlich jeder begriffen.

Eigentlich mag ich diesen Film. Ich sehne mich nach dem verwilderten Garten, nach den staubigen Fußböden, nach dem Kreuzundquerschlafen in verschiedenen Betten. Wenn jemand den Untergang des Abendlandes prophezeit, wünschte ich fast, der große Erdrutsch käme endlich.
Ich stelle das Radiogerät aus. Ich muss die Stille des Hauses hören, muss hören, ob sie eine Endzeitstille sein könnte. Blaum ist gestern Nacht gefahren. Du bist einkaufen gegangen. Meine Großmutter ist für einen Krankenbesuch unterwegs. Ich schalte das Gerät wieder ein.
Meine Großmutter hatte für uns alle gekocht, Pilzragout und Kartoffelbrei, hatte dich in den Keller geschickt, um Wein zu holen. Nachdem sie ins Bett gegangen war, leertest du mit Blaum die Flasche. Ich saß zwischen euren hemdverpackten Schultern und sog die Mischung eurer Gerüche ein. Am liebsten hätte ich nach links und nach rechts ausgekrallt, mir die beiden Köpfe zugewandt, den Atem zweier aufgebrachter Warmblüter im Nacken gefühlt, euch in ein wildes Spiel verwickelt, zwei pochende Herzen, zwei zuckende Schwänze in mir versenkt. Zum Abschied verpasste Blaum dir einen brüsken Schulterschlag. Mich hob er vom Boden wie ein Kind.
Ich reiße ein Streichholz nach dem anderen an. Entzünde ein Teelicht und blase es wieder aus. Auf dem Tisch steht noch die halbgefüllte Wasserkaraffe von gestern Abend. Daneben liegt ein Apfel, den nehme ich in die Hand. Es ist ungewöhnlich hell im Raum. Erst jetzt fällt mir auf, dass meine Großmutter den Orchideenwald abgeräumt hat. Vermutlich steht er in der Badewanne, denke ich, und nimmt ein Wurzelbad. Der gelbe Fensterbankmarmor ist sonnenwarm, lädt zum Sitzen ein. Ich strecke die Beine aus, der Sims ist länger als ich.

Apfelkerngeschmack

Ich esse Äpfel immer mitsamt dem Kernhaus, fresse mich durch das harte weiße Fleisch, dann durch das kleine Gewölbe im Inneren und wieder ins weiße Fleisch hinein. Meine Zähne halbieren das verdorrte Krönchen, unten am Apfel, wo früher die Blüte war. Am Rand der Bissstelle bemerke ich einen Flaumbatzen, zerrissen. Er klammert seinen letzten Rest in die Vertiefung der kleinen Krone. Ich habe ein Spinnennest mitgegessen. Dutzende kleiner Babyspinnen, stelle ich mir vor, weiße Winzlinge mit acht Beinen, die meinen Hals hinabzappeln.
Plötzlich weiß ich es. Dass du tot bist. Die Geisterspinnchen bringen dieses Wissen mit sich, der Geruch der angerissenen Streichhölzer. Du bist nicht mehr in der Großmutterstadt unterwegs. Du bist von der Welt verschwunden. Auch das Sonnenlicht beginnt es zu flüstern. Dass du tot bist. Der Marmor und die bleichen Wände beginnen zu flüstern. Alles flüstert. Dass es wahr ist. Auch die Teppichfransen und die goldrückigen Bücher. In der Ferne klirrt das eisige Lachen der Götter. Sie amüsieren sich. Sie kommen wieder näher, zünden ihre Fackeln an, weiße Fackeln, die nur Licht, aber keine Wärme geben. In meine Augen treten Tränen.
Der Brandgeruch in der Luft droht mich zu ersticken. Aber meine Kraft reicht nicht, aufzustehen, das Fenster zu öffnen. Wie eine Marionette mit durchtrennten Fäden gleite ich am Fensterrahmen herab. Ich sacke auf den Rücken, bleibe liegen, ein gekapptes Schneewittchen, der Apfel rollt

auf den Boden. Und während in meinem Bauch die Spinnenbabys sterben, rinnen mir links und rechts die Tränen über die Wangen. Sie rinnen ununterbrochen, obwohl meine Augen weit offen sind, obwohl ich nicht schluchze, Geistertränen, rinnen bis in die Ohren. Ich wische die nassen Muscheln aus und lege die feuchten Hände auf die Fensterbank.

Später schwirrt mir deine Stimme ans Ohr. Unverschämt klar, als wärst du nie tot gewesen, dringt sie aus dem Flur. Ich fliehe aufs Sofa, kauere mich dort zusammen. Lasse sie nicht herein. Ich blende die Stimme aus, bis ich dich nur noch wie durch fest auf die Ohren gepresste Kissen höre. Du bist noch fremd. Du bist noch tot. Selbst als du ins Wohnzimmer geschlendert kommst, zwei braune Papiertüten in den Händen, bist du noch nicht da. Der Schicht, in der mein Herz schlägt, gehörst du noch nicht an. Erst bemerkst du nicht, dass ich nur in meinen Schoß starre. Du redest weiter und weiter. Du fischst Mangos und Trauben aus den Papiertüten. Den Reis bringst du in die Küche. Es ist gut, dass du redest, denke ich. Rede immer weiter. Ich brauche Zeit, um dich zu mir zurückzuholen.

Mit feuchtem Finger sammle ich einen Apfelkern auf, der noch in meiner Rockfalte hängt. Ich halte mich an der Musik fest. Eine von Bachs Cellosuiten quillt aus dem Radiogerät. Der Cellist entwringt den Saiten brückenlange Strickleitern. Ich greife in die verdrehten Sprossen. In meinem Mund klebt Apfelkerngeschmack.

Irgendwann bemerkst du, dass ich nicht reagiere. Du lässt dich neben mich aufs Sofa fallen. Das Federn der Polster, das Umfallen des grünen Turbankissens, handfeste Boten deines tatsächlichen Hierseins, bringen wieder Bewegung in mich. Ich reiße meinen Blick aus der Versenkung los. Er

trifft auf besorgte Stirnfalten, ein Prinzgesicht voller Kaffeelikörfragen. Meine Hände lockern ihren Griff. Dein Mandelgeruch tut ein Übriges. Aus den Cellosprossen gleite ich zurück auf einen ungewissen Boden. Umarme dich. Fange wieder zu weinen an.
Ich werde nie wieder ganz sicher sein können, denke ich. Ob du mir wirklich gegenübersitzt, wenn du von Monitorgrößen oder Neurofunk sprichst, wenn dein Blick in meinen gleitet. Ob deine großen Schuhe wirklich neben mir hertappen, wenn ich deine Schritte höre. Ob du wirklich hinter mir bist, wenn deine Hand an meine Kehle greift, wenn dein Atem sich beschleunigt. Oder ob du längst ein Gespenst bist. Ein schwarzer Schattenprinz, der sich jederzeit in einen Raben verwandeln könnte, auffliegen, auf Nimmerwiedersehen, nevermore.

Atlantikgrau

Ob vielleicht mein Fieber schuld war an deinem Tod, frage ich mich, ein Fieber, das sich gegen Abend auswächst, das altmodische Quecksilber meiner Großmutter steigen lässt, neununddreißig, neununddreißig fünf. Wie heißer Kleister rinnt mir die Nacht ins Hirn. Gedanken gleiten darin aus, schlittern die Schräge meiner Denkräume hinunter und bleiben irgendwo in wilden Büscheln kleben.

Die Matratzen der zwei zusammengeschobenen Gästebetten sind nicht auf selber Höhe. Wenn ich die Augen öffne, sehe ich dein Gesicht, zehn Zentimeter tiefer liegend als meins. Die Schatten deines Bartwuchses sehen im Zwielicht noch dunkler aus als sonst. Dein gleichmäßiger Atem und dein gelegentliches Schnarchen wechseln sich ab. Ich schiebe meine Hand aus der Decke und lasse sie hinunter auf die andere Matratzenebene.

Durch die Öffnung in meinem Hitzekokon dringt kühlere Luft. Mir laufen Schauer über den ganzen Körper. Wo mir vor Sekunden noch heiß war, ist mir nun kalt, bibberkalt. Zwischentemperaturen gibt es nicht mehr.

Du liegst auf der Seite. Öffnest die Augen, als hättest du nur auf meine Berührung gewartet. Sie forschen mich inwendig aus, im Halbmondlicht, kein bisschen Schlaftrunkenheit ist in ihnen.

»Ich hab das Gefühl, dass die Welt ständig zusammenbricht«, murmle ich.

»Das ist nicht nur ein Gefühl«, sagst du und gräbst dein Kinn etwas tiefer in die Kissen.

Deine plötzliche und restlose Zustimmung macht mich sprachlos. Nimmt mir alle Angst aus den Segeln. Mitten in meinen Weltuntergang hinein streckt sich eine Hand nach mir aus. Da ist jemand. Ein Mituntergeher im Halbmondlicht. Ich schlafe ein, binnen Sekunden, wie du mir später berichtest, die Finger noch um deine geschlungen.

Am nächsten Tag kommt das Halsweh. Ein metallisch glühendes Halsweh, das nicht nur beim Schlucken wehtut. Wie eine Speerspitze, die sich quer in meiner Kehle verkantet hat, kann ich es weder hinunterschlucken noch ausspucken. Die folgende Nacht überstehe ich nur, indem ich den Schmerz in kleine Würfel aufbreche und sie im Raum verteile. Ich hänge sie über die Betten, um die Deckenlampe herum und in die Dachgaube. Ein großes Schmerzmobile, in dem alle Würfel freischwebend sind, so dass sie nichts berühren, so dass ich ihr Brennen möglichst wenig spüren muss. Sie hängen da, als hätte ich meinen ganzen Körper in kleine Würfel geschnitten, mich selbst in der Luft verteilt. Den Schmerz so verdünnt, gelingt mir sogar das Einschlafen. Im Fieber funktionieren solche Tricks.

Meine Temperatur klettert so hoch, dass jetzt auch die verklebten Gedankenbüschel wegschmelzen. Sie verdunsten vom festen Zustand direkt in die Luft. Übrig bleibt ein leichtflüchtiges Geflimmer, Lichtmalereien, ein filmrissiges Fieberkino. Ich sehe Wiesen, auf denen statt Gras dein Rabenhaar wächst, sehe grüngefleckte Eidechsen und Blaum als apokalyptischen Reiter. Sehe Saskia und Lora in Gartenzwergkostümen und eine Menge einstürzender Gebäude. Selbst der Schmerz tritt irgendwann hinter dem bunten Hitzegeflimmer zurück. Die Götter schwenken ihre Starklichtfackeln. Nur selten wird es dunkel im Kopf.

Noch einen Tag später, du musst zurück in die Stadt, jemand muss Mattis alten Toyota zurückholen. Meine Großmutter bringt mir diverse Apothekenwaren und Suppe ans Bett. Ich heuchle ein wenig Interesse an diesen Dingen und falle zurück in den Halbschlaf. Ich denke nicht an Borg, nicht an den Bassmann, nicht an den Auftritt, der morgen ausfällt. Die Welt ist auf die weißen Tapetenlilien, das Wandern der Wolken im Fenster und die Wasserflasche neben dem Bett zusammengeschnurrt.

Manchmal richte ich mich auf und taumle ins Bad. Ich bin eine leblose Puppe. Wenn ich vorm Spiegel stehe, mit wirrem Wollhaar und ungeschminkten Knopfaugen, frage ich mich, wo das übermütige Oasenmädchen geblieben ist, das farbenfrohe Überquellkind, das sich in Brokatstoff, Seidensatin und Stickereien hüllt. Geblieben ist nur ein schlichtes, ungefärbtes Baumwollding. Von meiner Stimme ist auch nicht viel übrig, ein elendes Gefistel. Mein Gesicht ist blass trotz heißer Stirn. Nur die Farben meiner Iris leuchten weiter ihre Schillertöne in die Welt hinaus. Gewittergrün, Kieselgrün, über diese Augen könnten Mythen entstehen, denke ich, halb delirant und mit fiebersensibler Haut die kalten Badfliesen abtastend, Moorgrün, Schlammgrün, denke ich, kastanienrote Einsprengsel, Farngrün auf lehmigem Boden.

Zur Unterhaltung falte ich Figuren aus Bettwäschestoff. Ich öffne das Fenster und halte meine Nase in den Wind. Ich schaue Nachrichten mit meiner Großmutter. Menschen protestieren. Autos brennen. In mehreren Großstädten gehen Bomben hoch. Ich taumle zurück ins Bett. Warum Schnellstraßen und Banken, Juweliergeschäfte und Yachten in die Luft fliegen, weiß ich nicht. Mit meinen Oasenaugen hat es nichts zu tun. Auch nicht mit deiner nassen Haut, mit deinen wackelnden Zehen. Du liegst in der Badewanne. Aus deinem Mund fließt Tinte. Lass mich lecken, denke ich. Lass mich die ozeanblaue Zunge sein. Der Schrei einer Möwe wird mich retten. Ich höre die Brandung. Das Meer ist viel zu nah.

Irgendwann kommst du wieder an mein Bett.

»Wir müssen ans Ende dieses Kontinents«, sage ich.

»Was? Was murmelst du da?«

»Wir müssen an den Atlantik«, sage ich.

Du bettest dich neben mich. Rückst dicht an meine Matratze heran. Schiebst ein Kissen unter deinen Kopf, so dass deine Nasenspitze nicht mehr zehn Zentimeter unter meiner liegt, sondern sie fast berührt. Du siehst mir in die Augen. Erst einige Sekunden später bin ich über meine eigenen Worte verdutzt. Ich habe mit dir geredet wie im Traum. Verwundert rapple ich mich auf. Ich erinnere mich an tiefes Tintenblau und den Sturzflug einer Möwe. Sonst an nichts.

Du nimmst mich genau in Augenschein, überprüfst meine geschundene Haut, die verheilenden Spuren des Gorillaüberfalls, fragst mich, ob es noch wehtut. Du runzelst betroffen die Stirn, als du eine neue blutig geschlagene Stelle am Knie entdeckst. Ich bin zu schwach, mir eine Ausrede einfallen zu lassen, zu schwach, dich anzuschweigen. In wenigen Worten erzähle ich dir die Geschichte des kleinen Mädchens, das morgens verkehrt herum, mit Gartenerde und Bausand an den Füßen im Bett erwachte, die Geschichte des Schlafwandlerkindes. Solche Kratzer sind die Ausnahme, verteidige ich mich. Das ist nur passiert, weil ich so krank bin.

Ich ziehe mir das schweißnasse Nachthemd über die Ohren und hänge es an eine Stuhllehne. Lasse meine Haut trocknen. Du betrachtest mich mit einer Mischung aus Verwun-

derung und Sorge. Um deine Mundwinkel spielt noch eine andere Emotion, die ich kaum zu deuten weiß, etwas Hartes, Gnadenloses.
Bevor ich zurück in die Federn krieche, fröstelnd, drehe ich die Bettdecke um. Der kühle Stoff, der außen war, jetzt innen ist, nimmt langsam die Wärme meines Körpers an. Du sagst, ich solle mich umdrehen. Du streichelst meinen Rücken. Gänsehautwolken schwärmen an meiner Wirbelsäule auf und ab, immer deiner Hand nach. Manchmal lässt du mich deine Fingernägel spüren.
Irgendwann bleibt deine Hand liegen. Ein Sonnenstrahl und dein ruhiger werdender Atem wärmen meinen Nacken. Ich rutsche rückwärts, dem Sonnenstrahl entgegen, bis ich deinen Körper fühlen kann. Du wirst wieder gehen. Wirst die kantigen achtzig Kilogramm, gegen die ich meinen Rücken lehne, wieder mitnehmen. Wirst auch den vertrauten Geruch nicht zurücklassen. Du wirst dich damit unter Menschen mischen, mit ihnen lachen und Fingerfood essen und Whisky trinken. Aber vielleicht, bevor du gehst, werde ich dieses seetangfarbene Hemd noch einmal aufknöpfen. Du wirst das Atlantikgrau sein und ich das Erdinnenrot.
Dann werde ich drei Tage durchschlafen. Traumlimbo tanzen. Fieberfechten. Gesund werden.

Zuckerkristalle

Mit welch blindem Vertrauen wir die nächtliche Autobahn entlangstürzen. Hundertfünfzig, und das Frontlicht erhellt gerade die nächsten drei Mittelstreifen. Dahinter ist es gleichmäßig schwarz, dort könnte alles sein. Wir zählen darauf, dass die Straße einfach weitergeht, potteben, schnurgerade, asphaltglatt. Wer irgendwo hinkommen möchte, vertraut auf den Takt der Reflektoren, hat keine andere Wahl.
Du friemelst einen Datenstick ans Autoradio. Eines deiner Mixtapes füllt das Wageninnere. Hin und wieder kommentiere ich einen Track. Quassle ein bisschen zu viel dazwischen aus lauter Seligkeit, dass ich gesund bin, dass meine Stimme wieder wie meine Stimme klingt. Knappe zwei Wochen bin ich krank gewesen. Ich hatte nicht erwartet, dass du mich bei meiner Großmutter abholst, hatte bereits meine Sachen für die Zugfahrt verschnürt. Da klingelte das Telefon, und eine Stunde später warst du da.
Ein neuer Song baut seine Rhythmen, Soundschichten und Basslinien auf. Meine Beine wippen im Takt. Ich will sie gar nicht stillhalten, nach all dem Liegen und Schlafen hat mich eine Woge überschießender Energie gepackt. Das ist auch der Grund, warum ich heute Nacht noch zurück in die Goldlaube will. Du hättest noch einmal bei meiner Großmutter übernachtet. Aber ich muss zurück in die Großstadt. Muss ihre Stadtbahnen unter mir durchrauschen, ihre Menschenmassen über mir zusammenschwappen fühlen, muss ihren Dreck riechen und das Lichtermeer sehen.

Ich hätte nicht gedacht, dass es fast drei Wochen dauert, bis ich alle verpassten Termine nachgeholt, alles Liegengebliebene erledigt habe. Aber ich verschätze mich oft in der Zeit, halte die Welt, und insbesondere mich, für schneller und effektiver, als sie wirklich ist. Nach den drei Wochen habe ich Geld von Borg geliehen und Matti welches zurückgezahlt. Habe unvorbereitet vor zweihundert Menschen gespielt, und es lief erstaunlich gut. Mich mit dem Grafiker getroffen, Designs fürs neue Album besprochen. Von meiner Französischlehrerin höre ich hauptsächlich Schimpftiraden über Saskia, sie lasse neuerdings die Hälfte aller Französischstunden ausfallen. Mit Blaum gehe ich in ein argentinisches Restaurant.

Sein Meerblick ist unruhig beim Studieren der Karte. Seine Schultern entspannen sich nicht. Er seufzt es bald heraus. Dass er mit der Doktorandin geschlafen habe. Dass sie schwanger sei. Er werde sie heiraten. Es sei das Beste für das Kind. Seine Stierstirn sinkt ein Stück herab. Einmal nicht aufgepasst, einmal Schicksalsroulette gespielt, lacht er, aber das Lachen versiegt als tonloser Atemstoß. Ein paar Sekunden lang glaube ich, Tränen in seinen Augen blitzen zu sehen. Plötzlich lächelt er. Ich war immer einsam, weißt du, bringt er heraus. Wenigstens das ist jetzt vorbei. Sein Blick sucht meinen, Zuversicht, Zärtlichkeit. Wir essen kaum etwas. Zum Abschied küsst er mich. Seine Hände sind kalt und halten mich fest, als wollte er mich wegtragen, hinüber in die Weststadt, die Treppen zu seinen Ledersofas hoch, oder noch viel weiter weg, ans Meer, in die Dünen.

Ich strauchle durch die Nacht nach Hause. Habe längst nicht alles verarbeitet, was ich gehört habe. Rutsche auf den Briefstapeln auf der Schwelle meiner Zimmertür aus.

Schlage mir die Elle wund. Wieder und wieder fingere ich die Begleitung zu einem neuen Song durch. Es klingt noch nicht, wie ich will. Ich blicke aus dem Fenster und sehe die kahlen Baumgerippe. Sehe Geister, sehe Dampf, der aus den Bädern des Nachbarhauses steigt. Sehe den ersten Schnee.

Am Morgen liegt die Stadt unter einer handbreiten Schneedecke. Ich falte meinen aus vier karierten Blättern Papier zusammengeklebten Kalender auseinander. In den zwölf Spalten für die Monate, die wiederum in Tage unterteilt sind, suche ich die sechzehn Kästchen, die vier Quadratzentimeter, die den heutigen Tag bedeuten. Unten im rechten Eck steht Café La Marelle, eine Uhrzeit und dein Name.

Ich betrete den Tag in einer viel zu leichten Jacke. Auch meine Schuhe sind nicht für den Schnee gemacht. In Gedanken bin ich bei Blaum und seiner schwangeren Doktorandin. Immerhin habe ich an meine bunt geringelten Handschuhe gedacht. Die Dächer funkeln im Licht einer tiefstehenden Sonne. Weil ich zu früh dran bin, gehe ich von meinem Weg zur Haltestelle ab. Drehe eine Runde durch den Park. Ich stapfe mitten über eine Wiese. Halte eine Handvoll Sonnenblumenkerne in den Himmel. Statt hungriger Vögel fliegen mir Melodiefetzen, Refrainteile, Strophen, Zeilen zu. Dass sie immer in Schwärmen kommen müssen, in Hundertschaften, mehr, als ich jemals einfangen könnte. Sie fallen über mich her, fressen mir Blaums Meeraugen und gepflegte Schreibtischhände aus dem Kopf. Ein paar Ideen kritzle ich hastig in mein Notizbuch. Den Rest schleudere ich mit den Sonnenblumenkernen davon.

Schließlich nehme ich die Stadtbahn, unweit der Oper steige ich aus. Vom Himmel rieseln jetzt wieder vereinzelte

Flocken. Auf der Handschuhwolle fange und betrachte ich die winzigen Wunder. Keins der Schneekristalle ist wie das andere. Aber nach wenigen Sekunden schmilzt meine Körperwärme sie alle.

Bald wird es wieder dunkel. Die Jugendstillampen im La Marelle sind bereits am Nachmittag an. Ich suche einen Tisch im hinteren Viertel des Cafés aus und lasse mich auf eine samtüberzogene Bank fallen. Ein Kellner geht herum und zündet Kerzen an. Du kommst nur wenige Minuten nach mir. Von deinen Wangen strahlt ein helles Karmesinrot, als glimme deine Haut von innen heraus. Die Flocken, die in deinem Haar hängen, verwandeln sich binnen kurzer Zeit in glitzernde Tropfen, du siehst aus wie ein taugekrönter Puck. Ich gebe mich als Elfenschwesterchen, ziehe die Beine aus den schneefeuchten Stiefeln und schlage sie unter. Mein Zeigefinger wandert über meine kalten Sohlen. Spielt an einem Brandloch im Samt der Bank.

»Du hattest übrigens recht«, sagst du, »wir müssen ans Meer.«

Ich ertaste die angesammelten Krümel und Zuckerkristalle in dem Brandloch. Rieche den Rum in deinem Kaffee Kopenhagen. Nehme alles Mögliche wahr, bevor ich realisiere, dass du auf mein Fiebergerede anspielst. Ich hatte es beinahe vergessen.

»Den Atlantik habe ich nie gesehen«, sagst du, »immer nur die Ostsee. Zweimal Mittelmeer. Und damals war ich noch ein Kind.«

»Für die Atlantikküste ist es doch viel zu kalt«, sage ich, immer noch nicht sicher, dich richtig verstanden zu haben, »und in zwei Wochen geh ich mit dem Bassmann auf Tour.«

»Fahren wir einfach im Frühjahr hin. Nächstes Jahr. Ich hätte Lust auf einen Roadtrip«, sagst du.

Du siehst mich fragend an. Ich nicke: Okay. Die indische Teemischung schießt mir in die Glieder. Die Anissüße macht sich im Rücken breit, Zimt und Kardamom kribbeln auf den Fußsohlen, und der schwarze Pfeffer steigt mir in die Nase. Alle Stellen, an denen ich vorher fror, beginnen vor Wärme zu pulsieren.

Als wir wieder hinauskommen, haben die zum Leeren an die Straße gestellten Mülltonnen hohe Schneezylinder auf. Wir nehmen nicht die Stadtbahn. Wir gehen zu Fuß zu dir. Meine Zähne werden kalt vom Lächeln. Wenn ich die Lippen fest verschließe, ist es, als hätte ich eine eisige Perlenkette im Mund. Meine Füße dagegen sind so warm, dass ich trotz der feuchten Stiefel einen Umweg vorschlage. Bei einer der Kirchen haben sie ein Kinderkarussell aufgestellt und ein paar Stände, die Waffeln, Glühwein und Ähnliches verkaufen. Die Betreiber schließen gerade, knöpfen wetterfeste Planen über ihren Geschäften zu. Aber es hängt noch der Duft von gebrannten Mandeln und parfümierten Frauen in der Luft, mischt sich mit dem kristallinen Geruch des Neuschnees.

Die halbe Nacht lang schneit es weiter. Ich öffne das Fenster, damit die pulvrigen Flocken hereinwehen und auf unserer Haut verglühen.

Dachlawinen

Am nächsten Morgen kommt die Sonne heraus. Scheint mit ihrer ganzen Kraft. Es gibt ein paar Dachlawinen, und zum Frühstück Orangengelee und geröstetes Brot. Während ich meinen Kaffee schlürfe, Ingwersirup hineinträufle, erzähle ich dir, dass mir der Bassmann seinen Kleinbus leihen wird. Eine deiner Augenbrauen zuckt nach oben.
»Wo willst du denn diesmal hin?«
»Ich muss raus in einen Vorort. Habe dir doch von der Fotografin erzählt. Die die Portraitserie machen will. Die kennt da draußen einen Villenbesitzer und möchte sich das Schlösschen mal ansehen, ob die Suiten und Tapeten als Hintergrund taugen. Ich darf mitkommen und es mir anschauen.«
Deine Rabenbraue sinkt langsam wieder nach unten. Du greifst nach der Butter, greifst daneben, mitten in den Kerrygoldklotz, weil du mir unverwandt in die Augen gesehen hast. Ich kichere wie ein Kind, während du das gelbe Fett von deinen Fingern leckst. Mein Herz schlägt schnell. Ich bin gespannt, wann es mir endgültig davonhüpfen wird.
Ich mache mich auf den Weg, bin spät dran und befreie das Mobil des Bassmanns nur halb vom Schnee. Wenigstens die Scheiben sind frei und der größte Teil der Motorhaube. Erst macht das Gefährt unwillige Geräusche beim Fahren. Aber seine Hubraumgeister wachen auf, als ich es auf die Schnellstraße nordwärts lenke. Ich schiebe das Mixtape, das ich dir geklaut habe, in den Audioschlitz. Bald ist das Innere des Vans sauber ausgefüllt, prall von Musik, die Bässe

sind vibrierende Stahlträger, die Melodien patchworkbunt, dazwischen azurblaue Perkussionsfunken. Über den Wagen vor mir fliegen feine Tröpfchen bis auf meine Windschutzscheibe. Der Geruch von Frostschutzmittel dringt zu mir herein.

Plötzlich sprengt die Schneeplatte vom Dach des Vans. Eisiges Pulver fliegt mit einem Krachen in die Luft. Mein Erschrecken dauert nicht lang. Hinter mir steigt glänzender Staub hoch auf ins Sonnenlicht, füllt meinen Rückspiegel mit flirrendem Nebel, ein Wirbel aus Silber und Gold.

Wie das Leben weitergehen soll. Butterweich, lippenstiftweich, weich wie der Labello in meiner Hand. Der ist hosentaschenwarm und schmeckt nach Kirsche. Ich drücke mir seine purpurne Glitsche auf die Lippen. Fast macht so viel Geschmeidigkeit mir Angst. Ich würde gern heftiger vermissen, Eifersucht spüren, einen Hauch Vertrautheit mit den Brettern, auf denen ich mich bewege. Da ist nur das Lampenfieber, immer neu, immer packend, und eine verschärfte Empfindlichkeit der Sinne. Ich presse die fettigen Lippen aufeinander, atme das Zwielicht ein und warte, dass die Scheinwerfer aufblenden.
Überall auf der Bühne klebt rotes Klebeband. Ich bewege mich zwischen diesen Bodenmarken, die bei einer Theateraufführung als Orientierung gedient haben müssen, frei und haltlos. Das leichte Nachgeben des Holzes macht mich schwindlig. Unter meinen Schritten kippelt die Welt, ever so slightly, und jeder Schlaf, denke ich, ist eine Reise. Ich bin auf den morschesten Brettern der Stadt gelandet. Ich weiß nicht, wie es weitergehen soll.
Irgendwo da unten ist auch Damla. Im Halbdunkel suche ich den hellen Fleck ihres Gesichts, den schwarzen Schatten deines Schopfes. Ich finde euch in der Nähe der linken Wand. Du lehnst an einem Deckenpfeiler, in der Brusttasche deines Hemds stecken die pinkfarbenen Papierchen und leuchten bis zu mir herauf. Ein heißer Stich steigt in meiner Brust nach oben, explodiert wie ein Feuerwerk, wirft bunte Schweife in alle Richtungen, ich staune. Fast

wünschte ich, dass auch Blaum und seine Doktorandin da wären. Ich will noch mehr Buntes, mehr Licht, mehr Feuerwerk in mir.
Plötzlich stechen mir die aufstrahlenden Scheinwerfer in die Augen. Ich erschrecke, dass der Lichttechniker sie alle voll hochgefahren hat, senke den Kopf, schubse ein Kabel nach links, justiere den Gitarrengurt. Ich blinzle zum Bassmann. Er zuckt mit den Schultern, egal. Ich verfolge das heftige Beschleunigen meines Herzschlags, wie jedes Mal, wenn ein Konzert beginnt. Staub hängt als Goldnebel in der überstrahlten Bühnenluft.
Ich hebe meinen Blick in das weiße Gleißen. Hier, im Rampenlicht, sind meine Augen ohnehin nicht dazu da, zu sehen, denke ich. Sie müssen nur leuchten. Ich friere meine Bewegung ein, starre auf einen fixen Punkt in der atmenden Dunkelheit. Ich lasse einige Sekunden vergehen. Die Leute werden stiller und stiller. Ich kann fühlen, wie sich ein elektrostatisches Potential aufbaut, zwischen Rampe und Zuschauerraum, zwischen meiner Bühnenblindheit und dem gespannten Lauschen dort unten. Ich lasse ein paar weitere Sekunden verstreichen.
Die Entladung beginnt mit einem zarten Raspeln, mit meiner Stimme, mit dem Geknister der elektronischen Zuspielungen. Der Bassmann atmet ein paarmal heftig aus und ein. Ich stemme mich auf die Zehenspitzen. Etwas von dem roten Klebeband bleibt an meinen Sohlen haften. Heute Nacht, denke ich, will ich einer der Menschen sein, die die Welt zusammenhalten, will Netze weben, die man um zusammenbrechende Hochhäuser legen kann, Seile drehen, die die verkohlten Trümmer der Welt am Stürzen hindern, will Leitern und Brücken bauen, will die Abgründe mit Akebie, Feuerdorn und Weinreben bepflanzen. Als ich

mich wieder auf die Fersen fallen lasse, bebt die Bühne, schlägt der Bass zu. Mein Atem steigt in Quarten auf und ab.
Im Lauf des zweiten Songs blendet der Lichttechniker die Hauptscheinwerfer etwas ab. Vielleicht hat er bemerkt, dass meine Musik nicht fürs blanke Flutlicht gemacht ist. Im dritten Song, im Halblicht, blüht meine Musik auf, der Saal erwacht. Im vierten Song brauche ich die Gitarre nicht, lehne sie an das abgestoßene Klavier, das im Hintergrund der Bühne steht. Mit seinem Gewicht bricht es fast durch den Bretterboden.
Ich nehme das Mikro aus seiner Halterung. Trete vor bis an die Rampe. Das Fußlicht besteht aus einer langen Reihe verschiedenfarbiger Glühbirnen. Mal gehen die weißen, mal die gelben, mal eine Mischung aus den roten und den blauen Lampen an. Gegen Tritte sind sie mit einem dünnen Metallgitter abgeschirmt, das an vielen Stellen bereits verbogen oder aus der Halterung gerissen ist. Ich trete vor, bis meine Fußspitzen dieses Gitter berühren. Eine markige Hitze steigt von den Glühbirnen auf. Sie erzeugen einen seltsamen Aufwind. Eine Haarsträhne tanzt vor meinem Gesicht hin und her, züngelt im Gegenlicht, als wäre sie ein eigenständiges Wesen.
Jemand anders könnte an meiner Stelle sein, denke ich. Dass ich hier stehe, und nicht eine junge Schönheit, lange Wimpern, Seidenblüte im Haar, ist reiner Zufall. Dass es meine Musik ist, die heute Nacht über die Köpfe wäscht, und nicht die Lieder einer Virtuosin von der Musikhochschule, die weltläufiger, salonfähiger ist als ich. Ans Schicksal glaube ich nicht. Wir alle könnten jemand anders sein. Vielleicht spielen deshalb die Leute ihre Rolle, ihre Musik mit solcher Inbrunst. Menschen wie den Bassmann oder

Nestor, diese scheinbar unverwechselbaren Originale, gibt es nur deshalb, weil sie genau wissen, dass es gleichgültig ist, ob sie spielen oder nicht. Sie wissen, dass immer irgendwer da sein wird, immer irgendwer spielt, die Leere füllt, wenn sie gehen. Oder nie da gewesen wären. Sie versuchen, wie ich, besonders eindrucksvoll zu spielen, todgeweihte Vögel, gegen die eigene Nichtigkeit ansingend. Der ständige Wettstreit mit der Perfektion der Götter. Den wir verlieren müssen. Wir sind frostgeküsste Blumen, die dem kommenden Winter nichts als aufreizende Farben entgegenzusetzen haben.

Hier, am äußersten Bühnenrand, kann ich einen Teil des Publikums sehen. Die Lichtblindheit verliert sich, weil die meisten Scheinwerfer an mir vorbeistrahlen. Die Gesichter leuchten mir aus dem Dunkel entgegen, ein Feld nächtlicher Blumen, Todgeweihte wie ich, denke ich, Kinder des Nichts. Ich singe für sie.

Während des Basssolos schließe ich die Augen, bleibe mit wippendem Kopf am Bühnenrand stehen. So, nicht spielend, nicht singend, spüre ich die Blicke aus dem Publikum am stärksten. Du könntest alles sein, sagen die Leute immer. Als wäre das mein Verdienst. Dass wir nichts sind, gibt uns die Freiheit, alles zu sein. Nichts schreibt uns fest. Nichts fesselt uns. Vielleicht sagen mir das nur diejenigen, die ihr eigenes Seinkönnen verlernt haben, die einfach vergessen, wie es geht. Während sie fernsehen oder ihre Katzenbilder ins Internet stellen. Während sie feiern. Während sie der Liebe nachlaufen. Während sie sich die Seele aus dem Leib schuften, eine Familie ernähren, Ehebruch begehen. Sie vergessen es und vergessen vielleicht sogar, dass sie es vergessen haben. In Ordnung, denke ich, lasst mich an ihrer Stelle alles sein, was ein Mensch nur sein kann.

Alles, was sie brauchen. Ich will ein festes Gummiband sein, das sie zwischen sich und ihre Träume spannen können, damit ich an ihrer statt den Zug aushalte, das Ungestüm, mit dem diese Träume himmelwärts drängen. Ein Schmerzmittel will ich sein. Und eine Droge.

Nach seinem Höhenflug poltert der Bass wieder hinunter in altbekannte Tiefen. Mit einem Ruck bringe ich das Mikro zurück an meine Lippen. Genug geträumt. Der Bassmann zurrt den Rhythmus fest. Die zweite Hälfte des Songs packen wir rauer an.

Ich nehme den Mikrofonschaft in beide Hände. Meine Stimme krallt sich einen Weg in die Mitte des Raums, lässt sich dort nieder und erzählt ihre Geschichte, eine der vielen Geschichten, die sie erzählt. Sie lässt einer erfundenen Seele freien Lauf, zeichnet Skizzen eines Lebens, flippt ein Daumenkino handgezeichneter Möglichkeiten durch. Zwischen den Zeilen werfe ich Blicke ins Publikum. Das Rampenlicht wechselt von Rot zu Violett. Hinter mir saugt der Bassmann Luft ein, murmelt zwischen den Zähnen meinen Text mit, nur ich höre das. Der Mikrofonschaft wird unter der Hitze meiner Hände feucht. Ich fühle, wie der Lack auf meinen Fingernägeln spannt. Schwarz ist er heute, schwarz wie Miesmuscheln.

Erst gegen Ende des Songs, als die elektronischen Zuspielungen unter der Basslinie verebben, wird mein Raunen wieder sanft. Ich schlinge es um die Basspulse, bis auch diese verstummen. Meine Stimme bleibt allein im Raum stehen. Ich lasse den Kopf sinken.

Wie Goldflitter hängen noch die Spuren gehauchter Vokale in der Luft. Sie kitzeln die Stirnen der Leute, ein paar Schweißtropfen fließen. Ich selbst hänge noch in der Luft, aufgesplittert, goldfädig, da ist kein Unterschied mehr zwischen der satten Luft und meinem flirrenden Körper. Die Hitze der Lampen, die Reibung mit der Musik haben mich aufgelöst, ich schwebe, diffundiert, zwischen zweihundert Menschen. Zweihundert Lungen atmen die hauchige Lösung ein und aus.

Der Bassmann berührt mich, ich muss ein paar Sekunden zu lange ins Mikro geschwiegen haben, zumindest berührt er die Stelle, die einmal meine Schulter war. Eine innige Empfindung ist das, seine Hand schmilzt in mein Flirren hinein. Ich rieche sein kräftiges Korianderparfum und den Metallgeruch an seinen Fingern. Zugleich spüre ich jede Bewegung unten im Saal, jeden Lidschlag, jeden Kuss, das Scharren der Füße, das Nippen an Biergläsern. Mein Verstand hat aufgehört, nach Ich und Nichtich zu sortieren. Ich nicke dem Bassmann zu. Alles in Ordnung. Alles okay.

Ein Paar Lippen, etwas winterrissig, Kirschgeschmack, und zum Bersten gut durchblutet, beginnt breiter zu lächeln. Ein paar Worte fliegen in den Saal, kündigen den nächsten Song an. Das sind meine Worte, denke ich, meine Lippen, und freue mich über diese Banalität wie ein kleines Kind.

Ich suche Damla, deren Wangen in der Menge leuchten, versuche, mein Lächeln bei ihr abzulegen, unbemerkt. Schau dich nicht um, der Fuchs geht um, es geht ein schlaues Tier herum. Vielleicht spürt sie, dass das Lächeln für sie ist, vielleicht auch nicht. Ein verklärter Ausdruck liegt auf ihrem Gesicht. Sie könnte betrunken sein. Oder mir zum ersten Mal zuhören.

Ich trete ein paar Schritte zurück. Lege den Gurt meiner Gitarre über die Schulter. Tauche zurück in meine Bühnenblindheit. Ich spiele. Ich singe. Aus dem Publikum hallt ein frenetischer Ruf. Es ist ein kurzes Aufheulen, archaisch und ohne Artikulation. Das Geräusch wirkt wie schwarzer Kaffee, sprengt mir die Sinne auf, Basskaskaden, der rot beklebte Bretterboden, meine Miesmuschelfinger. Ich bin nicht irgendwer.